旅行与读书

詹宏志 著

中信出版集团 · CHINA**CITIC**PRESS · 北京

图书在版编目（CIP）数据

旅行与读书：定制版 / 詹宏志著. -- 北京：中信出版社，2016.8

ISBN 978-7-5086-6590-0

I. ① 旅… II. ① 詹… Ⅲ. ①随笔－作品集－中国－当代 Ⅳ. ①I267. 1

中国版本图书馆CIP数据核字（2016）第194470号

本著作由新经典图文传播有限公司授权出版中文简体字版

限量尊享 不得销售

旅行与读书（定制版）

著　　者：詹宏志
策划推广：中信出版社（China CITIC Press）
出版发行：中信出版集团股份有限公司
（北京市朝阳区惠新东街甲4号富盛大厦2座　邮编　100029）
（CITIC Publishing Group）
承 印 者：北京信彩瑞禾印刷厂

开　　本：880mm×1230mm　1/32　　印　　张：12.75　　字　　数：230千字
版　　次：2016年8月第1版　　印　　次：2016年8月第1次印刷
广告经营许可证：京朝工商广字第8087号
书　　号：ISBN 978-7-5086-6590-0

献给　王宣一（1955—2015）

一位认真的作家、一位聪明的厨子、

一位天生的美食家，以及一位热情体贴、大方慷慨的朋友。

“在这本书中的每一场旅行，都有她低调而坚定的身影陪伴。”

詹宏志

目　录

序 文

这些旅行，该从何说起呢？

詹 朴

敲敲门，房门打开，年轻的身影探出了头。

房门之外他那年长的室友，有点难得地露出不太好意思的神情，拿了一份书稿，请他看一看，给点想法。在这之外，或许没有直接说出口的是：这些文章是那样的私人，比较像个人旅行的游记，像对着亲友故事分享的重整，而且是由一段一段的情节拼组而成，如果结集成书，会有什么样的人有兴趣读一读吗？

挑着灯，读完了。

青年想了想，这该从何说起呢？

这数十篇文章，主题都是关于他年长室友最主要的人生志趣：旅行和读书，时而讲读书，时而讲旅行，时而透过旅行来讲读书。当然也跟组成的旅行伙伴有关，所以还有许多篇幅，叙述旅行中遇到的那些食物。

像是一个书生，看了一辈子的书，从某一天开始踏出了门，其实就再也没有停下来过，透过那些旅行中遇到的经历来回想过去读到的书中的源起和典故。像是一个旅人，一个一辈子渴望旅行的旅人，从内心自我探索式的追寻，到现实中背着背包抵达遥远的另一端，或者说从书本中的旅行一路走到现实世界中的旅行。

所以什么样的人会看这本书呢？所以这本书是写给什么样的人看的呢？当然也许会有很多不同类型的人会想看：喜欢旅行的人，喜欢旅行中探索美食的人，也去过书中提及的那些地点而好奇不同旅者观点的人，和青年一样喜欢透过故事旁支的叙述来获取知识和想象画面的人。

可是比起那些人，这些文章更像是写给旅人自己的。像是对着过去年轻的自己的分享："也许过了三十年才抵达，但最终我们还是到了当年那些看着书想象中的地方。这里还跟你想象中的一样吗？"

也许是看着吉卜林所写的《基姆》（*Kim*）描述过的那些印度的风景民俗，还有那钵跟喇嘛一起化缘的饭，想象印度这样的食物是否常见；也许是看着邮购的地图，想象某座岛屿上的一草一木。

有多少对于世界的想象最初都是来自于这些故事或是其他人的游记，而真的抵达了，也许比想象中的更奇特，也许比想象中的更平凡，也许什么都没有变，但等到真的到达了却已经是完全不同的心境了；也许会失望，也许尽管失望却还是很满足。旅行是孤独的人在寻找不孤独的方式，旅行是不孤独的人在寻找孤独的方式。

我们已不是活在探险家的时代，所有的地方就算再偏远，也几乎都有人抵达过。大量的照片和经历被传送了出来。这是一个信息充足、旅行更加便利的时代，要去到电影中、小说中、历史中那些描述过的地方，好像没那么困难了。描述多了，可以想象的空间却好像少了，即便透过寂寞星球也很难再能碰触寂寞。

旅行方式一直在转变，也许要花更大的气力去选择避开而不是选择探索；也许很多地方已经变成了观光景点，但是生活中和风土民俗中的细节是一直在变动的，仍然可以找到一道菜，一个角落，是自己的体验；也许再也没有到不了的岛屿了，但抵达的过程和心情仍然是百分百专属的。在现代找不到的，于是透过了书，穿梭时代去想象，毕竟旅行永远是想象和真实并行的。

这是一本旅人对过去的自己诉说的书。每一篇也许是一个夜晚的床边故事，也许是一次饭后的茶余时光。未必会有开头和结尾，是一章一章的经历。喜欢读很多很多书的旅人总是有太多想说的，而想说的是说不完的，于是透过几段旅程作为引子，一边回顾一边追忆，让想说的那些事，渐渐联结成一块。

其实原本的版本是更杂一些的，更多的主题交织在一起，青年虽然喜欢阅读越长越好的文章，但却建议先专注讲旅行吧。于是年长的室友丢回了一个题目：那帮我写一篇序吧。可能还是有没说出口的，其实是想问问看：这些旅行有趣吗？会找到有共鸣的人吗？

可是还是不知道，该从何说起呢？

不同于年长室友之前的旅行散文。这一回，青年已经不再是这本书中一起旅行的主要角色了，而是走出了镜位之外，存在于这字句建立的空间中看不见的另一端，发生在故事的前一段或下一段，那些不一定收录在书中的。更多的时候，他转化成一个第一手的读者或听众，见到了这些故事还迷蒙一片的形状。有些故事他没有听过，有些故事他听了数十遍。也有些时候，会在共同的屋子中看到一些旅行过后的痕迹，也许是一双被磨平鞋底的鞋，也许是一瓶花椒、一罐印度茶，也许是故事中那块混纺的印度地毯，或是看到某个来自遥远的地方、包装上印着看不懂的文字。

原来真的到了这些地方啊。

蒂姆·伯顿的电影《大鱼》中，主角的父亲总是讲一些奇幻的故事，而主角从来都不太相信这些故事是真实存在的。但如果他父亲的记忆里面有这么多不一定存在的故事，那这些真实的时间里，他都去了哪里，做了什么呢？所有虚构的故事必然混杂了真实的记忆，众多的经历才有办法堆栈出这些想象。而与虚幻交杂的故事可能代表了内心中的某种盼望。

什么才是真实的呢？在青年登场的旅人的上上本书中，那些旅程，同样的地方，同样的景色，却可能有类似但不尽相同的记忆，情节在转折之际有微妙的不同，以为的情绪也跟回忆中的不一样。也许翻出了照片，看到的又是另外的模样；也许是比想象中更矮小的影子；也许是比记忆中更辽阔的山河。

什么才是真实的呢？第一人称的旅者身旁常常还有一起旅行的旅伴，跟许许多多的作者一样，将这些暗示包含在文字中的另一侧，隐隐约约；包含在“我们”之中，包含在“一行人”之中，一起看到了这些地方，低调又开心地一起出发。

而最终，永远都在身边的旅伴还是休息了，也许没有谁可以永远结伴同行，所有的旅行还是会回到独自一人。那位年轻的室友也脱离了旅程，来到了地球的另一端，开始了另外的故事。不知道该怎么形容这本书的他把介绍的任务就先搁着了，搁了许久，去面对他原本是旅行却莫名定居在异乡的混乱人生。

就这样又过了好几个月，有天，收到了旅人在不知道哪片海洋钓鱼的照片：在船上一手拿着钓竿，一手紧握着一大尾活鱼，还是用智能手机传来的。

原来都还在旅行啊。青年默默想着。还是在追寻新的地方，或是在不同的地方寻找过去没能停留的，也许上次钓的是幼时南投池塘旁的青蛙。

旅人的旅行接触到了很多，也失去了很多，但还是在继续，就好像电影该有的结尾，经历总总，还是会背上背包，再度踏出家门。

毕竟还有没去过的地方呀，毕竟还有那么多耗尽一生想看也看不完的书；有些地方不一定会再回去，但还有更多想去却没去的地方，所以能出发的时候还是记得要出发。

很久很久以前，年长的室友对年轻的室友提议，休学背着背包一起去沙漠中探险。

“可是我还在学校啊，可以等长大之后再去吗？”

“等你长大之后可能就很难出去这样久了。”

当时不了解，后来才知道长大之后有太多放不下的东西，应该早一点丢下一切就出发的。

二十几年前，有一本书叫《旅行》，而这次旅行的旁边多了读书。《旅行与读书》，就好像一对搭档，一个叫旅行，一个叫读书，他们总是一起出发，带着彼此，去到很遥远的地方。

于是好多记忆挤压结合成一块，好多信息只记得片段；如果能记得更多就好了。还是要写下来吧，还是印成字吧。青年私心地想，那么多回忆的片段如果找不到了，该怎么办？

那么多知识的花絮，在一起的时候，以为是自己的，可是分开了，却总是散落成一撮一撮，连不成一线。

如果可以，也帮我留下旅行的痕迹；如果可以，要让文字带着去旅行，带着还去不了的人们，就如同当年想着不知道有一天是否可以去到这些书中所描述的地方时那年轻的自己。

于是关上了门，青年渐渐脱离了旅程。但是回到家中，书柜还是共同的，拥有的记忆还是联结着的。

詹朴 / APUJAN 品牌总监。英国皇家艺术学院（Royal College of Art）女装时装设计系毕业。

序文

做世界的读者

梁文道

最近买到一本书，书名叫作《无敌大卫及其古亚美尼亚文〈亚里士多德《前分析篇》评注〉研究》。我敢大胆地肯定，光凭这个套上两层书名号的绕口标题，百分之九十九的一般读者都不会知道这是本什么书。之所以买下这本书，并不是因为自己学问大，对这么冷门的领域感兴趣；恰恰相反，我就在那百分之九十九完全搞不懂这个书名的读者阵营之内。虽然我喜欢亚里士多德，看过一些他的论著，可惭愧的是我没有读过《前分析篇》，更没有听过“无敌大卫”这么无敌的名字，就更别说这位“无敌大卫”用古亚美尼亚文写的《前分析篇》评注了。但是这个书名就像扣中了某个开关，一见到它，翻了几页，我便毫不犹豫地抱住了它。说来可笑，原因只不过是我很想去亚美尼亚，所以只要见到任何一本和亚美尼亚有关的书，我大概都会把它买下来，觉得它会有助于我那不知何时方得实现的旅行。你知道谁是“无敌大卫”，难道会使你在亚美尼亚的行程变得更加方便、有趣，而且丰富吗？这，我倒没有想过。

这就是书呆子的处世方式，总是以为世上一切还没有提出过的问题，书里早都有了答案。他出门旅行，最重要的问题不是应急药物有没有备全，不是换洗衣物是否足以应对各种场合，而是书够不够看（还好现在有了 Kindle，半夜两点都能随时随地买到想看的书，让人安稳），带去的书配不配合环境（例如《无敌大卫及其古亚美尼亚文〈亚里士多德《前分析篇》评注〉研究》，我就直觉得它很适合在亚美尼亚细读）。甚至就连他为什么想去某个地方游览，缘起也都和书有关。

我第一次动念要去亚美尼亚，就是因为看了波兰大作家卡普钦斯基（Ryszard Kapuscinski）的《帝国》（*Imperium*），他笔下的“亚美尼亚手稿数据馆”曼坦纳达朗（Matenadaran）是这样的：

> 在曼坦纳达朗（Matenadaran）可以看到亚美尼亚的古籍，对我来说，它们具有难以进入的双重意义：静静地躺在玻璃的箱子里，我又不知道如何研读。我问瓦尼克是否看得懂，他说算懂，也算不懂，因为他会读字母，却不明白其中的意义。十五个世纪以来，字母从来没有改变，不过语言变了。亚美尼亚人走进曼坦纳达朗，就像穆斯林走进麦加一样，那是他

朝圣的终点，深受感动，完全慑服。在亚美尼亚的历史上，这本书是国家遗宝，担任我们导游的那位同志（长得那么美！）用急促的声音说我们现在看到的许多手稿得以保存下来，都是用人命换来的，这里就有沾染上血液的书页。有些书藏在地底下，在岩石缝隙中藏了好几年，亚美尼亚人用和敌人埋葬他们战旗一样的方式来掩埋它们，要找回这些书一点儿也不难：藏匿处的资料会代代相传下去。

…………

亚美尼亚的计时方式与我们不一样，两千五百年前就已经经历了他们的第一段历史，他们的新生复兴发生在我们西元的第四世纪，也比我们早七世纪接受了基督教，而且比我们早上十个世纪，开始书写自己的语言。

我想这是一个任何书呆子都抵挡不住的诱惑。原来这个世界上还有这样一个古老文明，人们崇拜古籍有如圣迹，而古抄本文献馆自然便是他们的民族圣地。然后我又从这条线索开始，一步步找到了其他的书，让我一窥公元四世纪亚美尼亚“黄金时代”的风华，原来他们从那时候开始就有了自己的泥金装饰手抄本，而且和西欧的风格完全不同。这些书告诉我，这个国家曾经是欧亚大陆的知识宝库，乃当年书籍生产与流通的重镇，早已消失在其他地方的古代文书皆有可能在此觅得。于是我的想象越加立体，似乎在我还未踏足这片土地之前，我就已经借着几本书构筑了属于我自己的亚美尼亚，一个属于书的亚美尼亚。

问题是既然你已拥有一座脑海中的共和国，你还真的有必要去动身勘察那具体存在于这个世上的现实主权国家吗？今天这个时代，读万卷书，或者上一万次网，是真有可能取代行万里路的。所有你要去的地方，都已经有人去过了，他们拍回来无数照片、影像，他们写下了各式各样容或自相矛盾的描述与感慨，一切尽在你指掌之间，一点即达。卧游岂不可以取代真实的行程？此外，另一个常见的问题是，看了那么多的图像和文字之后，你会不会因此丧失最直观的感受，被他人左右你对一个地方的切实认知？

这本来都是些不必要回答的问题，因为它们天真，不是太过相信他人的眼睛，就是以为自己未经反省未经训练的眼光真是“自己”的。不过，我们也可以因此天真地回答：看了书，不去印证，怎么知道书里说的是真是假？

而印证是要冒险的，甚至以生命为代价。

詹宏志在这本书的第一篇文章里头就谈到了一次令他刻骨铭心的经历。在一次瑞士少女峰附近的旅行，他被随身携带的旅行指南上的一段话吸引住了：“全瑞士最美丽的景致出现在少女峰区域，人们的注意力太常聚集在当中的三个巨峰：少女峰（Jungfrau，4158 米）、僧侣峰（Monch，4099 米）和艾格峰（Eiger，3970 米），但闪闪发光的皓首雪峰只是一半的真相，邻近山丘与溪谷以绿色、棕色、金色交织而成的景色其实更为美丽……”敏锐的读者詹宏志在这段描述读出了言外之意：“只知道游览少女峰的旅客并非真的‘行家’，懂得在‘邻近山丘与溪谷’寻求旅游目的地的人才是真正懂得这个区域的隐藏之美。怎么办？照这样说，我也即将变成一个‘外行人’。”

正如所有旅人，绝对不甘只当外行观光客，他决定一探那“山丘与溪谷”之间的隐秘圣境。又像一切书呆子，他相信“书呆子相信凡事书中都有答案，在旅行一事也不应有例外，所以他们通常会以一本书或几本书作为旅行的依据，我当然也是这种人”。我当然也是这种人，所以我完全懂得，为什么单凭一本旅行指南里头几句几近于暗示的引导，一条语焉不详、标识不明、纯以文字描绘出来的线索，他就可以充满信心地带着夫人计划一段预估六小时路程的登山之旅。

其实起步没多久，他就该意识到问题了。因为一位一看就是运动健将的登山客光是瞧了瞧他俩的行头，便主动建议把自己的手杖让给他们；但詹宏志拒绝了。然后呢？然后一路翠绿，瑞士国花 edelweiss 沿途相伴，他俩只觉自己身处标准的风景明信片当中，尽管山上行人渐少，但也浑然不当回事。直到眼前亮出一整片陡峭的雪坡，唯一的路径是一个个踩出来的足印，足印一旁是“直下数百公尺的山谷，最底下则是淅沥声响的溪涧，只要一个失足，你就要滚下数百公尺，撞上各种巨石”。可他们还不回头，一方面是赌运气，以为过了这坡又是一片田野好风光；另一方面，大概是相信书本不会犯错。于是他们再走，等待他们的却是一座又一座的雪坡甚至冰壁。终于，轻松的健行变成了艰险的登山，二人爬在盛夏不解冻的高山峻壁之上，掌心划满裂痕，掌背晒到灼伤，脚下是鞋底传来的透骨冰寒，心里是不知命运何往的恐惧。走了近八个小时之后，天色向晚，最后的一班缆车早已开走，他们却还不晓得自己到底要面对多少座险坡，眼看就要在这雪山上过夜了，可他俩衣装单薄……

很多年后，詹宏志听到一则新闻，一位来自澳大利亚的青年失踪在台湾的中央山脉。从搜救人员找到的遗物看，原来那个年轻人生前是想根据一本旅游指南，走一趟传说中的古道。指南并没有说明，这条古道荒废已久；而这本指南，恰好和詹宏志拿去用在阿尔卑斯山上的指南，出自同一知名系列。

新一代的旅人大概会坏心眼地暗笑，今时今日，还有谁会依靠旅游指南书呢？你不必熟悉阿尔卑斯山，光上几个网站便能发现夏天的高山一样有成片的冰原，而且网上的游人一定还会告诉你，行前该有的装束配备，一路上时间的计算方式（比方说以瑞士人的脚程来看，他们的六小时起码当是我们的八小时）。书本过时，尤以旅行为甚。难道詹宏志竟连这点都不知道吗？毕竟，他是台湾，乃至于整个华文世界的“互联网教父”。早在马云的淘宝之前很多年，他就开创了雄霸一方的网购平台

“PChome”，台湾三大入口网站之一。还有《明日报》，这份最终失败的实验“报纸”。在报刊等传统媒介还是新闻信息主要来源的时代，詹宏志便筹办了这份至今仍然叫人怀念的网络媒体，形式创新，内容扎实，他最大的失算，其实可能只是他走得太快，没想到时代与运势自有自己的步伐。

尽管对很多人而言已经不需要重复，但我还是想在这里简单地数一下詹宏志的工作履历。他从当年台湾两份最大的报纸做编辑起步，一路做到总编辑；在“滚石唱片”草创阶段担任策划工作；在电视台当企划；在远流出版社出任总经理；多年之后再整合台湾出版界势力，铸成其时规模最大的出版集团“城邦文化”。在这三十多四十年里头，他还有空监制侯孝贤的《悲情城市》与杨德昌的《牯岭街少年杀人事件》，写了十几本著作，在大学教书，参与各种类型的社会活动……总而言之，他这大半辈子，大概拥有过两百多张名片（罗大佑开玩笑似的建议过他，干脆开一个个人名片展览）。在他干过的这一连串事业当中，并非每件事都是那么地一帆风顺，毫无争议（比方说把“城邦”集团卖给李嘉诚旗下的“Tom.com”，直到现在还有人愤恨他“出卖”了台湾出版界），也并非全都受人赞赏（有些文坛老友觉得他已经成了个“文化商人”，而这个称呼，我们都晓得是个贬义词）。我想强调的是，以其经历来看，詹宏志绝对不可能是位不通世事的书呆子。并且我还记得他和我说过他打工生涯的心得，真是职场金句 ：“绝对不说现任老板的好话，绝对不说前任老板的坏话”。

饶是如此，他还是会在印度上当，高价买下一张其实用不了那么多钱的地毯，中了明眼人一看就知底细的局 ；而原因，只不过是因为那位地毯商人能用古波斯语吟诵奥玛 · 伽音的诗句。这实在是典型书虫才会犯的错误。但另一方面，书也会让他变得聪明，知道许多一般游客不清楚的内行门道。例如，就为了“伊斯坦布尔人为两个羊头哪个比较好吃而争论不休”这句话，他把两位本地作者合作的《吃在伊斯坦布尔 ：探寻巷弄中的美食》当成拄杖，丈量伊斯坦布尔的美食地理，效果竟然远胜大众旅行网站的集体智慧（我也可以凭经验为这本书作证，它确实是本好书）。

《旅行与读书》里面种种因书误事，因书得福，以及在书本和世界之间的距离摸索出的省悟，又让我想起了詹宏志很多年前说过的另一番话 ：“我很幸运，读书能懂，这个能力使得我不害怕，要是遇上什么我不懂的，我就找书来看。”这确实是一个凡事都是自己靠读书学会的人 ；转过那么多次行，做过那么多的事，靠的就是不断地读，似乎全无例外。以他今日的成就来看，这简直可以编成一锅心灵鸡汤，说明读书会令人成功腾达的道理。又或者把他包装成一位时下流行的“儒商”，奉之为全华文世界读书最多的商业奇才。不过就像我们之前看到的那些故事，一个很会读书、阅读量惊人的书呆子，并不一定就能在旅途上头一帆风顺；在他这几乎改变了台湾面目的精彩人生当中，也并非所有事功都是那么地光辉无垢。我还记得，多年前在他遇到一次事业危机的时候，有记者拍到他在路边埋头专心读书。然后记者还要加上按语，大意是你看这个老板，到了这当口还有闲读书，并且读到入神，他的生意怎么能做得好？

我想大胆地以一个平凡书呆子的身份去替这位了不起的书呆子回应那张照片的指控。在我看来，它恰恰指出了一个书呆子怎么读书其实和他的俗世成就没有多大的关系，书既不会弄垮他的生意，也不一定保证他能出人头地。凭他在马路边上看书断定书是毁掉这个人的理由，就和想当然地推论书读得好是他发财致富的原因一样，都只不过是同一种陈腐俗见的反映；这个俗见就是不断地去问：读书究竟有什么用？

对于一个书呆子而言，这从来不可能是个问题，因为读书简直就是他进入世界的方法，一条不由自己选择，更加接近天启召唤的路径。又好比真正的匠人，读书是界定他这个人的技艺。由于具备这种方法、路径，以及技艺，所以他才能够不害怕，因为不论遇上什么事，都自有一套安身立命之道去应对。正如一个把生命耗在某项技艺上的匠人，以自己的手艺感知整个世界，在自己的手艺里琢磨出一套处世哲学；他安稳，不是因为对世界很有信心，而是他对自己的手艺有信心，知道自己始终可以回到原点。借着书，一位把读书精进成一门技艺的书呆子能够学到所有他想学的事情，登山、觅食、买地毯、办刊物、做唱片、拍电影，甚至开创企业。书的确会误导他；甚至就算读对了书，读得如法，也不保证这一切功课都将结出美好的果子。然而外人不能代他否认，这真是一套方法，而且还是一套使他自在的方法，乃至于即便遭逢困境，他仍能自得其乐地在大街上读书。

旅行与读书，一对何其古老的互照行动与观念。就算不说“读万卷书，行万里路”这句老话，不提圣·奥古斯丁“世界是一本书，那些不旅行的人只读过其中一页”那句西洋名谚。我们也该明白，在把世界理解为一本大书这种隐喻里头，可以开掘出多少丰富的意蕴。詹宏志读书何止万卷，走过的路更是远迈万里，他这部《旅行与读书》让我看到，也许在歌德的浪漫主义典范，和艾柯（Umberto Eco）所说的秘教式诠释传统之外，“世界作为一本大书”这个经典课题，也许还能添加多一重题解。那就是把世界看成阅读的借口，于是旅行往往因读书而起，同时又成了读得更多的理由。将全世界看成一本书，与世界因为我的阅读而存在，遂成了一体两面的事。故此，透过读书进入世界就不是管中窥豹了；相反地，世界之所以完整，唯系于我在读书，书的边界即是世界的边界，万一世界真的还有一些角落仍未被任何现存书籍覆盖，那就意味着我得开始考虑是否应该得写一本书了。这，会不会就是一个书呆子的世界观呢？

自 序

旅行的意义

好像是一种害怕“落伍”的心情，当我编选完自己关于“旅行”文章的选集之后，第一个“求助”的对象正是我那位为创业栖栖遑遑的儿子……

因为前几年出版的两本文集，每当有朋友热心回应：“这书写得太好了，我读了充满共鸣……”我冷静打量着他（或她），这位“有共鸣”的朋友通常已经年过五旬了。这仿佛也是人生真相，年轻的时候我写各种广告文案，总是信心满满，觉得自己能够找到合适的话题与言谈方式，打动各色年轻人；然而有一天，我突然间觉得坐立难安，发现“那个能力”消失了，我对年轻人的心情与感受似乎失去了接收的天线，讯号显得驳杂不清；而从我自己口中说出来的某些话题与用语，也开始变成“推开”年轻人的“老人符号”，他们的反应变得客气拘谨，也有点避之唯恐不及的疏远……

为了不要让自己的书变成“老人读物”，我觉得需要一些“年轻人”的意见，但同学、同事和朋友都已经开始退休养生、含饴弄孙，我去哪里找可以咨商的年轻人呢？只好敲敲隔壁房间二十八岁偶尔回来的“室友”，拜托他抽空看看我的稿子。略带“文青”气息的儿子花了几天看了稿子，推推眼镜，沉吟半晌，很客气地说：“嗯，我看起来是还好啦……”

问他有没有什么意见，他倒是毫不迟疑：“太杂了，你什么都舍不得丢，很多文章性质不同，却都放在一起，读起来感觉很不一致。”这个切中要害的批评我倒是瞎子吃汤圆，心里有数，但不是我真正的担心与关心，我只好更直接地问：“你觉得年轻人会不会看这样的书？”坐在我面前这位可能“不具代表性”的年轻人变得面有难色，支吾地说：“嗯，很难讲，这些东西对他们来说很遥远，文章又那么长……”

唉，在写这些文章的时候，或者说在我写过的每一篇文章，我心中想的阅听对象也确实一直都是同一位“年轻人”，只是这位熟悉的年轻人如今青春不再，与我偕老，而新的年轻人如今都是陌生人了；我那些自以为“循循善诱”的言谈方式，如今在“脸书”快速响应的时代里已经变得“太长了”（也“太老了”）……

但我还是听从这位现代文青的忠告，回到笔记本电脑“桌面”，狠狠删去三分之一的稿子（但怎么办？还是剩下二十万字，当然是“太长了”），基本上，所有“夹议夹叙”的论述文章都拿掉了，只留下“夹叙夹议”的说故事文章为主；最后，所有带着“旅行论述”意味的文字都放弃（只剩一篇附录），这就变成了一本像是以“旅行叙述”（travel narrative）为主调的“游记”。

我倒开始感到汗颜，我自己的旅行游踪有什么可以记录之处？这里并没有什么艰难辛苦的路线与地点，也没有什么惊异骇人的情境与遭遇，更没有千钧一发的危险与转折；若要说这些旅行有什么独特之处，也许只有一点点散漫随兴的旅程，加上一点点“与书相遇”的个人风格……

散漫随兴，是因为害怕有固定节目的集体行程，特别是那种节目满档、喧哗慌乱的行程；事实上我对所有既定观光行程与特定地标都有恐惧，总觉得人生片段变成了某种铸模浇灌。旅行里让我留下深刻印记的经验往往发生在最无目的的时候与场所，树下小酒店的一杯沁凉白酒，迷路崎岖城区偶遇的小面包店，异国乡间等待公交车窥见的乡民日常生活景致，这些无意间得来的吉光片羽反倒成了日后反复咀嚼的旅行滋味。

与书相遇，说的则是自己的旅行来历。是什么决定了一个人旅行的目的地？又如何决定那条从这里到那里的旅行路线？在我的例子里，很少是因为身边朋友的推荐或描述，大部分是来自各种因缘际会的阅读经验；也说不上来是什么样的阅读，有时候就是关于当地的叙述（譬如巴厘岛），有时候来自小说家的描绘（譬如杰克·伦敦笔下的阿拉斯加），有时候就来自于探险家或文学家的脚踪，譬如说会来到非洲赞比亚（Zambia）的维多利亚大瀑布，自然是因为传教士探险家李文斯顿（David Livingstone，1813—1873）的缘故，但坐在瀑布津巴布韦这一侧“维多利亚瀑布旅馆”的酒吧里，点一杯叫作“我推测”（I presume）的鸡尾酒，心里感到激动与满足，觉得历史与自己相会，那就是十足的书呆子气味……在探险文献里，当新闻记者兼探险家亨利·莫顿·史丹利（Henry Morton Stanley，1841—1904）应召深入非洲寻找下落不明的李文斯顿，结果他穿行丛林七百英里，真的在今日坦桑尼亚的乌吉吉（Ujiji）找到李文斯顿，传说中，他在部落民层层围观之下走向那位略显虚弱的白人，拘谨地说："是李文斯顿医师吗？我斗胆推想……”（Dr. Livingstone，I presume？）这是旅行与探险史上一个令人难忘的场面与对白，书呆子不可能不对这杯鸡尾酒感到激动。

是的，“为书所成，为书所毁”（made by books and ruined by books）真是我的人生写照，即使在行走途中也不可免；对我来说，带着一九二〇年版的伦敦“蓝色导游”（Blue Guide）远比带着二〇一四年的 Lonely Planet 指南有趣得多，虽然毫不实用（我真的干过这种事）；但旅行的真义之一不过就是“想象他者的生活”，我多么希望走出伦敦旅馆门口，伸手招到的是“两人座小马车”，而不是黑头出租车，那才是我错过的、无从复制的人生，除非威尔斯（H. G. Wells，1866—1946）的“时间机器”（time machine）再现江湖，否则我们是不可能旅行于时间轴的另一段时光……旅行，因而只能是空间的移动，无法是时间的逆旅。

只有一个人生是令人不满足的，但我们诞生之际时空已定，这个人生也就跟着注定，还有什么方式能让我们扩大对实体世界与抽象世界的参与，在我看起来，也许只有“旅行”与“读书”能让我们拥有超过一个“人生”。读书时，你固然要融入情景，因而有了另种人生的感受；旅行时，我们也要想尽办法纠缠地，假装另一种文化与生活的短暂化身，这也是我不爱“旅行计划”，也不喜欢“安全旅行”的缘故，如果我们没有大胆一点，我们永远只是戴着“家乡之壳”去旅行的人，没有接触异世界，也就没有短暂的另一个人生……

这不是一本有参考用处的旅行书，一切实用信息全部付诸阙如，你不能照抄其中的路线去旅行；这也不是一本有文学企图的书，没有含蓄节制和优美辞藻，他像是一个喋喋不休的返乡浪子，体能已衰却谈兴颇高，他兴致勃勃对着那位未满二十的年轻自己叙述窥探他种人生的各色经历，至于那位年轻人是否有兴趣倾听，却也不再是他力所能及的事。

HAVE BOOK – WILL TRAVEL

旅行与读书

书呆子相信凡事书中都有答案，在旅行一事也不应有例外，所以他们通常会以一本书或几本书作为旅行的依据，我当然也是这种人。

出发往意大利托斯卡纳旅行之前，我从书架上找出前些时候在伦敦买到的一本主题式的旅行书。这本书的书名叫《佛罗伦萨贪吃鬼指南：兼含托斯卡纳的美食周游》（*The Food Lover's Guide to Florence：With Culinary Excursions in Tuscany*，2003），作者是一位美国的旅行与美食记者爱弥莉·怀丝·米勒（Emily Wise Miller）。

根据作者米勒小姐的自述，她本来驻在旧金山，为《旧金山纪事报》担任旅行与美食的记者，有一次当她因采访来到托斯卡纳与佛罗伦萨，不意竟被当地扎实的美食与慵懒惬意的生活风景完全迷住，因此她移居托斯卡纳，一住十八年。平日她替几家英文报纸和网站继续担任美食与旅行的特约撰稿人，但现在她的职志是向世人推荐介绍托斯卡纳的“美好生活”了。

这一类的故事很多，有时候是推销书本的手段，不能尽信，不过读起书中的内容，发现作者米勒小姐的胃口很好，她照顾到的层面不仅是著名餐厅，还包括面包店、冰淇淋店、酒店、咖啡店、杂货店、熟食店，甚至也包括食材店和菜市场，这就让我相信她真的有一种“托斯卡纳生活”，而不是到此一游的“过客”。

但如果你是读了旅行相关的书才去旅行，书中所记就有了“一翻两瞪眼”的摊牌考验。书中描绘的世界终究要和“真实世界”相遇，书写者究竟是忠于真实，还是制造了真实？在书与“世界”面对面的时候，阅读者显然是会要求“兑现”的。而米勒小姐书中所记，在我这样一位读者按图索骥的对照下，必然呈现出真相来。

书本的书写工具毕竟是文字，描写美食的文章触动人心的有时候是文字而非美食本身。我也必须承认，米勒小姐书中触动我的，常常是灵光乍现的文采。譬如底下这个例子，米勒提到位于“中央市场”（Mercato Centrale）的“奈波奈”（Nerbone）时说：“奈波奈不只是一家三明治摊子，它是一项冲撞式运动。”（Nerbone is more than a sandwich vendor, it's a contact sport.）

这就有趣了，为什么把卖三明治的摊子比喻成美式足球的

“冲撞式运动”呢？让我忍不住想再读下去，她也继续解释“冲撞式运动”的意义。她说，你必须先在收银台前的饥饿人群中杀出一条血路，挤到收银员可以和你“四目相接”的地方，你伸长手臂把二点七欧元（一个三明治的价格）交给他，换来一张收据；然后你再紧握收据，排开人群，挤向另一个由磨刀霍霍大厨领军的三明治柜台，告诉他你的需求，基本上三明治有两种，一种叫作 panino con Lampredotto，另一种叫作 panino con Bollito。米勒小姐解释说，Lampredotto 是 fatty intestine，也就是肥肠啰；Bollito 则是 boiled beef，所以是煮牛肉。这样还没完，酱汁也有两种，肥肠和牛肉蘸用的酱汁也要一并告知师傅，一种是红色的辣酱，名叫 Salsa di Piccante；另一种则是绿色的青酱，名叫 Salsa di Verde；如果你要两种酱都放，你就要说 tutte le salse，也就是两种通通来的意思。

书呆子相信凡事书中都有答案，在买面包一事也不应有例外，我在佛罗伦萨中央市场开市不久，早早来到闻名遐迩的“奈波奈”，人龙还没有太长，我不困难就挤到可以看到收银员眼白的地方，把一张大钞递过去，用我自认为发音正确的意大利文向他要了三个炖牛肠面包（panino con Lampredotto）、三个煮牛肉面包（panino con Bollito），以及一升的基安蒂红酒（Chianti）……

旗开得胜之后，我更加有信心挤向三明治师傅的处理柜台，大声叫出我的注文内容，并且豪气干云地为酱汁选择了 tutte le

salse。只见师傅拿起一个圆面包，腰上用刀划出一个缺口，叉子从锅中挑出一大块牛肉，痛快地切了十来片（后来我们发现面包夹的牛肉几乎有半磅[1]以上），夹入面包中，再对着牛肉浇上红、绿两种酱汁，最后再把整个面包拿进锅中蘸一下牛肉汁，才包进纸张中，完成了一个煮牛肉面包。接着制作炖牛肠面包，师傅用大叉叉出一串像生肠一样的内脏，已经炖煮成红色（应该是和番茄一起炖煮的结果），一样痛快地切了十来刀，鼓鼓地塞满了一个面包。我要的红酒则是从一个大桶里像水龙头一样流出，注入一个大玻璃瓶里。没多久，我们捧着堆积如山的战利品，走向临近的公共桌椅，开始据案大嚼起来。那牛肉柔软多汁，那牛肠滋味甘美，红色辣酱呛辣有劲、绿色青酱香郁清新，连那一升价格低廉的红酒，搭配着牛肉牛肠的脂肪，也显露出一种圆润的滋味……

表面上看，这是一场“知识的胜利”。书呆子读了书，找到对应世界的方法，而当书呆子面对真实世界，世界也果真如出一辙响应了他刚得来的“新知识”。但等我回到家，重新上网想弄清楚什么是Lampredotto。这一次，我找到的是意大利文版的“维基百科”（wikipedia），却发现“维基百科”告诉我的完全是不一样的故事……

[1] 1磅=0.4536千克。——编者注，下同。

首先，百科条目里告诉我，Lampredotto 不是牛肠，而是有两个用法，意思也有一点不同，它先说，“Il Lampredotto è un tipico piatto povero della cucina fiorentina…”，奇怪的是，当你知道你在讨论什么话题时，语言能力会突然增强，在这里，我发现从未学过的意大利文是“猜得懂”的，这句话的意思应该是：“Lampredotto 是佛罗伦萨料理中一道典型的穷人料理。”然后它又进一步说，“Il lampredotto，che è un particolare tipo di trippa，è uno dei quattro stomaci dei bovini…”，我发现这一层意思也可以明白，它说的应该是：“Lampredotto 是牛肚的一个特殊部位，它是牛的四个胃当中的一个……”

我的书“骗”了我，我以为我知道 Lampredotto 是什么，结果是错的；更糟的感受是，整个旅程中我都以为我吃到了独特的“牛肠面包”，结果我吃的也不过就是满街都有的“牛肚三明治”（番茄炖牛肚，这道佛罗伦萨知名料理，你连在台湾的意大利餐馆都吃得到），虽然“奈波奈”用的部位的确与别人不一样……

我发现我已经不止一次栽在 intestine 这个单词的手里，有一次我在伦敦一家中东餐馆，看到它有一道“炸羊肠”的菜，我想知道他们是怎么处理羊肠的，就点了这道菜，菜上来之后，我吃了几口，对它的口感极为困惑，我实在想不出这羊肠是怎么做的，完全不像羊肠。再吃几口之后，我又觉得它似曾相识，应该是我认识的某种部位。经过我搜索枯肠，反复咀嚼，才猛然领悟这根本不是什么羊肠，而是“羊睾丸”，也许因为料理太过“地道”，店主人怕吓到食物冒险性不够坚强的西方人，才委婉地称它是 intestine。把侍者找来一问，果然证实了我的判断。

但我不能抱怨米勒小姐的书，没有它，我能够充满信心走进店中，并且顺利要到一切我的梦想之物吗？

*　　*　　*

爱弥莉 · 怀丝 · 米勒的《佛罗伦萨贪吃鬼指南》一书，带我勇敢地挤开排队的饥饿人群，吃到了我误以为是牛肠的“牛肚三明治”（panino con Lampredotto）。现在我已经知道，Lampredotto 不是 fatty intestine，而是牛肚的一个“特殊部位”（un particolare tipo di trippa），更是牛的“四个胃当中的一个”（uno dei quattro stomaci dei bovini）。牛胃部里的第一个胃是瘤胃（rumen），第二个胃是蜂窝肚（reticulum），在料理里有时候我们称它作金钱肚，第三个是瓣胃（omasum），也就是俗称的牛百叶，第四个就是皱胃（abomasum），也就是这个三明治摊子使用的不常见的 Lampredotto。

但米勒小姐的美食指南书教会我吃的不只是“牛肚三明治”，她的书中还有许多餐厅或熟食店等着我去“探险”，譬如说，你看看她怎么样描述另一家有意思的餐厅：“每当有人问我哪一家是佛罗伦萨我最喜欢的餐厅，我马上想到马里奥，跟着就饿起来了……”（When people ask me what’s my favorite restaurant in Florence, I think of Mario, then I get hungry…）

这样的开场文字当然令人感到悬疑好奇，忍不住想要进一步读下去，作者就像没事人一样继续轻描淡写地说：“为什么马里奥餐厅的食物会这么美味？可能是因为它靠近中央市场，所以它的食材特别新鲜；或者是因为某种马里奥神力，食物中隐藏着他热情投入的各种能量……”作者谈到的餐厅是一家位于中央市场对街的小餐馆 Trattoria Mario，每天只从中午营业到下午三点半，星期天还休息，“装潢介乎简单到不存在，服务是直截了当，菜单上的菜色则和佛罗伦萨其他小餐馆大致相似”，侍者要你坐哪里你就坐哪里，通常你得和一大堆陌生人摩肩接踵坐在一起……

米勒小姐又说，尽管这家小餐馆已被“发现”，而且出现在若干“旅游指南”或“餐馆指南”书上，但它每天仍然挤满当地人（通常是好的征兆），包括当地的生意人和附近大学的教职员，有些人甚至是每天中午都向它报到。

我们开车抵达佛罗伦萨时，已经过中午了，好不容易还了租的车，办好旅馆的住房手续，一行人赶到马里奥餐厅的门口已经快三点，门口却还排了长长的队伍。我挤到前头去向女侍者报姓名、人数时，生怕她会不让我排队（如果他们想准时下班的话）。忙得不可开交的侍者小姐倒是仁慈大方，回头指着一张大桌子，说：“他们差不多要吃完了，等一下我就给你这张桌子。”大桌子上看来不止一组人马，大部分已经杯空盘空，抱着双臂在聊天了，几个人听到女侍者的话，纷纷站起来结账；不多久，只剩一对深情对望的恋人，不但没有要走的意思，还继续叫了一杯甜酒和饼干，颇有天长地久恋恋不想散席的样子。

眼看着时间一分分过去，我心里暗暗焦急，那位女侍者回头对我挤挤眼，面露神秘微笑，只见她走过去把两位情人请去另外一张小桌，把整张大桌空出来，挥手要我们过去。我们大概是当天最后一批被接受的客人了，周围的食客鼓起掌来，庆贺我们得到座位。我们正要挤过狭窄通道，一路“依思巧思米”，一位食客拉拉我的衣服，正色说：“不要错过 tagliatelle al ragu。”另一位则插话说：“vitello arrosto。”其他人也听到了，纷纷出起主意，但我可就听不懂那些七嘴八舌的意大利发音了。

坐定之后，女侍者走过来，指着我身后写满字的白纸，用力在几个菜名上划了叉叉，说：“这几样没了，其他都还有，你们想吃点什么？”

“我们什么都想吃，我可以点一大堆东西，不管它前菜主菜，全部都一起分享吗？”我说。

“当然，我们意大利人也是这样吃饭的，何况，你们爱怎么吃全看你们高兴，谁也管不着。”

“好极了。那我先要一份 tagliatelle al ragu（肉酱宽面），一份牛肝蕈面，一份培根番茄面，再要一份煮白豆，一份烤小牛肉（vitello arrosto），一份烤兔子，一份炖鸡，我还要来一份你们最有名的bistecca alla fiorentina（佛罗伦萨牛排）……”

“要喝点什么吗？”

“你们的house wine是Chianti吗？”

“当然，你现在就在佛罗伦萨呀！我要提醒你，我们的house wine，一壶是半升。”

“那我们就先来两壶吧。”

过了一会儿，一位帅哥厨师抱来一块巨大的牛肉，问我们牛排分量要多少，我们在托斯卡纳地区旅游时已经知道此地的牛排习惯以“宽度”为单位，我把手指头一指，指在约一英寸[1]多厚的位置，一位老先生，应该就是马里奥本人，负责操刀，在肉案上用斧头一砍，砍下一英寸半厚度的大块带骨牛肉，放在秤上，大叫一声：“1.36 Kilo。”这样，我们就知道牛排的分量，连带价格也知道了，因为墙上就有牛排每百克的单价。帅哥厨师把切下来的牛肉抱进开放式的烧烤厨房，放在炭火上的铁架上，高温的炭火立刻把牛肉炙得滋滋作响，脂肪也随着流在铁架上，发出一阵阵诱人的香气。

很快的，酒来了，各种菜肴也以惊人的速度上菜了。真的如指南书作者所说，无一不好吃。当然，这也可能是美好的气氛作祟；刚才要我必点tagliatelle al ragu的中年男子站起来，走到我们桌前低头检视：“你点了tagliatelle al ragu吗？”

---

[1] 1英寸=2.54厘米。

“咕噜咕噜……”我的嘴巴里塞满了食物，发出无法辨识的声音，只好用手指着桌上，让他看见那盘他强力推荐的肉酱面。邻桌的客人也跟着笑了起来，七嘴八舌来搭讪问候：“菜怎么样？”“你们从哪里来？”“这里的白豆是最好的。”“你们来早了，松露的季节下星期或下下星期才会开始，这里的松露面，那才叫作人间美味……”

侍者也没闲着，隔一会儿就来跟我说两句话，先是问我怎么知道他们餐厅，我把书本拿出来，女侍者笑了，也回身去拿一本出来；又看我们频频拍照，还问我们要不要进厨房试试烤那块牛排，奥斯汀就被我们推派到厨房，在几位帅哥厨师的围绕下，戴上厨师白帽，手持巨叉，在炉火前摆出各种拍照的姿势。

其他桌的客人大概都用完餐了，迟迟不肯离去，人人手持一杯酒，大声说笑着，还有一位客人正大声唱着歌。其他客人喧闹着，和着歌，取笑他，好像彼此都是相识一样。也许他们真的彼此相识，如果他们就是书上说的每日来吃饭的常客，吃饭吃到彼此相识也并不稀奇，何况他们每个人都叫着老板：“嘿，马里奥，我的酒没了……”

突然间，那位唱歌的客人生气了，对着另外的客人咆哮起来，满脸通红，音量惊人，另外一位客人也大声回击，拍桌助势，两人似乎都喝醉了，虽说是午餐，但这时候已经四点半了，在我的家乡，晚餐已经不远了呢。

*　　　*　　　*

午餐已近尾声，邻桌有人满脸通红开始唱歌，也有几桌客人跟着唱和起来。餐厅服务生一面偷笑，一面跟着轻声哼唱，手上也没停，动作敏捷地开始清洁吧台、收拾桌椅。突然间，那位满脸通红、率先唱歌的客人不知何故生气了，对着另外一位客人大声咆哮，音量非常惊人，另外一位客人也不甘示弱，站起来大声回应，还击桌壮势，发出巨大声响，两人似乎都喝醉了。“卡洛，卡洛，别激动……”其他客人好像都认得这两位吵架的客人，有人出言相劝。除了我们这一桌，其他人似乎都完成了食事，桌上已经空了，多半只是一杯在手，聊天闲坐而已。一位年纪稍大的厨娘站出来劝架，一手扯住站立客人的衣袖说：“卡洛，卡洛，”她用一种像母亲的口吻：“回家吧，回家去。”几个客人笑起来，戏谑地和声说：“卡洛，卡洛，回家去吧。”

我才注意到这位劝架的中年厨娘可能就是老板娘，这时候，她突然改用比较严厉的斥喝口气，提高声音说：“卡洛，回去，你喝太多了，下次我不倒酒给你。”挨骂的客人变得泄了气一般，低头慢慢转过身，老板娘一路扶着他往门外走去，一面低声不知和他说些什么；一直服务我们的女侍者，笑嘻嘻跳出来说：“你们还要来点什么吗，我们的厨房要关了。”

我摇摇头，她说：“那你们还要多来点酒吗？”

我说："不，我们都够了。"

"那我给你拿账单来。"她转身蹦跳离去，轻快得像一只麻雀。

我回头看门外，那位吵架的客人还在门外和老板娘拉拉扯扯，不肯离去，老板马里奥也已经靠过去，对他好言相劝。再看室内那位领头唱歌、率先吵架的酒醉客人，则已经颓然醉倒在桌前，吵架对象一走，他的力气也仿佛放尽，现在，他的头垂到胸前，红通通巨大的酒糟鼻发出呼噜噜的声响，旁边的人也不理他，继续开心地聊天，餐厅一半的灯已经熄了，客人还没有要走的意思，倒是帅哥厨师和美女侍者一个个换上T袖、牛仔裤，低声匆忙地相互告别："Ciao，Ciao。"

结完账，我们也依依不舍起身走人了。多年后重返佛罗伦萨的这一餐，的确让人难忘，不仅食物的滋味饱满丰富，连当地人的生活风情也让人觉得真实亲切。这不是人工的、观光的、虚构的，仿佛是不小心走进别人的生活里，仿佛不小心窥见人家后院晾挂的衣物……走出门口，门外白花花的阳光洒了我们一脸，但市场前的广场却有点冷清了，看看时间，已经下午五点了。

我是怎样得到这样闯进他人生活的能力或者运气？如果这时候我敲敲我因为喝酒而有点晕陶陶的头，我会记起来，那是因为一本书的缘故，作者分享她的奇缘，我只是一个受到诱引的读者。我没有什么了解“他者”的能力，那不过是来自作者一两句起“化学作用”的叙述语句。

一本书有时不只带你去一家或者两家餐馆，在这个例子里，因为第一天的尝试奏效，我把背包里的其他书都丢在旅馆里，我已经决心要追随这一位从美国移居至托斯卡纳的女作家爱弥莉·怀丝·米勒，以及她以无限的热情所写的《佛罗伦萨贪吃鬼指南》。

我在书中细心寻找打动我的句子，以便决定该如何“按图索骥”；细读之下，我可以敏感地察觉她对“高级昂贵餐馆”的介绍并不起劲，反而在那些最适合“平民”甚至是“贫民”的餐馆介绍里，能找到“最真心、最不保留”的推荐。

但对于我来说，那些试图说服我等凡众的文字里，充满了令人惊喜称奇的“新知识”。譬如说，她推荐了几家专门喝酒的地方，喝酒的地方大部分也有餐点供应，你也可以拿它们当作用餐的去处（有点像日本的“居酒屋”有时候是很好的餐厅）。事实上，愈来愈多佛罗伦萨名叫“酒店”（enoteche）或“酒吧”（wine bar）的地方，常常就是完整而高价的餐厅。米勒小姐显得对这些不符传统的“改变趋势”颇不以为然，她在书中解释了传统的佛罗伦萨用餐习惯，人们应该先到“酒店”来个“餐前酒”（aperitivo）时光，常见的时间是晚间七点到九点，两杯酒以及一点下酒点心之后，心情和胃口都进入状况，这时候才是移驾餐馆进行真正晚餐的合适时间。米勒在书中介绍了一家酒店，堪称“不惑酒店”，因为他们选酒不重名气，而是重视“良好的质量价格比”（un buon rapporto prezzo/qualita），一支酒只要“贵起来”，贵到名不副实，他们就毫不犹豫地放弃，即使那瓶酒是因为他们的推荐而出名，他们也绝不再卖。但我读出来的“春秋大义”却是这一句：“他们想恢复威尼斯酒店传统气氛，人们在餐前到酒店，试一杯有意思的酒，吃一点小点心……他们甚至在晚上八点就关门，那是典型的佛罗伦萨晚餐时间……”

米勒小姐赞许这家酒店维持传统，“谦冲自抑”，默默为顾客寻找物美价廉的好酒，不抢餐厅的生意与锋头。她也“顺便”批评了别的酒店：“不像其他酒店，他们只不过是铺上桌布、点上蜡烛，就化身成了过度收费的餐厅……”

这些文字让我太感兴趣了，也对“酒店”与“餐馆”的分工有了新的了解。我们为此选择了一个午后，专心一意要去感受一下这家得到作者盛情赞美的酒店——“狐狸与葡萄”（La Volpe e l'Uva）。

酒店其实位于观光地带，就在过了“老桥”（Ponte Vecchio）不远处。但确切位置却隐秘得令人意外，我在桥头绕了一遍又一遍，遍寻不着；最后只好走进一家小裁缝店，向一位满脸倦容的裁缝妇人问路。不会半句英文的裁缝妇人好不容易才搞清楚我的问题，却又无法用意大利文让我明白她的答案，她只好叹了口气，挣扎爬起身，带我走到一个上坡转弯处；真奇怪，这个地方我已经绕经几次，本来山穷水尽疑无路，现在柳暗花明冒出一个小广场，广场边上几张铺了大理石桌面的铁桌铁椅，一家树荫下的小酒店赫然在望。

店里头架上密密麻麻摆满了酒，几乎每瓶不同，简直让我眼花缭乱；店内只有一个吧台和两张小桌子，早已坐满喝酒看书的顾客，室外树荫下倒有较多座位，我向一位头发花白的年老侍者要了树下的几个座位，表明我们是来喝酒的。老先生也会心一笑，转身拿来一本大簿子，里面也密密麻麻是按地区排序的酒名，价格则多半极便宜，低的不过八九欧元，偶尔有贵一些的，也不过是三十或四十欧元，最多的酒款价格落在十二三欧元上。我看那本子是难以细读了，想到书上说他的工作人员拥有绝佳的酒品知识，我一区一区向侍者询问其特色，再一瓶一瓶探问它的评价，老侍者堆满笑容一一耐心回答，表情时时有意大利人特有的丰富与夸张，折腾一番之后，我终于挑定了三瓶酒，说明了品尝的顺序，又要了一些小点心和干酪、腊肠之类的佐酒之物，商量完毕之后，老侍者颔首微笑而去……

头发花白的老侍者颔首微笑而去，不多时，又面带微笑而来，他手上持着一个冰桶，腋下夹着一瓶冰透了的白酒，一路上还不忘与其他桌的客人打招呼，并交换几句闲聊。来到树荫下我们的桌边，他架好冰桶，口袋里拿出侍酒者的开瓶刀，手法熟练利落地开瓶取了瓶塞，把瓶塞让我闻味确认之后，将它立在桌上，随即从瓶中倒出一点黄澄剔透的酒液让我品尝。

我拿起酒杯凑鼻深深吸了一口气，一股近乎杏桃花的清香味道立即在我的口鼻腔孔散发开来。这是一瓶产自托斯卡纳的维欧尼（Viognier），酒厂则是未曾听闻的坎佩弟（I Campetti），维欧尼葡萄是外来品种，并不是本地常见的白酒主力品种铁比亚诺（Trebbiano），我们从托斯卡纳乡间一路走来，路途尝过多种圣吉米那诺的维纳奇亚（Vernaccia di San Gimignano）白酒，用的都是铁比亚诺种葡萄，滋味大同小异，现在突然冒出一种特别香气，有点让我精神一振。轻啜一口，冰凉沁透，满口清香，加上一点刺激味蕾的酸度，的确是一瓶别具一格的好酒，我连忙点头，示意侍者为所有同伴倒酒。

又过了一会儿，下酒小点心也来了，一碟铺满各式腊肠、火腿、腌肉的肉品切盘，一碟三种不同干酪的切盘，还有一碟托斯卡纳油渍菜（sott’olio misto）；在广场树荫下，我们放松心情，一面啜饮美酒，一面品尝滋味丰富多彩的佐酒美食，一面还看着广场轻盈流转的光影与人群。我们漫无边际地聊着天，谈着近日来旅行途中的种种见闻感受，心里不再记挂旅行的行程与计划，有一种时间静止的悠闲之感。

这时候，我却忍不住注意起邻桌三位衣着艳丽的中年女子的食物，她们大概比我们更早一步入座，但光是拿着菜单聊天就耗去不少时间，其中一位面向我的女子，穿着西装外套，里面一件翻领的大红衬衫，一副女强人打扮，她一面戴上大框眼镜看着菜单，一面还对着手机大声讲话，侍者前后被召唤了三次，好不容易才把酒菜点好（她们似乎是很容易改变主意的人，每次有一位女士点了东西，另外的女士就想到要更改她原来点的东西）。

我心里想，这不是一家不抢餐厅生意的传统酒店吗？菜单上的简餐，来来去去不是就那几样吗？她们为什么有这么多主意可以改变？现在，我们第一瓶酒已经快要喝完，她们的午餐终于上桌了。

每个人都是一个大盘子，放眼看去底层露出烤成棕色的 bruschetta（一种到处可见的小点心，切片的面包涂了橄榄油和大蒜去烤），上面铺满了油光红亮的番茄切丁，还有一些绿色色拉叶，只有中央放着不同的内容，有一位盘上满满的火腿切片，另一位盘中看起来是鱼，面对我的那位女强人，则动手切着一大块牛排模样的主菜，几份菜看来诱人地美味可口，令我感到羡慕，但我完全记不得菜单上有牛排这样的东西。

三位女士各自叫了一杯酒，有红有白，书上提到这家酒店每天都开十几种不同的红白酒，供客人单杯选点，每一款都物超所值，作者还说她自己经常去试各种当日酒款，并和老板闲话家常，每次总能得到许多知识，看起来单杯点酒才是这里常客的习惯。

消暑解渴的白酒已经喝完，我点的另一瓶红酒也已经来到面前，这是来自意大利最北边、靠瑞士边境的 Alto Adige 地区的红酒，此区酒庄很多冠有德国姓名，大概是瑞士德语区人士移入的缘故，眼前这瓶酒的酒庄也有个德国名号，叫作Rockhof，酒名叫作Caruess，Alto Adige以白酒闻名，老侍者却推荐给我红酒，也许有些原因。酒倒入杯中，呈淡红紫色，看来是比较接近黑皮诺（Pinot Nero）的路数，入口之后，果然淡雅有味。配着盘中的黑猪火腿，食物与酒的滋味都提升不少。我持着酒杯，啜饮一口，忍不住舒服地叹了一口气。

这种时刻追问酒庄与酒品的来历要做什么？夏日午后在广场上无所事事，放松心情，美酒相伴，就让日子贴着肌肤自然流逝，我们似乎已经体会到托斯卡纳人心目中“美好生活”的真义，酒是否出自名厂并不重要，心情好、同伴对，每一支酒都能提供你片刻美好时光。这种徜徉佛罗伦萨一角的幸福感，似乎并不需要用很高的代价去取得。但这样的美好时光，是谁提供给我们的呢？

我们离开托斯卡纳基安蒂（Chianti）地区的时候，特地从瑞士赶来陪伴我们的德国友人西尔克（Silke）非常忧愁，因为她不能再陪我们前往佛罗伦萨了，我要她别担心，她却满脸愁容说：“可是你对佛罗伦萨一点都不熟，你们要去哪里呢？”

我露出微笑，拍拍我的书包说：“When I travel，I always arm with a couple of books.”

不是吗？当我四处行走之际，“我总有几本书防身”。我读着书本，有时候我循书中线索走进陌生城市的僻巷酒店或黑暗城区餐厅，并不特别感到害怕，因为我知道我有“某位知识丰富的友人”与我相伴，我其实并不孤单。

每一本书的存在，就意味着一位“前行者”的存在，你并不是一位“冒险者”，你只是一位“追随者”。所以说，岂止是读书“防身”，我几乎可以说，“have book，will travel”。

旅行与读书的关系极其微妙，读书常常在旅行之前很久就已经开始了，甚至开始于你不自觉之处。

常常是因为书中所述的某件事，触动你前往某处的动机，特别是如果你有一个“众人无法理解的目的地”，常常是因为你读了一本“冷僻的书”的缘故。我曾经来到靠日本海，离能登半岛不远处一个荒僻的小渔港，来到一家可以投宿的“鱼料理餐厅”，这个地点在任何旅游书里都找不到，原因就是我有一次在一本日文旅行杂志里看到一则读者来信，提到这家令他终身难忘的餐厅，他的赞叹口气不知怎地就触动了我，后来有机会制定前往附近地区旅行的计划时，就有“某种理由”使它突然转弯，成为后来那样的蛇行曲线，我和我的朋友也因而得到另一个终身难忘的经验。

没错，读书开启了一场旅行，我们甚至运用书本“想象一场旅行”，我指的就是我们参考各种书籍来计划旅行的时候。书中有各种数据和提示，告诉我们此处如此，他处如彼，这家餐厅有难忘的滋味，那家酒店有独特的风情……我们乃从中挑选心之所向，因而有了一场旅程的构想。

然后，如果我们计划成真，有幸成行，我们也通常带了书本出发去旅行。

带着书本去旅行，有时候是为了打发旅途中不可避免的“无聊时光”，譬如长程飞行时或困居车站时，手边如果有一本不用大脑的通俗小说，时间会流动得更快一些。但这些是作为“伴侣”的书，就像“咖啡伴侣”（coffemate）一样，本身并不成就一场旅行。另外有一些书则“任重道远”，因为它们要负起“指导”旅行的责任，它们提供信息与建议，供你检索与参考，它们是所谓的“导游书”，也就是特殊的书本类型：“旅行指南”（travel guide）。

我们旅行总是带着一本或几本旅行指南，虽然不限是哪一种形式或体例，总之，旅行中有一些书是预备用来“验证”或“兑现”之用。它将是我说的与“真实世界”相遇的书，也就是描述的世界与真实的世界要面对面的时刻。

这些兑现时刻，决定了你将“由书所成”还是“为书所毁”，决定了你对“真实世界”的适应程度，决定了你旅行历程的幸福与否……

* * *

旅行时随身必备的“旅行指南”，并不一定每次都安全护送你抵达彼岸。

有一次，在瑞士旅行来到因特拉肯（Interlaken）时，我被随身携带的旅行指南书中的一段话吸引着了，它说：“全瑞士最美丽的景致出现在少女峰区域，人们的注意力太常聚集在当中的三个巨峰：少女峰（Jungfrau，4158 米）、僧侣峰（Monch，4099 米）和艾格峰（Eiger，3970 米），但闪闪发光的皓首雪峰只是一半的真相，邻近山丘与溪谷以绿色、棕色、金色交织而成的景色其实更为美丽……”

我读到这段话停了一下，因为我读到的“言外之意”是，只知道游览少女峰的旅客并非真的“行家”，懂得在“邻近山丘与溪谷”寻求旅游目的地的人才真正懂得这个区域的隐藏之美。怎么办？照这样说，我也即将变成一个“外行人”，因为我虽然此行并无计划，但前一天从瑞士、意大利边境的卢加诺（Lugano）湖畔来到此地，本来正是为了搭乘登山火车上少女峰，现在我可踌躇了。

我赶紧在书中继续寻找“邻近山丘与溪谷”的资料，发现了一段语焉不详的话，它说：“在那里可以搭乘齿轨火车（cog-wheel train）直上标高 2001 米的施尼格普拉特（Schynige Platte），此处景观开阔，是远眺三高峰最佳观赏点，并有一所种植五百多种花草的高地植物园（门票三瑞士法郎）。在这样的高度，许多花卉都到六月、七月才开始盛开。有一条绝佳的健行路线可从此出发，前往弗尔峰（Faulhorn，标高 2681 米），再经巴哈湖（景色如画，许多旅行画片以它为景），最后可达菲斯特（First），单程健行约需六小时，菲斯特山区有缆车可直抵山下的格林德（Grindel），并有路线巴士接往格林德瓦森林（Grindelwald）……”

虽然线索不多，但我已经相信这是比直上少女峰更有意思的旅程，六小时脚程听起来对我也还游刃有余，花一天时间爬山走路也比较像是来到这个“千山之国”该做的事，我当下就做了决定。

我把大背包寄存在因特拉肯火车站的Locker里，捎上一个能收纳过夜所需的中型背包，兴致勃勃地向施尼格普拉特出发。搭上齿轨式登山火车，火车咬着齿轨，爬上坡度陡峭的山路，木制的车厢嘎嘎作响，经验颇为有趣。抵达施尼格普拉特时，时间还早，才八点钟，我与同伴先去参观高山植物园。不知是时间的缘故，还是其他原因，园内人踪罕见，我们两个人东逛西看，只见花草鸟兽，不曾遇到其他游客，连管理工作人员也渺无所睹。

出园之后，我看时间不到九点，心想六小时的健行时间绰绰有余，如果我们脚程正常，应该在下午三点不到即可抵达缆车所在地，也许傍晚以前我就有机会到达格林德瓦森林，再来寻觅住宿之处应该不难。我们追随山上的指标由西向东行，看见也有不少人前来健行，健行者兵分二路，一部分人向山下走去，大概他们的路程是走回火车起点，一程坐火车，一程走路，有人由上而下，有人由下而上，这里空气新鲜，景色怡人，在此地健行显然是很好的休闲活动。

另外一些健行者则往东出发，看来方向与我们相同，或许也是同条路径的伴侣，这样就更令人放心了。走了一小段路，木制指示牌消失了，路标就直接用油彩写在石块上，路也变狭窄了，健行者慢慢自然形成一列单人的蜿蜒曲线。这时一位高大健硕的女子靠过来，微笑问道："Guten Morgen（早安），你们往哪里去？"

我连忙答礼："Guten Morgen，我们要健行，预备走到菲斯特。"

这位友善的妇人从头到脚把我打量了一下，迟疑一会儿，欲言又止，她挥挥手上成双的登山手杖："你需要手杖吗？我可以给你一根。"

我说："非常多谢，但我想我这样可以的。"

她看了一下我的同伴："也许你的夫人需要一根手杖。"

我说："她和我一样，很会走路，谢谢你的好意，真的。"

这位脸部线条刚毅、戴着运动墨镜的高大金发女子拘谨礼貌地点点头，挥挥手向我们告别，转身离去，她健步如飞，不多时，她已经离我们有好一段距离了。

我远眺她的背影，心里觉得不祥，因着她的提醒，我才注意到其他健行者的穿着与装备都与我们不同。拿这位女士来说吧，她头上戴着毛线帽，脸上戴着防紫外线墨镜，身上穿着雪衣夹克，脚上穿着厚重的登山靴，手上还拿着一副登山手杖，杖尖还有一个圆圈圈，如果没有认错，我在书上看过这种手杖，它是雪地登山用的装备。但现在是盛夏的七月天呀，我们不是只要在山上“走一走”（take a hike）吗？

我看看我自己，上身一件马球衫，下身一件牛仔裤，脚上踏着休闲型皮鞋（旅行之际有时在城市，有时在乡间，有些场合轻松，偶尔也有略为正式的场合，如果不想带两双鞋，一双可以混充正式的休闲鞋是很好的选择），背上有个行动时略嫌太大的软背包，我的服装让我看起来比较像是在城中游览的观光客，作为登山客就有点逊了。但人在路途，总不可能样样如意呀！

那些装备齐全的健行客已经走远，我们已经落单。这倒也让我省去忧愁。事实上，这条路很快就走到山脊棱线上，右边远方就是少女峰等三巨峰的连峰全景，山头覆盖着皑皑白雪，气象开阔，雄伟壮丽。左边远处是不知名的山峰，山势较矮，但山形妩媚，一片翠绿，也是赏心悦目。山路两旁，尽是碎石，碎石中有杂草与白色小花破土而出，紧贴地面，不畏山风。两侧往下陡坡之处，绿草连绵，间或有棕红色或黑白相间的牛只在绿茵中吃草，它们脖子挂着巨大的牛铃，移动时铃声清脆，悦耳动听。

这时候，轻风徐来，略带凉意，鼻腔中都是草香，觉得仿佛身在仙境。或者不是仙境？我又没去过仙境，不知仙境是什么模样。但此情此景，至少说身在“风景卡片”中绝无疑问。

所以，一刻钟之前，一位陌生女子捎来的奇怪问候，已经被我忘在脑后。

一面走在高山上，一面看着遍山漫野愈来愈多的绿草地与小白花，心情十分舒畅。这时候我突然想起来，这些到处可见的小白花，不就是德奥民谣里的edelweiss吗？edelweiss这种菊科的薄雪草，遍生于阿尔卑斯山区的岩石间，此刻我们正在阿尔卑斯山区，行走在小白花的故乡，而小白花未曾预告，一下子就满坑满谷地冒出来，让人毫无准备，也喜出望外。

我们走了约莫一个小时，本来还可以看见一些远方前行的健行客身影，但现在我们转进了一个感觉像山谷的地方，太阳一下子被高山阴影所遮，变得阴暗凉爽，也比较狭窄局促，视线变得不开朗，也看不到其他人踪了。

可是再一个转弯，眼前出现的景观可把我吓傻了。我们大概是走到了山的背阳面，虽然已经是仲夏的七月，眼前出现的是一整片未融的雪坡，白花花覆盖了山面与山路。走在前面的健行客此刻又能看见了，他们正走在雪坡上，山的坡度极陡峭，山路此刻只是雪地上一个个踩出来的脚印，健行客走在山坡上像是白色雪坡上一个个黑色剪影。那脚印踩出来的山路旁，是一路直下数百米的山谷，最底下则是淅沥声响的溪涧，只要一个失足，你就要滚下几百米，撞上各种巨石，最后则落入那些雪水融成的溪谷之中……

*　　*　　*

面对右有雪坡，左有落崖的羊肠雪径，我看着自己空空的双手，以及脚下的平底皮鞋，踌躇再三，不知该不该落脚。此刻突然想起刚才游完高山植物园后，火车站旁有家鞋店提供租鞋服务，那是登雪山的专用靴鞋，靴底有固定钉的那种，而且强调可以在此地租，在下一站还，你无需回头，现在我可终于知道是怎么回事了……

但千金难买早知道，此刻回头到出发点又要一个钟头，来回两小时，我的六小时健行不就要变成八小时了吗？眼前这条路看来虽然惊险，但未融的雪地仅限于山的背阳面，也许就是这么一两处，既然乘兴而来，何不就随兴而为呢？何况导游书上说得一派轻松，应该不是什么真正困难的路线吧？想到这里，精神与勇气都恢复了，就决定上路了。

陡坡雪地上的“路”，就是一个一个的“脚印”踩出来的凹陷。我小心翼翼把鞋底印在“前人的脚印”上，走了两步，发现很困难，因为那雪早已踩成冰块，又硬又滑，只要脚底一滑，我就得滚下那几百米的深渊了。我改变策略，面向山壁，把手扶在雪坡上，积雪时日已久，此刻也变成冰了，抓起来尖锐刺掌。但我们也顾不得这许多。双手紧抓雪壁，两脚战战兢兢，一步“一脚印”，试着穿越这条拦着山腰的雪路。

途中有几次感觉到脚底打滑，一颗心像要从口中跳出来，但幸好另一脚是踩稳的，手上也传来抓紧雪地的刺痛，总算一步一步，有惊无险地穿越了一片山坡。当我们走完雪路，重新回到碎石与草地的路上，我觉得自己紧绷的身心都松弛了下来，回头再看那一片陡峭的雪壁，惊心动魄，简直不敢相信真的已经渡过了这一关。

往前看，前方我们已经完全看不到任何健行客的身影，视野又变得开阔，只见远方的连绵山峰，棕灰的地面和散落其间的绿意与小白花，心情重新又感到快慰惬意，忍不住想吹口哨。

约莫又走了半小时的棱线，我们又走进一片凉荫处，山路似乎又下坡转进一个山谷，再一个转弯，我们又傻了，一整片比刚才更大、更陡峭的雪壁出现在眼前。我们再度走到了山的背面，另一大块未融的雪坡挡住我们的去路，雪壁仍然是有路的，也就是那沿着雪壁腰上刻出来的一个个“脚印”。我们到底是走，还是不走？

不走的话，我们就要回头，就算放弃，也要再走将近两个钟头，才能重新乘坐齿轨火车下山，更重要的是，你还是得穿越好不容易才通过的第一片雪壁回去，那片雪壁有比眼前这一片雪壁容易吗？这一片雪壁带你“走向”目标，另一片雪壁带你“放弃”目标，我应该走哪一片雪壁？

我和同伴商量，她耸耸肩说：“都已经走到这里了。”说的也是，我们已经走了两个多钟头，如果“照书本上说的”，我们应该只剩三个半小时路程，就算前方还有两片雪壁，咬一咬牙，也就撑过去了，不是吗？

我们再度走上雪壁，手脚并用，又爬又走，走在惊心动魄的硬滑冰地上。没有穿戴手套的双手，已经因为抓着雪壁而多处割伤了，现在手心隐隐作痛。但我心中仍有不真实的感觉，此刻是七月的盛夏，我的头上因为日晒而冒着汗，我的手掌却有冻伤之虞，而踩在冰壁的休闲鞋挡住足底传来的寒意，这究竟是什么样的一种情况？

用了也许是半小时，但感觉像一世纪一样长，我们又越过了这片雪壁，吁嘘了一口气，一面暗称侥幸，再度走在景观美得不似人间的壮丽山景，清风徐来，空气中充满香气，心情也跟着又愉悦起来。

好消息也不久长，再一个转弯，第三片巨大的雪壁冒出眼前。我们对望了一眼，摇摇头，但我们已别无选择，也不用讨论了，我率先又踏入冰壁上“前人的脚印”，我们已经不是“健行”，而是“爬行”，手掌心伤痕累累，手背上却被晒得发红发烫。已经爬过两片雪壁，却也无法降低心中的恐惧，每当向下看着脚下几百米的溪谷，听到轰隆隆的溪流声，还是忍不住一阵脚软，手上冰雪抓得就更紧了。

再度越过雪壁，回到正常山路上，我们已经不再抱持“这是最后一片雪壁”的虚幻期望，我们倾向于相信，前方还有更多更大的冰壁正在等着我们。我们趁着走在寻常山路，看到坡地上有放牧的牛只，走下坡地想找一点人踪求助，但我们看不到半个人影。在一个废弃的牛棚，我们拆下几片木头，看看能不能充当登山手杖来用。果然，走没多久，我们再度面对一片雪壁，我们试着使用新来的登山手杖，虽然形状不对且不容易趁手，但终究多了一个支撑，平衡感好得多，我们也就信心大增了。

几乎转一个弯，就出现一片雪壁，愈来愈频繁，我也数不清我们到底走了几片雪壁。我开始感到饥肠辘辘，看看表，此时已是下午一点多，我们已经走了四个多钟头，也难怪饿了。我翻找背包，没看见半点零食，只找到一罐前一天在路上购买未喝的啤酒。越过一片雪壁后，我把它放进冰壁里冰一冰，坐在路边石块上就分着把它喝了，权充一个简单的午餐。

吃完克难午餐，精神恢复过来，我一面觉得自己有点可笑，一面也觉得这是人生不可预料的奇遇之一，何不苦中作乐呢？我们再度抖擞精神，大步向前走了。

没有再走太久，就在我们穿越另一片雪壁之后，我们走进一个几乎全被积雪淹没的山谷，远远看到有民房，心里不觉一振，不由加快脚步，内心一面揣摩，这究竟是哪里？猛然想起书上说的，在健行路线上，有一处卖咖啡和香肠的所在，虽然简陋，却是登山者休憩补给的好去处，也因为这段话，让我觉得准备粮食并无必要。想到有热腾腾的咖啡可以充补，心里更加兴奋期待起来。

但走得愈近，愈觉心疑，因为看不出一点人气。走近看清了，一间小木屋被积雪掩盖，屋外有一些不辨形体的木桌木椅，的确“曾经”是个营业的咖啡店。但看这副积雪深埋的模样，不营业应该已经很久了，书上的数据显然是过时了。

热腾腾咖啡的盼望落空后，我有点感到泄气，也觉得有点累了，我们拨开木桌椅的积雪，先就坐下来休息。但我有点纳闷，我们已经走了五个小时，这个地点究竟是哪里，离我们要去的地方还有多远呢？

突然间，远方传来一阵笑声喧哗，我抬头看见雪路上走来三个人影，他们一面喧闹，一面也看见我们，挥手向我们打招呼。这倒是第一次我在这个路线见到对面有人走来，如果此地离缆车不远，他们可能只是上山走走，随即原路下山，但也意味着路途不远了。

等人走近，发现他们是三个衣着简便的年轻人，身着 T 袖、牛仔裤，脚踩球鞋，手上也没登山手杖之类的东西，和我们一样，他们是一队讯息不足、装备完全不对的健行客。

“Hi，there，你们是从施尼格普拉特来的吗？”为首的一位年轻人问道。

“是呀！”我说。

“还有多远？”

“我们走了五个钟头。”我说。

三位年轻人抱着头发出惨叫。但我有同样的疑问，我问：“从这里到缆车有多远？”

“我们走了四个钟头……”

*　　*　　*

“嗄——！”听到三位年轻人说离缆车还有四个钟头，现在轮到我抱头发出惨叫。他们面色不安，继续探问：“前面的路和我们来的地方一样恐怖吗？”

“我不知道你们那边什么样子，但我们来的路上是够恐怖了。”我一面比手画脚把我来时的冰天雪壁描述了一下，为首那位年轻人苍白着脸，回头以询问的眼神看着他的同伴：“我们要回头吗？”

另外两位穿T袖的年轻人立刻发出凄号，好像天塌下来一样：“No！！！”

为首的年轻人乞求援助地看着我：“How about you，Sir？”

“我也绝不回头。”我一面站起身：“而且我觉得我们应该立刻就动身，免得天黑了还在山上。”

我们互相祝福对方幸运，动身前往不可知的前程。

我再度走到雪地上，新的路段不是一整片高悬的雪壁，而是一个积雪盈尺的山谷。我们的每一步都要踩进松软不一的雪地，有人走过留下脚印的较硬，无人走过的较软，一部分雪地也在融化中，湿软的雪泥中偶尔还冒出坚韧的杂草。我们发现踩在杂草上比较不容易滑动，而手上那两片木板也对平衡有很大帮助，走起来比前段快多了。

但四小时才走到缆车这句话纠缠着我，我感到恐惧。此刻已经是下午两点多，如果真的再要四个钟头，我们抵达缆车站已经是六点以后，而缆车的末班车是四点五十分，意味着我们要自己走下山，那可能又要一个多小时，到了山下天已经黑了，更糟的是巴士也没有了，前往格林德瓦森林的计划又要如何进行？

我们加快脚下的速度，走完雪谷，又看见一大片雪壁，好像一连串的路线都走在山的背阳面，不知何时才能重见阳光与草地。越过两三片雪壁之后，虽然还是积雪处处，但我感觉路线绿意又多起来，慢慢连雪壁也不觉得太恐怖，可能是比较适应了。

我和同伴不再像刚出发时那样一路上有说有笑，我们各自闷着头走路，愈走愈快，只希望那三位年轻人的情报有误，我们还有希望可以赶上末班缆车。

一面快走，我内心一面也有点抱怨起那一本一路伴随我的旅游指南书来。为什么没有丝毫线索提到夏天可能仍有积雪？为什么也没有提醒读者，这不是一般的健行路线，你需要一点雪地的装备？

山路转了一个弯又一个弯，每过一转弯，就再出现一片雪壁，偶尔也出现有雪谷路段，我们也麻痹了，看到雪壁就爬过去，看见雪谷就踩过去，不再多想。最后我甚至对自己脚下的Camper 休闲鞋感到惊奇，觉得它的表现太神奇了，我已经在雪地和山路里走了七个小时，这双城市里的休闲鞋竟然还没有一点变形或渗水的迹象。

走着走着，山路和雪地还是绵延不绝，放眼望去，群山层层相迭，不知所终，而我腕上的表已经显示五点，代表着末班缆车已经开走，我内心忍不住叹了一口气，脚下也进一步加快步伐。

大约是在五点二十分，我们终于看见缆车站的踪影。走近看时，已经空荡荡无一人影。缆车站旁有小路下山，看来也是积满白雪，旁边还有许多湍湍小溪流，发出琤瑽之声，可见积雪是在融解之中。

我们走在雪地上，积雪和杂草、烂泥混在一起，我的鞋子再也无法保持干燥，雪水从鞋子上方流入鞋中，袜子湿了，脚底觉得又冷又难受。开始走的时候还觉得路途清楚，但再走下去，发现山路愈来愈陡，脚下很难平衡，我走得又急，有好几次就滑倒在地。在其中一次滑倒时，我重重摔在雪地上，一时竟然停不住，一路往山下滑去，我用手上的木板充作煞车，才减缓了速度。但却在这一摔里领悟了某种诀窍，我发现可以坐在雪地上，用“滑溜梯”的方法向下急降，并用手上的木板来控制方向并煞车。

我和同伴立刻改采这个方法，在较陡的坡段，用坐位滑溜的方式前进，来到坡地较缓处，我们再站起来步行。这个方式速度很快，前进也很顺利，至于牛仔裤完全湿透，屁股碰撞石块疼痛不堪，也顾不得了。

且滑且走，不多久，坡度愈来愈缓，雪地也面积变小，水声愈来愈大，处处有湍流，草地又开始大片大片地出现。不知何时，我发现我们已经完全走回到平地上，处处有流水绿地，偶尔看见牛只，又是一番田园景象。我猜想我们的噩梦已经过去，我们应该是回到“人间”了。

我想我们已经来到格林德，只是还未见村庄和人踪。很奇怪的，坡地和缓了，心情也和缓了，在山上还一直担忧着无巴士可乘，此刻我也不感到害怕，反倒相信“船到桥头自然直”了。

我们像散步一样，依依不舍地丢掉手上的木杖，走在风景如画的田园里，山路不知何时已转成铺装路面，到处流窜的湍流也已经变成沟圳，田园已不再是纯粹的自然景观，我们感觉到人工介入的痕迹，我们已经回到“文明世界”了。

既然有“文明”，应该就有人踪，很快的，我们开始看见农舍，看见道路，更远远看见一栋大房子，那有可能是某种“营业”的所在。靠近时，果然看见一家正在收拾打烊的咖啡店兼卖店，一位老太太正在门口清扫整理，在她身旁就是巴士的站牌。

“Hi，Good evening！”我趋前和老太太打招呼，她抬起头充满兴味地看着一身狼狈的我们。我指着站牌问：“还有往格林德瓦森林的巴士吗？”

老太太用灰蓝色的眼睛瞅着我，似笑非笑地说：“最后一班车一个钟头前已经走了。”

“这附近有任何地方可以住宿吗？”

“最近的地方就是格林德瓦森林。”

“那怎么办？我有任何方式可以找到车吗？”

“我帮你到停车场看看。”说完之后，她转身走到房子后方，一会儿又走回来说：“停车场里还有一辆车，他们可以载你一程。”

我们走到停车场，一位头略微秃的年轻男子正在清洗一双沾满泥泞的鞋子，他的车子停在一旁，车门开着，一位金发女子正在整理她的头发。我走过去和他们打招呼：“你可以载我到格林德瓦森林？”

男子头也没抬，说：“是呀！我顺路的。”他又问：“你们是从缆车站下来？我们刚才也才走下来。”跟着又指了指那双满是泥泞的球鞋。

我说：“我们是今天早上从施尼格普拉特走过来的。”

男子一面把鞋子放进车内，一面吹了一声口哨，好像对这个回答感到惊讶，但他只说：“进来吧，我们可以走了。”

*　　*　　*

好心的一对年轻男女愿意载我们一程，我们松了一口气坐进车内，这才看清楚我们一身的狼狈。我的休闲鞋和袜子已经完全湿透，牛仔裤也完全湿了，身上处处沾染了泥渍，我背上的背包也在滑下雪坡时弄湿了，汗水流在我们的额头上，头发全部纠结成一团，我们的确像是历劫归来的幸存者。

车上两位男女讲着法文，我搭讪地问他们的来处，男子回答是日内瓦湖畔的洛桑（Lausanne），也是出来旅行的，大家因此聊起分别去了哪些地方。不过车程不远，对话无多，很快地我们就抵达格林德瓦森林的火车站，男子很客气地问我："把你们在车站放下可以吗？或者你希望我载你们去其他地方？"

"车站就可以了，非常非常感激。"

下了车，与好心车主告别之后，我发现自己两腿酸痛沉重，举步维艰，我已经没有力气再走进站前的游客服务中心去寻找住宿资料。我把手一指，指着眼前看见的一家最大最近的旅馆，说："就去那家吧。"

那是一家花园盛开、窗明几净、充满度假气氛的木造旅馆，走进大厅，穿着瑞士传统服装、站在柜台服务的小姐露出洁白如编贝的牙齿说："一般的客房已经满了，我们只剩一间眺望山景的套房，价钱是 395 瑞士法郎，含早餐，可以吗？"

我已经失去换算货币的能力，也没有再探问另一个房间或另一家旅馆的力气，此刻我对任何建议都会回答："Excellent, I will take it."

走进房间，我已经精疲力尽。乡村风的房间极其奢华舒适，各种木制家具搭配着大量的鲜花植物，还有一个宽大的阳台，摆着桌子和躺椅，从另一个角度面对少女峰的连绵高山，距离较近，山势看来更为雄伟。最诱人的是那张铺着碎花床单的舒适木床，但我知道我不能靠近床，我一定会爬不起来。因此我们先梳洗了一番，决定在旅馆先好好吃一顿晚餐。

泡在热水浴缸里，我开始清楚地感觉到身上每一个地方的疼痛。手掌被冰雪刮伤多处，手背因为未涂防晒油而晒伤，腿部和臀部因为滑下雪坡而处处瘀青，大腿小腿则因为不断上下坡而酸痛不堪……梳洗完之后，我又发现另一个问题，我根本没有衣服可以进入正式餐厅，我身上换下来的脏破衣服是我仅有的外出服，背包里放的只是过夜用换洗衣物和睡衣。而在办住房手续时，我看到餐厅里全是穿着正式服装的绅士与淑女。

但我们也顾不了这么多，我上身是另一件休闲服，下身只有半短的睡裤，鞋子已经全湿了；同伴比我稍好，但也绝不是适合晚宴的模样。餐厅一半在花园里，我们要了一个户外的座位，两个野蛮人坐在衣冠楚楚的瑞士高雅人士当中。所幸大家好像也见怪不怪，没什么人多看我们一眼。我们点了羊肉、鱼，还叫了一瓶白酒；此时星光下用餐的气氛特别悠然，食物也显得特别美味，唯一的困难是自助式的色拉吧，每次要站起来拿餐的时候，全身各处的疼痛就会提醒我，我才刚从一场灾难历劫归来……

当晚也是人生少有的深沉睡眠，无梦无扰，“一夜黑甜”，醒来仿如隔了一世。清晨时分，我全身仍旧酸疼，但精神抖擞，坐在阳台的铁桌上看书写稿，桌上一杯刚煮好的咖啡，巍巍的少女峰近在眼前，我时时停下来注视着美丽的山景，享受一下什么也不做的悠闲，心中突然若有所悟，我告诉自己，你已经不再年轻，下次遇见山的时候，不妨在山下远眺就好，不一定非要爬上去不可……

这个意外反而成了这次旅行最难忘的经验，我记住了我在阳台上的“顿悟”，却忘了一本旅行指南差点让我命丧异乡的危险。直到很多年后的有一天，报纸上说有一位澳洲青年来台湾自助旅行失了踪，他的父亲追来寻找，从青年的旅行计划和他生前行踪分析，他可能使用某一本旅游指南，试着要走台湾中央山脉的一条古道，但那条古道荒废已久，书中却还画出可以行走的地图。山友救灾团体组队协同父亲上山搜索，在山中找到青年的登山背包，部分衣物，那本误导青年上山的旅游指南也还在包中，书上还有青年在古道数据上画线的痕迹，但这位年轻人是再也没有回来了……

顺便一提，这位澳洲青年用的旅游指南和我用的是同一个系列。

所以我说，尽信书不如无书，你旅行时随身携带的旅行指南，不一定每次都安全护送你抵达彼岸，有时候还把你送进死亡或灾难。

但我们又有什么选择？这不就是书本的力量，我们因为读书而触动某一场旅行的动机，我们也因为读书而规划了某条合情入理的或曲折诡异的旅行路线；我们更选择了书本（在这里是旅游指南）作为行动时的锦囊，一举一动都向它探问，并且乖乖地遵从它的各种建议。

这也还不是终点，我们的阅读并不因为旅程结束而终止。事实上，我们还可能继续阅读，也继续阅读和我们旅行地相关的书，或者说，我们对我们去过的地方可能阅读兴趣还会增加许多，因为我们对它有了某种亲密的理解，也在亲身接触中建立起《小王子》里狐狸说的那种“驯养关系”……

甚至我可以大胆地宣称，关于旅行地的阅读，我们是从旅行结束后才真正开始的。在旅行之前，我们对旅行地的阅读是一种“想象”；在旅行之际，我们对旅行的阅读则是一种“摸象”；只有在旅行完成之后，或者“一再完成”之后，才是我们真正对旅行地了解的开始。

去过托斯卡纳之后，再读《托斯卡纳艳阳下》我会有不同的理解，我不再只了解字面，我还了解氛围，我甚至知道如何认同她的感受。去过罗马之后，当我再读到有人说：“问起罗马司机哪一家餐厅的面食最好，每位司机都有他们独到的名单和见解，但是最好的面食恰巧是他妈妈的秘方。”你会忍不住露出会心微笑，你不是读懂文本，你是“经历”了文本。

我曾经在日本深山旅行，目睹深山旅馆的工作人员背负重担，把所需的物资补给（包括当日报纸、换洗床单以及晚餐所需的生鱼片等）靠人力一点一滴背负进去，敬业精神令人印象深刻。多年之后，日本电视上介绍到这家秘境旅馆，并且介绍工作人员背上的背包，说他们在崎岖的山路上行走，每日背负的重量是“三十到四十公斤”，节目上负责大惊小怪的外景主持人忍不住掩口惊呼。我瞥见电视上这短暂的一景，瞥见工作人员熟悉的身影，我内心却有更深沉的感受，这不再只是电视采集的奇风异闻，我知道我识得他，也略识一点他所在的世界。

不管是哪一种“阅读”，总是在旅行完成之后才开始。

我来过，我看过，我了解……

吟诵奥玛·开俨的地毯商人

“您觉得我应该先把它收起来吗？”他表情严肃，灰白浓密的眉毛之下射出一线锐利的目光，随即闭了起来。

“哦，不，让我再考虑一下！”我忍不住发出哀号。

“那，哪一张呢？我们是不是把那一张先拿走？”戴穆斯林小帽子、蓄着山羊胡子的克什米尔男子张开眼，继续压迫着我，前方站立的那位卷头发漂亮小男生作势要把地毯收起来，放到另一边，我急急伸手制止他，闷哼似的低声说：“不，再让它留一会儿，让我一起考虑。”

“They are beautiful, aren’t they？”年纪应该已经超过六十的克什米尔男子，相貌严肃，不怒自威，头发都发白了，他的英文虽然带着浓厚口音，但节奏和语感无懈可击。

“可不是？但，这里又有哪一张不漂亮呢？”我叹了一口气，张开双手，我的面前起码放了七八张各形各色的地毯。

“如果我说错了，请原谅我。”他浓眉底下的锐眼再次斜射过来，偷偷地上下打量我，他缓缓伸出一根手指，“我可不可以说，您最喜欢的是这一张？”

“唉，你说得完全对。”我忍不住又要叹气，“You are perfectly right, but it’s too expensive.”

他用手指正指着的，是一张蚕丝与羊绒（pashmina）混织的克什米尔地毯，它不只是贵，事实上，它是今日展示的所有地毯当中最贵的一张；此刻它正平躺在地板上，隐隐散发着金光闪闪却含蓄圆润的光泽。

它的中央有六个方格，每个方格里分别是不同的植物造型，或是伊斯兰典型的“生命树”图案，边框则是一层一层对称的树叶与花草的纹饰，用的颜色是金色、银色、一点咖啡色，还有各种层次的绿色，从不同角度观看，它还会呈现不一样的明度和彩度，它的配色柔和优雅，织工细致巧妙，我从不曾看过这么美丽的地毯。但话说回来，除了博物馆里的古董地毯，我也没看过很多市场上实际贩卖的地毯。

他说他叫库玛（Kumar），一辈子住在克什米尔，刚刚才来到德里；库玛露齿微笑，说：“太贵？啊，钱财乃是身外之物，价昂乃是因为美丽而生，但离开这里，你再也看不到这样的地毯了。”

他说的虽是狡猾商人的辩词，但说一离此地再难相见，也确实是实话。

他趺坐在地毯上，闭目养神似的轻合上眼，缓缓伸出食指在双眼之间指着天，仿佛要发誓一样："您知道，我们家乡有一位出名的诗人，我们克什米尔人从前都是波斯来的，我们有一位古老的诗人，叫奥玛·亥严……"

我一下子掉入五里雾中，好熟悉又好陌生的名字，亥严，亥严，哪个亥严？猛然我想起来："你是说奥玛·开俨吗？"

山羊胡老先生库玛点点头，眼睛还合着："是的，奥玛·亥严。"

Omar Khayyam，十一世纪、十二世纪的波斯古诗人，在中文世界也鼎鼎大名，大学时代曾是文艺青年的我也很着迷。但库玛的 Kh 发音是一种从喉头发出咳嗽一般的浓浊之声，赫赫作响，我的 Kh 发音却是齿间咬牙切齿的卡卡咳咳声，但我已经知道我们讲的是同一位诗人了。

"是的，我们的老诗人，奥玛·亥严，有一首诗。"库玛回转头，双眼直视盯看着我，停顿了一下，"也许您也熟知这首诗，但请容许我用古老的波斯文为你诵读一遍……"

他别过头，慢慢闭上眼，调节一下呼吸，微启双唇，唇上的髭胡也跟着微微震动，然后他轻声朗诵起来："契契切切，磬磬琮琮，叮叮咚咚……"啊，古波斯文的奥玛·开俨，我一个字也听不懂，但太美了，太好听了，每一个音节都像歌唱一般，每一个句子都像押韵一般，好像押的是头韵，又好像押的是尾韵，总之，我全身舒畅，好像三万六千个毛细孔都有轻风吹透。

但，那只是一下下，悦耳动听的琤瑽之声就戛然而止了，库玛也睁开眼，仿佛大梦初醒一般。

“这太美了，这太美了。”我由衷赞美道，“但我一句也听不懂，它到底说的是什么呢？”

“我恐怕我的拙劣英文不能表达诗人的意境。”库玛面容严肃，“它的意思大致是说，尽兴使用你的财富吧，我们终究要化作一抔尘土，有酒有歌，今朝宜醉，如此这般，如此这般……”

够了够了，我已经招架不住了，一位以古波斯文吟诵奥玛·开俨的地毯商人，气质孤傲高贵，举止谈吐不凡，完全击中我的要害，就算眼前这张地毯开出了嗜血天价，我也无法抗拒。

但山羊胡库玛老先生还不放过我，他说：“所以，先生，人生是短促的，我们的钱财留着要做什么用？地毯也可以不买，它并不重要。但如果觉得它漂亮，也何妨可以买，您也只会占有地毯一小段人世间的时间，如果您真心喜爱它，这短暂就是永恒，这是诗人的真意，不是吗？”

库玛露出微笑，捻着他的山羊胡子，似乎对自己的雄辩与修辞颇为满意。随即他又说：“先生，您要再来点咖啡吗？”也不等我回答，他颇有威严地大喝一声，用 Hindi 语交代了几句。很快的，一位同样是黑色卷发的漂亮少年用托盘再度端来两杯咖啡。

我捧着充满印度香料味的咖啡，心里一面还回响着奥玛·开俨无法听懂的音乐般的诗句，一面思索着如何延宕这笔交易，事实上我也真心对这位独特的商人感到好奇："库玛，告诉我，你说得一口完美英文，你在哪里学的？"

"先生，谢谢您的夸奖。"库玛摇头，露出一种谦逊的神情，"但，我的英文是极可怜的，再说下去我就要泄露我的贫乏，我的英文是在我的家乡克什米尔学的。"

"但你一定做过什么，能让你这样使用语言？"

"先生，您让我觉得羞窘，我做过一段时间的记者，到过若干地方，写过一些不成样子的诗，后来我在家乡的中学教书，教了好一段时间。"他叹了一口气，"但您看看我，几年前我生了场病，右边的身体不听使唤；如今我只是个举不起右手的地毯商人，卖一点家乡的老东西。"

他话题一转，指着地上的地毯："您看看这些美丽的东西，在我家乡有几个家族，世世代代织造这些地毯，已经五百年了，从前他们做给帝王将相，现在这些地毯，幸运的进入博物馆，有的就流入寻常百姓家了……"

*　　　*　　　*

山羊胡地毯商人兼诗人库玛所吟诵的奥玛·开俨的诗铿然有节，旅程结束后我忙不迭在家中找出尘封已久的旧书，经过反复的翻寻与推敲，对照他所解释的意思，觉得应该是下面这一首：

Ah, make the most of what we yet may spend,
Before we too into the Dust Descend;
Dust into Dust, and under Dust, to lie,
Sans Wine, sans Song, sans Singer and—sans End!

时恐秋霜零草莽，
韶华一旦随花葬；
微尘身世化微尘，
无酒无歌无梦想。

我根据的，当然不是库玛朗诵的波斯原文，而是英国诗人爱德华·菲茨杰拉德（Edward FitzGerald，1809—1883）的著名译文，也正是这份译文让奥玛·开俨闻名于世，风靡了好几个世代。中文译文则是转引自物理学家黄克孙先生的名译，黄氏译本用七言绝句古体衍义，追拟意境，不尽拘泥原句，附在上头，只是为了便于参考，不能字字对照。但话说回来，爱德华·菲茨杰拉德的译作也是如此，他并不完全忠于原文，而是本于原作精神的重新创作。但经过双重“创作”之后，我们所读的诗作与奥玛·开俨的原文究竟有多大距离，已经是无法估计了。

顺便一提，奥玛·开俨的人名音译，黄克孙先生本来是译为更优雅的“奥马珈音”，奥玛·开俨则是昔日晨钟版孟祥森译本与桂冠版陈次云译本的用法，在台湾颇为流行，大陆学者则普遍译为“欧玛尔·海亚姆”，另外也有译作“莪默·伽亚谟”的。如果从这位老先生的波斯文发音听起来，“海亚姆”可能最为准确接近，但最没有诗意气氛；“奥马珈音”最有诗人气质，发音却相对远离真相。世事常常如此，真实与美丽难以两全。

言归正传，话说山羊胡地毯商人兼诗人库玛再次把我拉回现实话题，指着地上闪闪发亮的丝毛混织地毯，锐利的眼光斜睨了我一眼，温柔地说：“您看，如此美丽的地毯，您即使只拥有它片刻，那也已经是永恒！——先生，您想要这一张地毯吗？”

这就来到我必须面对的“真理时刻”（moment of truth），我已经无可遁逃，讷讷地说：“Well，库玛……”我小心翼翼地措词，深怕冒犯这位三分钟前才诗兴大发的诗人：“库玛，我可以还一点价吗？”

说出这句与奥玛·开俨气质绝不相容的庸人俗语，库玛面容严肃，低头沉吟半晌，好像是发愁，又像是生气，旋即缓缓抬头说：“先生，我看您谈吐不凡，想来不是学者就是作家，但我其实不知道您在哪里高就，如果我猜错了，也请您多包涵……”

他顿了一下，又继续说：“我们一定是有缘分在此相见，不然，此刻我应该在克什米尔，您应该在泰国……”

“Not Thailand，it’s Taiwan.”我忍不住插嘴。

“Of course，台湾，I am sorry，您会在台湾，我们老死不能相见。现在，我们坐在这里，喝着代表友谊的咖啡，看着这美丽的东西。是的，先生，美丽的东西永远伴随着某种价格，但我知道我该怎么做，我会试着免去您一些负担，虽然我能做的恐怕只有一点点……”库玛在胸前把手往地上一切，做出了一个决绝的姿势。

但老天爷，这是什么答案？这到底指的是七折、八折，还是九折呢？这种时候诗人的语言既无助于我的判断，也一点无助于我的讨价还价。

“但是，库玛……你这么说我很感激，但你倒也困惑了我，这到底说的是多少钱啊？”

库玛嘴角微微抽搐，灰白胡子好像吹动起来，音量也突然大起来：“我们说的究竟是几张地毯？是这一张，还是包括其他？”

我被吓了一跳，但我也想起来自己不就是个生意人吗？我也是略知谈判的原则呀，我强作镇定地说：“库玛，我不知道，走出这里，即使买一张我也一定后悔的，因为我根本用不到这样的东西。不如就请你先告诉我这一张的价钱就好了，可以吗？”

库玛闭目端坐，叽里咕噜大喝一声，一位黑发小男生快步送来一部计算器。库玛低头在计算器里打了又打，算了又算，最后递过来他的计算器，液晶屏幕上闪着数字："2160"。本来开价是2750美元，那差不多是八折了。

但库玛指着另一张纯羊绒地毯，图样是古典的伊朗花藤与葡萄叶纹，我曾在这张地毯流连多时，想必他也看在眼里，他缓缓地说："如果您连这一张都买，那我可以给您……"计算器噼里叭啦一阵响，显示的数字是："2720"。

"喔，库玛，不行的，我不能花这么多钱买这些我根本用不到的东西。"我发出求饶的哀鸣。

"先生，不然这样，您看那一张，那一张有着满洲图案的地毯，您知道它是罕有的，又是那么美丽，您再拿这一张，我只要给您……"计算器再度闪出数字："2510"。

这张黑白相间、直线几何图案的地毯打开时，新颖纹饰与其他地毯大不相同，显得十分抢眼，当时库玛曾稍加解释，它用的不是波斯传统花饰，图案来自"满洲"（Manchuria）古毯，生产则还是在克什米尔。现在库玛步步进逼，计算器里显示的数字，算起来新的一张全羊毛地毯，超过六英尺[1]乘四英尺，本来要价六百九十元，现在只要三百五十元，比起来真的是便宜了。再多花三百五十元，就能再有一张美丽的地毯，真叫我有点心绪动摇了。

但，且慢，故事说到这里，也许我更应该回头解释这一

---

[1] 1英尺=0.3048米。

切的来历，何以我身处这个四面挂满地毯的地下室，和一位发须花白、貌似地下革命领袖、能朗诵奥玛·开俨诗作的地毯商人库玛并肩席地而坐，我又何以陷入这种被两张地毯夹杀的窘境……

那是来到德里的第二天……

自从我小时候在家乡的小图书馆读过糜文开先生译的《泰戈尔诗集》之后，我已经不知读过多少关于印度的书籍，仅只是英国史家约翰·凯伊（John Keay，1941—　）谈印度的作品，我至少就有全览式的《印度史》（*India*：*A History*，2000），谈东印度公司的《尊荣的公司：英国东印度公司史》（*The Honourable Company*：*A History of the English East Indian Company*，1991），与旅行、探险有关的《当人与山相遇》（*When Men and Mountains meet*，1977）和《吉尔吉特大竞局》（*The Gilgit Game*，1979），或者是讲英国工程师测量印度地表的《大弧线》（*The Great Arc*，2000）等，还不说其他各种作家的作品。我已经不能确定我对印度的兴趣起自何时，但“想象”终于要与“真实”面对面，这是我第一次来到印度……

*　　*　　*

虽然是第一次前往印度，但“经验”却比落地更早。我先在网络上寻找相关讯息，很快就看到一个吸引人的标题：“金三角烹饪之旅”（Golden Triangle Culinary Tour）。大体上行程与一般自助式套装旅行无异，“金三角”是个印度旅行的“入门行程”，主要包括德里市、阿格拉（Agra）和斋浦尔（Jaipur）三个城市所包围的区域，但描述中出现另一些让人向往的文字，譬如说：“回到旅馆，参加旅馆餐厅主厨为您示范的传统印度晚餐厨艺，而享受完美味的印度料理后，您就可以回房间休息……”（Return to the hotel for a demonstration on cooking a traditional Indian dinner by the hotel chef in the hotel kitchen. After enjoying the delicious Indian cuisine, you can retire to your room for the night...）

当我看到行程里每站都包含了某种与烹饪料理相关的内容，也强调他们安排的餐厅都是当地享有盛誉的名店，我感到怦然心动。于是写 e-mail 给当地的旅游网站，询问所述行程的细节。回信很快就来了，头衔为营销助理的写信者署名拉凯什（Rakesh），这是常见的印度男子名，是“月亮”的意思；内容写得礼貌客气，要我说明需求，他可以客制化安排并且报价，几封电邮往返之后，我们以原来“金三角烹饪之旅”行程为基础，敲定了天数与我的特别需求，主要是多几天自由闲逛、什么也不做的行程。

然后“月亮先生”的报价来了，看起来一点也不贵，但他在信末说：“因为公司的政策，您必须先付报价的百分之五十，我们才能进行代订服务，另外的百分之五十则在您抵达德里时支付。”（In regard to the payment, as per the company policy, you are required to pay 50% of the total amount at the time of placing the booking and rest 50% of the amount on, your arrival at Delhi.）

先付费用的百分之五十？这倒令我踌躇不决了。在我读过的各种印度导游书里（没错，即使我还没去过印度，但厚达千页的砖头式导游书我早已经读过十种以上，很多旅行地点几乎都能成诵了），每一本都郑重其事地提醒读者“小心印度骗子”：要小心路上热心来帮你找路的好心人、要小心导游介绍给你的任何卖东西的店、要小心路边摊商的开价、要小心绕道并且漫天开价的出租车或电动三轮车（auto-rickshaw）、要小心车站里协助你买车票的人、要小心这个、要小心那个……从书中的谆谆告诫来看，印度简直就是骗子的天堂或集散地，你一切都要提高警觉，小心提防……

现在，有一个印度本地不知名的小旅游网站，我素不相识，也不知其信用，他们要我先汇款，虽说整体报价不贵，但以当地消费水平来看也是一大笔钱，他们会不会“卷款而逃”呢？或者这网站本身根本就是设局的空头？失钱事小，如果人已经兴冲冲抵达德里，发现一切都是骗局，旅馆也没有，行程也落空，那不是更悲惨的场面吗？

但我想不出还有什么选择，除非自己一家一家直接预定旅馆，每个行程交通都自己安排，当然也没什么不可，但这个诱人的标题——“烹饪之旅”——可就难有着落，其他网站上尽管也有专门安排“烹饪课程”的活动，如果这个网站是骗子，我怎么确定另一个网站不是？

我试着上网到著名的旅馆去预订房间，发现此时正是欧美人士度假旺季，热门旅店早已被预订一空，旅行社或旅行网站一定是早早就向旅馆包下一定数量的房间，手上才仍然有房可卖。旅馆房间如此，交通恐怕更难料理。好像时间仓促的我所能做的选择不多，何况“月亮先生”与我书信往返已不下十回，每回的内容也都信而有征，可以假设真有其人，不妨就冒险一试吧。

把钱汇过去之后，本来勤奋快捷的通讯却突然好像断了线，好几天都没有“月亮先生”拉凯什的消息，我寄了几封催促的信函，也是石沉大海，以为真的遇见骗子了。眼看出发日期即将来临，拉凯什的回信来了，他说旺季订房不易，他原本允诺我的旅馆已不可得，但他说：“我们为您升级至更好的旅馆，仍然给您相同的价格。”（For the same，we have upgraded in better hotels on the same package cost for you.）

我立即上网查阅数据，他所订的“升级”旅馆虽然不似他宣称的“更好的旅馆”，但至少也是“真实的存在”，等级也过得去，况且回复及时而来，已经让我喜出望外，不敢再有奢求，急急忙忙回信向他说谢谢，并且约好接机事宜。

抵达机场时，旅行社的代表穿着绣有公司名称的棕色西装，人模人样前来接机，只是此君的英文口音太重，颇难听懂。他一面对近日旅游旺季客人太多无法亲自陪同到其他地点表示歉意：“但我们有最好的导游照顾您。”一面不由分说把我载到旅行社，“我们还有一些费用的问题要解决。”

旅行社坐落在一个“不知怎么说才好”的地方。前不巴村，后不着店，在一个荒郊野外，一片违章建筑似的矮房中，不远处即是稻田，路边有牛只漫游，抱着小孩的乞妇一看到车子靠近，立即驱前乞讨。进村之处，有一处卖炸蔬菜饼的摊贩，围站了好多工人模样的进食者，他们全都站在小桌前，用手抓着饼，蘸着桌上一盘共享的酱汁。

在一家铁工厂的旁边，有一栋公寓房子，门口挂着一个小牌子，英文写着：“Indian Holiday Pvt. Ltd.”（印度假期私人有限公司）。接机代表领我上楼，公寓里隔成许多小房间，每间都摆了办公桌，每间都有一些看来像闲杂人等之类的正高声交谈着。

我坐在一个小房间里的一张铁桌前，有人进来问要不要饮料，我说麻烦给我一杯咖啡，没多久，咖啡装在又小又脏的杯子被送了上来。枯坐一阵子，终于有一位面貌猥琐、白衬衫领口发黄的年轻人出现，开口就说：“Mr. Hung？”笑口露出缺齿和金牙，但这种经验我也多了，只能耐着性子说：“我姓詹，宏是我部分的名字。”

“喔，So，Mr. Hung，how was your flight？”

“The flight was good.”我心里叹了一口气，姓洪就姓洪吧，反正那也是我妈妈的姓，“只是我等不及要看德里的其他地方。”

“喔，很快您就会看见的，我们这里只要办一点手续……”

他从卷宗夹子里拿出两个信封和几张纸，他先递一张过来，我拿下眼镜，以我的老花眼睛浏览一下，那应该是我的行程清单。然后他又推过来一张纸，刚才那张行程清单在这里列成各种单项描述：“12/26—12/28 克拉里治旅馆双人房两晚，含早餐”、“12/27 德里全日城市导览，含冷气房车带司机，ESG 一名”、“斋浦尔琥珀堡骑大象一回”、“海浪餐厅晚餐 B 套餐，不含饮料”等等，年轻人再度露出金牙：“先生，您仔细看看有没有漏掉什么？”

“这里有一些错字。”我从前是个编辑，有字的地方就校对，“但，别理它，真正的问题是这最后几天，我应该是在德里，不是这单上写的地点……”

我又补充了一句：“不过，旅馆名字倒是对的，只是城市好像不对。”

金牙年轻人低头看着清单：“让我来看看……”

金牙年轻人露齿微笑，轻松地说：“行程表的打字有点错误，但没关系，凭证都是对的。”

话一说完，他就推给我两个信封式的卷宗夹，打开来里面是装订好的一张张凭券，其中一本是各地旅馆的住宿凭券，另一本是其他各种服务与活动的凭券，凭券上的字样则和清单上的大致相同："12/26—12/28 克拉里治旅馆双人房两晚，含早餐"、"全日城市导览，含冷气房车带司机，ESG 一名"、"斋浦尔琥珀堡导览，含骑大象一回"……

我已经按捺不住："嘿，什么是 ESG？"

"Oh，ESG，English Speaking Guide，that is." 年轻人耸耸肩，好像我问了个蠢问题，"您知道，我们也提供其他语言导游，法文、德文、意大利文、日文……"

他拍拍桌上的凭券本子，好像决心要完成交易："Mr. Hung，请仔细检查，看看凭券有没有漏掉什么？"

我拿着清单对照，一张张数着，并且顺便"校对"了一下清单上与凭券上的错字，最后我抬起头："看起来，除了这一些拼错的字，凭券倒是一张不少。"

年轻人双手合十，说："那太好了，请您再看看这张账单，我们还有一点尾款没结清，看您怎么付；如果您付信用卡，我们要另加百分之三的手续费。"

我看着他推过来的另一张纸，上面载明我的旅行费用以及已付的二分之一，我还有一半要付。我打开我的背包，拿出装着美元现金的小信封，掏钱来数给他，他接过去，手指沾一下口水，一张张数起来，点点头说："OK，我得找您钱，但我恐怕只能找给您卢比。"

"卢比没问题。"

金牙再度闪耀，年轻人露出微笑，说："我去换个钱，马上回来，您要再来点咖啡吗？”

年轻人离去后，仿佛失去了音讯，只听见公寓里许多人进进出出，高声谈话。我枯坐等待，把手上的 voucher 全部细读了一遍，眼看无字可看，只好把背包里的导游书拿出来读。这时候房间走进来一位年约三十六七的浓妆女子，戴着金边眼镜，一副干练的模样，举手投足架势十足，还没自我介绍，就已经让我相信她是公司的女老板了。

女老板面带自信的微笑，自我介绍又感谢我的光顾之后，就问起：“您是怎么知道我们公司的？”

“Google，你知道的，我只是打上‘印度旅游’，跑出来的网页，你们就在前几个，然后我是被‘金三角烹饪之旅’那几个字所吸引的。”

“So you like good food？”

“Good foods and the cooking of good foods.”

“那您绝对不该错过南印度，那里有绝佳的美食。”

然后我顺便问及南方印度旅游的若干特色，包括喀拉拉著名的水乡，也顺便问问北方喜马拉雅山麓的避暑胜地，东南西北任意打听，女老板也侃侃而谈，知无不言。最后我突然想起和我通信的月亮先生：“对了，拉凯什在哪个办公室？我也许应该过去跟他打个招呼，为了做我这趟生意，他起码被我烦了十几封电邮。”

“拉凯什？他今天起休假去了，他工作到昨天半夜，累坏了。”

“啊，这个季节你们一定生意很好。”

“可不是？行程全卖光了，带团的全出动了。接下来我就要祷告别出差错，这种度假季节里我最怕接到电话，一定是哪里出了问题，不是旅馆房间搞错了，就是车子抛锚，有时候甚至是导游逃跑了……”

说着说着，金牙年轻人终于回来了，气喘吁吁地说：“公司出纳没钱了，幸亏换钱的银行还开着……”

银行还开着？这一天是星期六呀！但我才刚下飞机，印度的事说不上内行，人家怎么说，咱们就怎么听吧。

年轻人掏出钱，说：“今天汇率是四十五，找您的一共是两千又二十五。”

他看我停在那儿没伸手收钱，有点诧异：“怎么？”

“不是都说印度人算术世界第一的吗？”我说：“但你算错了。八十五乘四十五，你应该找我三千八百二十五卢比。”

“八十五？喔，喔，喔，我还以为是四十五美元，对不起，对不起。来来来，应该找您三千八百二十五，这里是一千卢比、二千、三千,三千五百、六百、七百、八百……”

“您看，我们印度人算术没问题的，我们是世界上唯一发明‘0’的民族。”他吁了一气，笑着说：“如果您算算没问题的话，凭券也都确认好了，我要麻烦您在这里签收。”

收好了所有代表旅游服务的凭券，心里虽然还觉得有点不对劲，但又不太说得出来，只好向女老板与金牙年轻人道谢并告别，回到外面等候的车子，连同接机代表一齐向旅馆出发了。

德里城南边绿叶成荫，从车窗看出去，街道也出人意外的宽广整洁，不多久，我们就抵达了首夜的住宿之处，一家有着殖民风格的白色三层建筑、大片迷人草坪的旅馆，端着盘子穿梭在绿地上的侍者穿着整齐的白衣黑裤，大厅里的柜台接待小姐则穿着花色优雅的传统纱丽，看起来应该是一家可以放心的好旅馆。

接机的旅行社代表帮我办好住房手续，回头神情轻松地对我说："先生，我将不再陪您了，在此预祝您在印度的旅途愉快。明天早上导游将到旅馆的大厅与您会合。您先休息一会儿，下午的其他行程与晚餐都将由司机为您服务，记得要带着您的凭券。您若有其他任何需求，都不要客气请向司机提出。如果行程上有什么疑问或困难，您有我的手机号码，白天或黑夜，随时都可以打电话找我……"

旅行社代表鞠躬告退之后，我心里觉得颇为踏实，网络上google得来的旅行社并非向壁虚构，而是有模有样的真实服务。印度的第一回合经验，特别是旅行社办公室那段经历，虽然有点老土好笑，但毕竟是新鲜有趣，何况所有的承诺都是真的呢。

在房间休息片刻之后，按照我和"月亮先生"约定的行程，此刻应该有人带我游览"香料市场"（spice market）；但等我坐上车之后，唇上蓄着小胡子、名叫甘姆利什（Kamalesh）的司机回头微笑着说：“先生，我们现在去哪里呢？”

“香料市场，不是吗？”我有点意外他并不知道行程。

“香料？您要买香料吗？”

“带我去个传统巴刹，我想看看你们平日买香料的地方。”

“我知道有卖香料很好的地方。”司机露出阳光般的笑容。

“那我们还等什么，出发吧。”我兴致勃勃，完全忘了导游书上的谆谆告诫：“不要相信导游带你去的任何地方。”

*　　*　　*

蓄着小胡子的司机甘姆利什伸出大拇指：“香料，Yes，Sir，我知道卖香料最好的地方，没问题的，Sir。”

车子在大街小巷绕来绕去，我看到旧德里的街景风情，看到驴子拉的车、马匹拉的车、骆驼拉的车，全部与汽车、摩托车并肩挤在街道上，想象的异国情调变成真实的身历其境，心中已经感到兴奋。我正在想象即将出现的香料市场是否如日本旅行书中所描述的“色彩与气味的大轰炸”，想象大巴刹中人车兽力摩肩擦踵，纱丽、头巾五彩缤纷，香料、食物气味扑鼻。不料在一个街角转弯暗处，汽车却猛然停了下来，左右似乎都是公寓住宅，看不出这是什么样的地方，疑惑之际，甘姆利什微笑地从后视镜里看着我。我双手一摊，问：“香料市场在哪里？”

司机指指旁边一间房子：“这是德里最好的香料店。”

我抬头看，这是一家灯光明亮的整洁小店；雅致的招牌上果然写着："世界顶级，咖啡、茶叶与香料。"

虽然不是我想象的传统市场，不过好歹有个"香料"的字样，为了不要辜负人家的一番好意，我只好下车进了店面。

店里头一位年轻店员立刻迎了上来："欢迎，Sir，您想要买茶叶吗？"

我看着光鲜的货架，摆着的是各式各样包装精美的茶罐与咖啡罐，也有纸盒包装的茶叶包，但看不到我期待的一堆堆山积的茴香子、芫荽子、肉豆蔻、小豆蔻（Cardamom）等的景观。我问那位年轻人："你们外面的招牌说有卖香料，它们在哪里？"

"就在这里。"年轻店员神情似乎略感失望，随随便便地往墙壁上角落一指。

我顺着他的手指看过去，果然在货架上看到一排彩色纸盒包装，共有三种，每种都有英文注明"顶级香料"，另外说明它的性质，一种是"综合香料"（Gram Marsala），另一种称为 spice mix for meat，再有一种则是 spice mix for seafood。这太令人失望了，这些全是工厂调配好的混合香料，和日本人 Ajinomoto 出品的即食咖喱包有什么两样？如果要买混合好的香料包，台湾的专出香料、调味料的"小厨师"也有一整包提供营业用的"印度咖喱粉"呢。

"这就是你们有的全部香料？你们没有单独散装的香料？不

是混合的。”

“没有其他的了，这就是我们全部的香料产品，都是我们自己生产、自己调配出来的最高等级香料。您有兴趣吗？”

“没有，我没有兴趣要现成配好的，我想要找的是个别的香料，我自己可以调配的……”

“或者您愿意看看我们的茶叶，我们的茶叶产自自家在大吉岭的茶园，您在其他家看不到的质量。”

我仔细瞧着架上的茶叶，包装茶叶的铁罐或纸盒设计都很精美，有的茶包用玻璃罐装着，是立体造型的，看起来很高级的样子，散装的茶叶桶里则是未切碎的大叶红叶，的确是个有水平的茶叶专卖店。但我来自产有世界闻名乌龙茶的南投茶乡，我还需要买印度人的茶叶吗？

这个时候，一位相貌堂堂、唇上蓄着胡髭的中年人从店后方走出，满脸堆笑、热情打着招呼：“Good evening，Sir.”

“您想试试我们的茶吗？”

我耸耸肩：“我本来是想看看香料，但看不到你有我想要的。”

“敝公司以茶叶著名，我们家族种茶已经一百多年了，香料只是我们茶园的副产品，但都是从原料开始生产，全部有机栽培，完全没有化学品。——先生，您从哪里来？”

“台湾。”

“啊，台湾，当然，你们有最好的茶，乌龙茶，我也去过的。”小胡子老板有着丰富的肢体语言，他比手画脚讲得起劲：

“只是我们印度人生产茶叶的概念不太一样，我不敢说我们的茶比较好，你们中国人不会同意我的，我只能说我们印度人有自己的特色……”

这位老板显然是肚中有点货色的人物，一开口就引起我的兴趣，但他真的讲得很投入：“可惜过去几百年印度茶被不懂喝茶的英国人搞得乱七八糟，连我们印度人都忘了我们的祖先是怎么喝茶的。”

“你是指加了牛奶和糖吗？”

“可不是？好的茶叶应该单独喝，直接品尝茶的优雅滋味，就像你们喝茶那样；有些茶叶适度加点糖，只能是一点点，可以增添它的风味，添加牛奶，大部分是英国人的胡作非为。除非是……”

我可更好奇了：“除非是？”

老板一面伸手去架上拿一个茶叶罐，一面劈掌做了一个下结论的手势：“除非是香料茶（Marsala Chai）。”

“来来来，您这位来自台湾的先生，请来试试我的马萨拉茶，您就会明白它与街上那些被英国人教坏了的茶有什么不同。”

他打开一个电水壶煮水，一面打开茶叶罐，递过来示意我闻一闻，我凑鼻过去，一阵香料味传来，依稀可以辨别出有姜黄、茴香、肉桂和香茅的味道，其他的就分不太清楚。香料味并不强，是属于淡雅的路数，和茶叶香气混合，果然比过去我曾喝过的香料茶都高明很多。

水一下子就滚开了，老板舀了一大匙茶叶进茶壶里，注入滚水，随手打开一个定时器，我问他茶叶要泡多久，他说："第一泡我让您试试三分钟的，虽然我更喜欢三分半的时间，第二泡我让您试试五分钟的，不一样的味道。"

等待泡茶的时候，他又介绍了制程和他们的家族企业，他又抱怨了一会儿英国人破坏印度人喝茶的品味："像我这样遵守古法制茶的人，印度人自己嫌贵，宁愿喝那些混合切碎的茶末，喝不出茶的味道，就加一堆糖和牛奶……"

茶泡好了，颜色橙红透明，我接过来一小杯，立刻感觉到复杂的香料气味迎面拂来，茶汤入口则和一般红茶口感相似，但滋味中似乎多了一点姜味，可见茶叶里面不只有姜黄，也许还有姜汁在内。我问道："茶叶中似乎有姜？"

老板微微一笑，摸着唇上的小胡子："姜，有的。您知道，最好的茶不会做香料茶，它本身的滋味太细致，不该加进任何东西。但我们印度人喜欢香料，茶叶买来泡的时候，就把家中使用的香料放进去，豆蔻、小豆蔻、肉桂、孜然、香茅、老姜，有什么放什么，每家的味道也都不相同。"他停了一下，"但我们不是把香料加进茶叶烘培，而是把香味抽淬出来，用机器以injection的方式均匀喷洒在茶叶上，这样香气更纯，更平均。这机器是我们自己开发的，全世界只有我们才有……"

我有点意外这马萨拉茶——也就是混合香料茶——出奇的好喝，香料味道也优雅节制，不抢茶叶的滋味。正当我点头称许，想要表示意见，这位相貌堂堂、蓄着胡髭的中年老板又说话了："但香料茶只能做到这样，最好的茶叶当然还是单独来喝，不该添加任何外来的味道。来来来，先生，您应该试试我们的顶级的大吉岭茶……"

一面说一面就动手泡起新茶来，老板摸着胡子、不无骄傲地说："不加奶、不加糖，回到我们祖先喝茶的方法，这样您才会知道真正茶的滋味。您一定常听说喝茶要喝第一摘（first flush），第一摘也因此变得最贵，但我告诉您，以我的想法，第二摘的茶才够滋味。我现在就给您试试我们的第二摘茶。"

第一摘相近于中国人的"春茶"，第二摘则接近"夏茶"。卖茶老板进一步解释说，中国茶叶或者半发酵，或者不发酵，追求淡雅清香，春茶被认为是上品，但印度茶是全发酵茶，第一摘其实失之过雅，第二摘才能感受浓厚的完整滋味，说到激昂处，老板双手一摊："第一摘茶成了神话，价钱也高不可攀，市场就是这样，我能有什么意见？"

解说完了，茶也泡好了，我捧着啜饮了一口，果然幽香扑鼻，有一种近乎柑橘与紫罗兰的花果香气，茶汤则色泽橘红，口感圆润饱满，真的和以往喝的印度茶经验颇不相同。我一面赞美他的茶叶出色，一面却瞥见书架上有日文旅游书"地球步之方"系列中的《印度》一书，忍不住脱口问道："贵公司有人能读日文书吗？"老板笑得更得意了，唇上的胡须几乎要飘扬起来："是，"他立刻以略带口音的日文作答，"初次见面，请多指教。”

“嗄，请多指教。”我也忙不迭回应起来。

“小社在日本有分公司，在京王百货也有设柜。”老板拿起书，快速地翻到书中的一页，“这本书对于小社也有取材报道。”

他指给我看，果然在书中“德里购物”那一栏里，列出他的店名和店面的照片，正如我在门口所见，文章内容则强调它的红茶质量绝佳，在日本也有分店，德里旅行时最值得造访云云……

我中了蛊似的，对茶店老板接下来的话语已经完全没有抵抗能力，他每说一段话，我都点头称是，而且心悦诚服。此刻我只能充满佩服地问道：“我要如何称呼你的大名？”

相貌堂堂的茶店老板回身取出名片一纸，双手奉上，说：“Vikram Jain，耆那教（Jainism）的Jain，我们家族自古以来就是耆那教的信徒，您可以叫我 VJ。”

也许是茶店老板本身侃侃而谈的说服力，但当然也可能是我对日本书信息的盲目信赖，紧接下来我再尝试的各种茶叶，怎么都觉得滋味比过去尝过的印度茶高明很多，最后我表明了要买香料茶和大吉岭第二摘夏茶，完全忘记我其实是来寻找香料的。老板颔首微笑，亲自从大桶中取出散装茶叶装袋，一面亲切热情地对我说：“等您回到德里，请再来我这里喝茶，我还有好几种有意思的茶叶值得您尝尝……”

我完全忘了询问价格，等到信用卡的签单来到我手上，我突然觉得那有很多零的数字有点与想象大不相同。等我晕陶陶地回到车上，才开始计算茶叶单位与货币之间的关系，这才惊觉茶叶的价格并不平凡，在印度这么贫穷的国家里，这一些茶叶的价格竟然和我南投家乡的冠军茶相当。是我错认印度茶的真正价值？还是这一家茶店的茶叶真的高出别人好几倍的水平呢？

这是我来到印度的第一天，我心中还对一位虔诚、素食的耆那教信徒不疑有他，我根本不知道，从明天开始，还有无数高明的骗术和各种优雅的骗子正在等着我呢……

第二天，吃完早餐之后，旅行社派来的 ESG（说英文的导游）果然依约前来，这是一位村姑似的年轻女孩，她手里提着一个塑料袋，一面伸手致意："我叫恩琪儿，但人们都叫我安琪儿（Angel），您就叫我安琪儿吧。"

"好，安琪儿，今天的城市导览，你要带我们去哪些地方呢？"

"我们从印度门开始，然后往北到老德里，去红堡和星期五清真寺，如果交通状况好，不塞车，我们就能多去几个地方。"

这当然是个典型的观光客行程，每一个景点都挤满了来自各国的观光客，每一处下车，蜂拥而上的都是卖观光纪念品、黏度超高、挥之不去的小贩："买明信片吗？先生。""买大象吗？先生。""买项链吗？买画册吗？"

村姑导游安琪儿的解说也是无趣得很，她显然对历史也没有什么兴趣，背书一样讲完星期五清真寺的背景，指指我手上拿着的厚书："我想您书上说得一定更详细，您可别考我，吓死人了，那么厚的书。”回到车上，她又变回一个小女孩："先生，要听一个笑话吗？”

那是一个脑筋急转弯式的笑话，但一点也不好笑，安琪儿一个人讲完自顾自地咯咯咯笑了起来，我只好勉强陪笑一下，并且问她："接下来我们要去的地方是哪里？”

“红堡。但您接下来还要去阿格拉，那里的红堡和这里的构造是一样的，但更精致，所以只要在外面看看就好了，不用进去了。”

我们果真只在城墙外眺望了红堡，然后就转去古特伯高塔（Qutab Minar）。到了门口看见买票的队伍，倒抽了一口冷气，这是一个星期六，印度人扶老携幼全都上街了，那条队伍起码有五百米长，村姑向导摊开双手，耸耸肩："怎么样？大概要排两个小时。”

除了星期五清真寺让我印象深刻以外，今天去的其他五六个地方都不怎么有意思，折腾一天加上一个冗长的午餐，现在也已经下午三点多了，眼见一天也快没了，我叹了一口气："那就算了吧，等我回德里，我再自己来吧。”

“现在怎么样，您想去什么地方？”

我忘了昨天的教训："我想去看个传统市场？”

安琪儿眼睛亮起来："市场？您想买东西？”

“不一定是买东西，我想看看市场，你看附近有没有比较传统的巴刹？”

“先生，我告诉您，我知道有一个地方……”安琪儿兴奋地比手画脚：“您知道吗？他们是克什米尔人，他们卖特别的东西，但这一阵子政府不让他们开店，所以他们只能偷偷卖，卖得的钱都还要回到他们克什米尔的村庄，他们是很棒、很好的一群人……”

我有点听不太懂：“那是什么样的地方？市场吗？”

“地毯，先生，他们卖克什米尔来的地毯……”

* * *

娃娃脸村姑导游安琪儿说：“他们卖克什米尔的手织地毯。都是古老的织地毯家族织的，但他们不是印度政府喜欢的家族，先生，您一定是知道的，克什米尔有很多冲突，他们本来在德里的商店卖，现在只能在地下卖……”

“地下”一词突如其来地刺激了我肾上腺素的分泌，我无可救药的好奇心又发作了。“先生，您要过去看看吗？”安琪儿从前座回头定看着我。我把手往空中一挥：“Okay，我们就过去瞧瞧，但待会儿你可要带我去真正的巴刹。”

安琪儿向司机嘀嘀咕咕说了几句，司机甘姆利什点点头，开始施展在拥挤道路上的超车绝技，他超越一辆又一辆的牛车、骡车、骆驼车、各式各样的卡车、板车、机动三轮车，以及大量标示 Tata 车厂出品的奇形怪状车种，转了许多个弯，经过许多似乎走过又全然陌生的各个路口，最后车子停下来，我们来到一家装潢富丽堂皇的店面之前，大片落地窗里布置着美丽的丝绸纱丽、羊毛披肩，以及各种大幅印花布，这一点不像“地下”游击队的革命基地，倒完全像是对付观光客的“精品店”。但村姑导游安琪儿回眸堆满笑容：“先生，我们到了。”

进了店面，才看出卖店的真正规模。整层楼是一区又一区的商品，卖场既深且广，我可以看见大量的围巾、披肩、纱丽和被罩、被单等，简直令人眼花缭乱。但一位经理模样的西装中年人弯腰把手一比：“请这边走。”

他指的是一个走往地下的宽阔旋转楼梯，我们往地下室走去，我心里嘀咕着，所谓的革命分子“地下基地”，恐怕指的是这个意思吧？

下了楼，柳暗花明又一村，这是另一个宽广明亮的大厅，一进又一进，深不可测，四边墙上挂满了织有美丽花纹的地毯，有一些看起来更是年代久远的古董地毯。但是在我们下楼之处，首先映入眼帘的则是一座直立式的地毯手织机；看到有人下楼，一位鬈发年轻人飞快跑过来，坐在手织机前，装模作样织起地毯来。

“午安，先生。”不知何时，我的身后已站有一人。我忙不迭回头致意：“啊，午安……”

回头细看来人，那是一位年纪应已超过六十的克什米尔装扮的男子，个子不高，戴穆斯林小帽子、蓄着山羊胡子，头发与眉毛都呈灰白，眼神锐利，相貌严肃，举手投足也颇有威仪，很像是个颇有地位的人物，说他是一位革命军的地下领袖，好像也有说服力。

老男子开口说："午安，先生。欢迎来到我们的小地方。"他的眼睛盯着我，眼神尖锐得像老鹰一样："在这里您看到的，先生，是关于一个古老的艺术。有几个家族几百年来从事同样的艺术，工作方法至今没有什么改变，您在这里看到的作品，和莫卧儿帝国的沙贾罕皇帝看到的也没有不同……"

他的英文虽然带着浓厚口音，但节奏和语感却无懈可击，用字遣词更是优雅古典，听来颇为悦耳且具可信力。他指着直立的木造编织机："让我来向您介绍这种古老波斯地毯的制造方法。"

紧接着，他开始解释传统波斯地毯的织造过程，图案设计、算针，各色丝线如何从直立织造机横向穿过，打结，用传统刀具切断……他每解释一个过程，本来坐到织机前装模作样的年轻人就表演一个动作，看起来也明白易懂。

示范完了，山羊胡"革命领袖"伸手示路，说："请往这边走。"我们往前深入，连进两进，这才发现，这个地下厅堂是长条直入式的深邃空间，每走几步就有美丽挂毯相隔，隔出一个有隐秘性的空间，如果同时有几组人到达，你也可以看不到其他人的存在。

须眉灰白的穆斯林男子示意要我在一个挂毯背后的椅子上

坐下，眉毛挑起，眼睛直盯着我："先生，我可以为您奉上什么饮料吗？"

"啊，咖啡就好。"我慌忙回答。

老男子大喝一声，一位年轻人飞奔出去，大概是去张罗饮料了。我趁这个空档问他："不知我该如何称呼您的大名？"

"您可以叫我库玛。"山羊胡老男子威风凛凛地回答。

所以是库玛，Kumar，王子的意思，看他那副不怒自威的模样，搞不好还真的有王族血统呢。我又回身站起，指着背后的挂毯问："库玛，这些就是传统图案的地毯吗？"

"先生，那些是我们搜集的古董地毯，"老男子库玛嘴角牵动一下，似乎是一个苦笑："这些都是百年以上的地毯，或者好几百年，都是世上仅有的了，您买到了也不能带出印度，何况我们也不能卖的……"

"我们今天要看的地毯，当然它们的作法和这些您看见的古董地毯一模一样，有些编织的传统纹饰也还一模一样，技巧与艺术也一模一样，但它们是新作的，来自我们克什米尔的村庄。这些地毯是让我们可以拥有，可以使用在日常生活上的地毯，除了少数属于博物馆的作品，毕竟，地毯的真正意义是每天可以相处，可以使用，不是吗？"

"So，先生，您预备好要看看我们古老的艺术，来自克什米尔的地毯了吗？"库玛表情严肃，浓密的眉毛下射出一道锐利的光芒。

“我全听你的，库玛。”

这个时候，咖啡端来了，装在小小的杯子里，咖啡已经调和了浓厚的牛奶，我端起来，一股香料味扑鼻而来，香气和马萨拉茶颇为相近，但入口柔顺，并不难喝。我又听见库玛大喝一声，嘟嘟囔囔不知说了些什么。两个长相相似、约莫十五六岁的年轻男孩快步跑了出来，他们一个模样的褐色皮肤，一头鬈发，白衬衫黑长裤，裤筒下露出一小截短袜和黑皮鞋，他们一人手上都捧着一卷物什，整齐划一站在我面前。

库玛又大喝一声，右边男孩手一松，滚动条唰的一声打开，底部啪的一声打在地板上，他手中是一张与我刚才看见的古董挂毯花案相似的地毯。库玛再大喝一声，左边的男孩手松开，唰——啪——，另一张地毯赫然开启，它的图案与前一张几乎相同，但配色不同，两张都是传统的波斯地毯花纹，以花卉和葡萄藤为主题，颜色古朴优雅，织工精细，簇新的毛色闪闪发光，我有点看呆了。

库玛手一挥，两位年轻男孩放下，跑步离开，皮鞋在地板上啪哒作响，不一会儿，两位年轻人快步回来，手上又抱着一卷物什，两人又在我面前整齐站好。库玛转向我：“先生，刚才您看到的是和墙上挂毯相似的传统图案，您也许还愿意看看别的设计。”

不等我回答，库玛再喝一声，右边男孩手中的卷毯打开，唰——啪——，呈现在眼前是几何图案的地毯，三角形、方格、线条，复杂与简单交糅，颜色以黑色为底佐以鲜艳的黄与白；库玛另一声令下，唰——啪——，左边的男孩手中地毯打开，另一个以星纹、六角形等几何图案的设计出现，另一种色彩配置，一样的精致美丽，真叫人无法呼吸……

*　　*　　*

四张地毯现在并排摆在地上，山羊胡地毯商人库玛脱下拖鞋，略提起裤管，光着脚走上地毯，随即盘膝坐定，一副闭目养神的模样。他轻轻拍拍身旁的地毯一角，示意我也坐上去：“来吧，先生，请坐上来。虽然我们说地毯是一件艺术品，但它原意是做来给人坐、做来给人踩的，您一定要有真实的感觉。来来来，请感觉一下这 pashmina 羊绒的质感……”

我脱下鞋子，学库玛的模样坐上地毯，一面用手掌触摸地毯的羊绒表面。一股柔软厚实的触感从掌心传来，有一种说不出的舒服。那是长毛地毯，厚度恐怕有将近两厘米，羊毛柔细滑顺，压下去却能立刻弹回来，何况它还图案古典、颜色高雅。我忍不住赞叹说：“好美丽的地毯。”

“啊哈。”库玛继续闭着眼，食指却竖起来，“先生，在您下断语之前，我还有更多的地毯要提供给您欣赏，我没有期望您一定有意购买，我刚才不是才说，咱们这里讨论的是艺术吗？”

老商人库玛大喝一声，两位年轻男孩再度飞奔而出，手上各捧着另一卷物什，库玛把手一挥，唰——啪——两段声响，又是两张地毯现身。这一回，纹饰是全然不同的风格，那是像线画一般强烈的单色对比，有猎人、树木和野兽的图案。库玛轻合双眼说：“您也许可以看得出来，这不是穆斯林的图案，事实上，这是满洲人的传统图案设计。”

“但这也是克什米尔生产的吗？”我问道。

库玛睁开眼，一道锐利的目光射过来：“当然，我只是试着展示不同的设计与风格。”

两位年轻男孩把地毯摆在地上，飞奔入室，不一会儿，又捧出两卷东西，库玛咕哝交代了一声，唰——啪——，两张银光闪闪的地毯映入眼帘，我简直被自己眼前的作品惊呆了。右边是一张散发着含蓄圆润光泽的地毯，中央有六个方格，每个方格里织有不同的植物造型和伊斯兰典型的“生命树”图案，边上饰有不同式样的框线，框中还有对称的树叶与花草，颜色则有金色、银色、咖啡色，加上各种层次的绿色。左边一张，图案纹饰近乎相同，颜色则以咖啡、暗红加上深绿为主，是比较传统的配色。我呆看了一阵子，才结结巴巴地问：“这究竟是什么？为什么它们那样闪闪发光？”

“丝，先生。”库玛面带得意，几乎要露出笑容了，“Silk，这是蚕丝与羊绒混织的地毯，克什米尔工艺的极致。”

我摸摸它，那是比羊毛更纤细的一种触感，还略略带了一丝凉意。更神奇动人的是，当你从不同角度看时，它还呈现不一样的明度和彩度，你用手压下它的纤维，光色立刻起变化，好像突然变脸一样。这两张地毯的配色柔和优雅，织工细致巧妙，我从来不曾看过这么美丽的地毯。

潘多拉的盒子已经打开，我也已经按捺不住："库玛，你可以给我一点价格上的概念吗？"

他灰白浓密的眉毛之下射过来一线锐利的目光，但一与我的目光相接，立即又闭了起来："价格不是重点，重要的是，您是否找到您真正喜欢的地毯？地毯是耐久之物，它可以用好几代，您必须先喜欢它。"好像是意识到自己并未回答问题，库玛立刻又补充："我们现在说的是哪一张？"

"你行行好，不如把价格都告诉我，我看这几张地毯也没有不喜欢的。"

库玛抬头向年轻男孩比了个手势，一个男孩大步向前，把满洲人图案那张地毯翻过来，原来背后角落里贴着一张纸条，上面写着"US$690"。我心里暗吁一口气，似乎没有我想象中昂贵。

男孩跨一步，又掀起传统图案的地毯，纸条上写着"US$900"。这比较接近我的想象，但最要紧的是那两张丝毛混织、生命树图案的美丽地毯，它们的价格究竟是多少呢？男孩不等招呼，大步跨到我跟前，从我屁股下把地毯一角翻开来，上面写着"US$2750"。

我的喉头忍不住闷哼了一声，这当然是太贵了。何况我才来到印度德里一天，一切都还在摸索之中，我要这样快就做出

“严重失血”的决策吗？

山羊胡地毯商人库玛恢复他的肃穆表情，缓缓问道：“先生，这当中可有您看上的地毯？或者您还想要再看一些？”

我叹了一口气：“不，库玛，我看的已经够了，我只是还在考虑。”

“为了帮助您更快地确定自己的偏好，先生，我们是不是可以先把这两张拿走？不要让它妨碍您的选择？”他伸手指着满洲人图案的地毯。

“哦，不不不，让我再考虑一下！”我发出了哀号。

“那，哪一张呢？我们是不是把那一张先拿走？”他伸手指着葡萄藤传统图纹的第一张地毯。

我急急伸手制止他：“再让它留一会儿，让我一起考虑。”

库玛浓眉底下的锐眼再次斜射过来，偷偷地打量我：“我可不可以大胆地说，您最喜欢的是这一张？”他指的是蚕丝与 pashmina 混织的“生命树”地毯。

“你说得对，但它实在太贵了。”

这个时候，就在这个时候，山羊胡库玛语出惊人：“您知道，我们家乡有一位古老的诗人，叫奥玛·亥严……”

然后他契契切切、磬磬琮琮、叮叮咚咚以我完全听不懂的波斯文朗诵起奥玛·开俨的诗：“时恐秋霜零草莽，韶华一旦随花葬……”

我就是这样沦陷的，但你如何能够拒绝一位用古波斯文默诵奥玛·开俨的地毯商人?

我拿信用卡刷了一张算不清楚零的卢比账单，约定由店家帮我把那张美丽的丝绸地毯寄回家，在店家千言万语的感谢与祝福声中，我与诗人兼地毯商人库玛告辞。

第二天以后的印度之旅，我不断发现我可以用减半的价格买到昨日的东西，十天之后，我心目中的“合理价格”几乎已经来到“诗人”的十分之一了。在斋浦尔旅行时，一位幽默的导游提示我“讨价守则”:“如果他们开价一万，你就还一千，如果他们要一千，你就还他两百。”

但逝者已矣，我还能怎么样?地毯商人老家的古波斯诗人奥玛·开俨不是还有另一首诗说：

Strange, is it not? that of the myriads who
Before us pass'd the door of Darkness through,
Not one returns to tell us the Road,
Which to discover we must travel too.

道失冥关谁借问,
了无归客说崎岖;
漫漫别路深如许,
寂寞行人只自知。

在印度厨房里

“明明行程上是这样写的呀！这我完全不能接受！”我的声音因为激愤而高亢起来，惹得地陪旅行社代表慌不迭比出噤声与求和的手势，一面骨碌碌溜转眼珠看着旅馆大厅，生怕惊动了什么人；但已经来不及了，大厅中央一位身材宽广、相貌堂堂的黄色西装人士，显然意识到这个角落有些不寻常的骚动，他欠身向本来正在谈话的客人致意，旋即转身向我们的方向走过来。

“哈啰，先生们，我可以为你们做些什么吗？”黄衣中年男子唇上蓄着威严的八字胡，讲起话来温和礼貌却颇有架势：“我是这家旅馆的副总裁，这边有任何问题我可以效劳的吗？”

“没事，我们只是有一些小讨论……”旅行社代表还想要把我拉到一边，但我已经决定把事情闹大一些。我清了一清喉咙，正色说：“呃，这位……先生，我要怎么称呼您？”

“叫我阿布都巴利就行。”黄色西装男子笑盈盈从口袋掏出一张名片，礼貌地用双手奉上。我接过来看，名片上写着“Abdul-Baari Rathore，Executive VP”，我紧接着说：“啊，原来是拉拓儿先生，很高兴认识您，事情是这样的……”

事情是这样的，我第一次来印度旅行，在网络上看到有一个“金三角烹饪之旅”（Golden Triangle Culinary Tour）颇吸引我，特别是它对这一天的行程描述里就有让我心生向往的语句：“回到旅馆，参加旅馆餐厅主厨为您示范的传统印度晚餐厨艺，而享受完美味的印度料理后，您就可以回房间休息……”

但是我的前一个晚上的美食行程，所谓的“烹饪示范”并没有出现。司机把我接到餐厅，表示他将在外面等候，我们自己进入餐厅，把旅行社给我的“凭证”（voucher）交给侍者，侍者点头微笑，不一会儿，各种美味菜色陆续端上桌，但并没有示范或讲授的迹象。等我用完餐喝起咖啡的时候，我忍不住向侍者询问，侍者摇头表示他“完全不知情”，“凭证”所说的，就是提供两份“高级套餐”。出了餐厅，我又向司机询问，司机机警地张大眼睛，耸耸肩，双手一摊，他也是“完全不知情”。我们才刚下飞机，折腾了一天，已经没有力气追究，就打道回旅馆休息了。

第二天，我们抵达著名的泰姬玛哈陵所在的阿格拉（Agra）城，住进一家豪华观光旅馆，大厅里，旅行社派来的代表已经在那里迎接了，在他协助我们办理入住手续时，我颇不放心，驱前问柜台："我们的晚餐安排在哪里？"挂着塑料笑容的美女头也没抬："就在一楼的自助餐大厅（Buffet Dining Hall）。"

我又问："如果是自助餐，你们的主厨要怎么样给我烹饪示范？"

美女睁大眼睛，抬起头来："什么示范？"

我把我所预定的美食之旅再给她讲解一遍，塑料笑容美女双手一摊："我们不知道有这种事，你必须和你的旅行社再确定一下，我可以确定的是，他们为您订的就是自助晚餐。"

旅行社代表急忙把我拉到一边，说："您的凭证上只说有晚餐，他们不可能给您烹饪示范……"

我把行程上那段动人的描述指给他看："瞧！明明你们旅行社的行程上是这样写的呀，我也是为了这样的行程而来……！"

柜台后面一位年轻男子，看来是位经理模样，他闻声回过头来："怎么回事？有什么我可以做的吗？"

旅行社代表也急了："那是德里的旅行社，我是属于阿格拉此地的旅行社，我们只是接受他们的委托，您可以先入住房间，我再去和他们联络……"

"不，不，不，走出这个大厅，我就再也见不到你了，我太知道你们在搞什么鬼，你们的行程明明是这样写的，德里或阿格拉，总有人要为这件事负责，你说的办法我完全不能接受！"

也就是这个时候，黄色西装、相貌堂堂的执行副总裁阿布都巴利·拉拓儿走过来，问我们发生了什么事，我才对他说：

“事情就是这样。”又补上一句：“我对印度烹调充满兴趣，原来以为这趟旅行将对我的知识大有帮助……”

阿布都巴利眉头深锁听完了原委，他抬起手看一下腕上的手表，沉吟半晌，才缓缓说：“您是我们的贵客，我愿意尽我的能力让您有个美好的居停，这样吧，今天时间晚了，如果您有兴趣，我可以安排明天下午的一个时间，让主厨来给您一个示范课程，不知道您觉得如何？”

我看一下手上的行程单：“可是明天下午我有一个城堡导游行程，难道没有可能是今天晚上吗？”

阿布都巴利面容严肃：“晚餐时间厨师都太忙了，我恐怕不是很方便……”

我突然有了新想法：“Look，拉拓儿先生，可不可以这样？我也可以不需要主厨的烹调示范，instead，您是否可以为我们安排一个厨房导览（a kitchen tour）？找一位熟悉厨房的工作人员，带我们在厨房里走一走，让我们看看厨师们实际怎么工作，我保证不会影响他们的工作，您觉得怎么样？”

阿布都巴利露出笑容，好像也看见了曙光，说：“啊，我想这并不难安排，事实上，我很乐意亲自担任您的导游，带您看看我们引以为傲的厨房……”

我感染到他的热忱，握住他的手说：“那真是太好了，我们会觉得很荣幸，拉拓儿先生。”

这个时候，旅行社代表又在拉我袖子了，他低声说：“我必须警告您，如果这项活动牵涉到任何额外的费用，都和我们的旅行社没有任何关系……”

但我已经一头栽进对异国厨房的浪漫想象，我回头对那位畏首畏尾的旅行社代表说：“这里没你的事了，我自己可以处理，你走吧。”

旅行社代表悻悻然走了，我回过头，正好迎向阿布都巴利权威的笑脸：“请问先生，您和我们是同行吗？”

显然他误会我是个开餐厅的人了，但这又一言难尽，我只好回答说：“事实上，我从事的是图书出版工作，我对各种不同的文化极为着迷，而料理恰巧又是文化中最有趣又最能参与的一环，只要拿起一只汤匙，我们就参加了它，不是吗？”

我说的话有一部分并非事实，我早已经离开出版行业了，但如果我诚实告诉他我从事的是网络事业，我要如何解释我对厨房的兴趣？但拉拓儿先生不疑有他，大笑起来：“Indeed, indeed，料理人人可参与，只要您有尝试陌生食物的勇气。太好了，先生，今晚七点钟，我在大厅恭候您的大驾……”

* * *

准时七点钟，我搭电梯来到旅馆大厅，约莫等了五分钟，正在焦急阿布都巴利执行副总裁是否会是黄牛党的时候，黄色西装的肥胖身影突然气喘吁吁地现身，慌不迭地道歉说：“请原谅我的迟到，我今天有太多的客人。”一面说着，一面从胸前口袋里拿出手帕拭去他额头上的汗水。

“应该道歉的是我，我在您这么忙碌的时刻，还提出让您麻烦的要求。”我由衷地感到有点不好意思。

“喔，不不不，这绝对是我的荣幸，我非常乐意为您两位介绍我颇引以为傲的厨房。”阿布都巴利露出开心的笑容，一面比出一个请这边走的手势：“事实上，我本来是厨师出身，我来到这家旅馆时，负责管理的就是旅馆里的各家餐厅，只是现在我要管的业务就更多了，不再只是餐厅。”

“这样说来，今天晚上我完全是找到正确的导游人选了。”我一面随着他走向电梯，一面诚心诚意地恭维他。

电梯来到旅馆的顶楼，阿布都巴利弯腰表示欢迎：“This way，please.”

“这是我们旅馆最高档的餐厅，叫作莫卧儿厅（The Mughal Room）。”阿布都巴利副总裁引导我们走入餐厅，餐厅里灯火通明，宾客摩肩接踵，看来生意火红的模样，“从餐厅名字您可以知道，本餐厅是以北印度拉贾斯坦菜为主，但我们是一个国际观光旅馆，得要满足各种不同客人的需求，所以餐厅里也提供中国菜和欧陆菜的菜单，这边请。”

阿布都巴利显眼的黄西装穿梭过忙碌的餐厅，服务生看到他，连忙点头行礼，但阿布都巴利执行副总裁昂首阔步，兀自领我们前行，好像没有看见他们行礼的样子。他掀开红色布缦，领我们穿过餐厅背后的服务区，领班与服务生慌乱成一团，我不断听到杯盘碰撞的声音，也不断有人在吆喝，大概是催促上菜的意思。工作人员看见黄色西装的执行副总裁，显然有点吃惊，纷纷让出一条路来。但阿布都巴利也毫不在意，他推开厚重的铁门，呈现在我们眼前的，是一个巨大的厨房，几十个厨师在里面忙碌工作，远方的火炉，火焰高蹿，发出轰隆隆的声响。

“请往这边走。”阿布都巴利继续带我们深入厨房，这时候，一位戴眼镜、唇上蓄着小胡子、白衣白帽的瘦小厨师一面在围巾上擦着手，一面急急忙忙迎上来：“啊，拉拓儿先生，何等荣幸！”

“啊，库玛，我给你带来两位贵客。”阿布都巴利也堆出满脸笑容：“这位是库玛，我们的主厨；这两位是詹先生和他的夫人……”

阿布都巴利执行副总裁改成严肃面容：“事情是这样的，詹先生对印度料理很有兴趣，我要亲自给他们一场厨房导览，你让你的厨师继续干他们的活，没有人需要改变他们工作，除非我交代，明白吗？”

“了解，拉拓儿先生。”瘦小黝黑的库玛点点头，“我们会照做的，也欢迎你们，先生。”

阿布都巴利执行副总裁清清喉咙，露出笑容：“您已经站在我们的厨房里，先生，我们的厨房按照功能分成几个部门；

我们有坦都里部门，它在角落转弯处，我等一下还会指给您看，它处理各种坦都里烧烤料理；我们有印度菜部门，就在您眼睛所见的右手边，您看得出来，我们有很多厨师料理这个部门；再往左一点，那是中国菜部门，Sir，我了解您是中国菜的专家，我们印度人的中国菜也许和您所知道的不同，但中国菜在印度很受欢迎，我们有自己对中国菜的诠释；再往左，那是个欧陆菜部门，在我们旅馆里，欧陆客人很多，他们有的人不能应付印度菜和中国菜，这个时候我们就要提供他们一点他们熟悉的东西；最左边，那是一个烧烤部门，如果我们要料理一道欧洲的煎鱼，就会由那个部门来负责……”

阿布都巴利一口气讲了一长串，库玛在一旁频频点头，阿布都巴利执行副总裁停了一下："现在我们就来参观厨房如何工作，Shall we？"

他领了我们往前走到角落，那是一个独立的房间，正中央有两个很深的坦都烤炉，有一位白衣白帽的厨师正在那儿忙着，炉子的前方是一大片玻璃窗，面对着餐厅里的宾客，是所谓的"开放式厨房"，后方的出入门则与大厨房相连。阿布都巴利示意我们进入局促的坦都烤炉房间，厨师抬起头，有一点不知所措，但威严的执行副总裁口气严厉："你正在做些什么？"

"有一桌点了坦都里烤鸡，Sir，我正要做。"

"把鸡拿来给我。"阿布都巴利不由分说下令，可怜的厨师慌慌张张跑出去，不一会儿拿了一个大盒子回来，阿布都巴利打开盒子，里面是粉红色的酱料和鸡块，他一面解说道："您看，这里是我们腌好的鸡，我们用优格[1]和自配的香料来腌，诀窍是鸡用撕的，不用切的，腌料比较容易入味……"

我的好奇心已经开始发作："香料包括些什么？腌多久？"

阿布都巴利露出慧黠的笑容："啊，我不能告诉您香料的全部成分，但我们要先用布包把优格吊起，除掉多余的水分，鸡则要在腌料里放置四小时……"

"四小时，我以为要更久，我们中国菜里头常常要腌一个晚上……"

"您也可以腌上一个晚上，先生，但其实不必，四个钟头已经足够……"

阿布都巴利从盒中抓起鸡块，一块一块串入一米长的铁叉，一共取了四块："……然后您将鸡肉串起来，预备放入炉中，坦都烤炉已经非常热了，它的温度可以高达八百度以上，所以这样一只鸡，我们只需要六七分钟……"

鸡肉放入坦都炉中后，阿布都巴利对着空中挥挥手，大声说："再给我拿些羊肉来！"小厨师受了惊吓一般，支吾应道："Yes, Sir. Right away, Sir."匆匆忙忙跑出去，一会儿又带回来另一个盒子。

阿布都巴利打开盒子："您瞧，我们有很好的碎羊肉在这

[1] 优格，Yogurt，酸奶。

里，它已经和洋葱以及一些其他香料腌好了，我们像这样把它粘连在烤叉上……”他抓起一坨碎羊肉，像日本人做竹轮那样，或者像越南人做甘蔗虾那样，厚厚一层裹在铁叉上，他又把铁叉放入炉中。

阿布都巴利抓来一块布擦手，又想起什么似的举起他的食指："更重要的，我们用坦都炉来做各种饼，当然包括馕（Naan）在内……”他的手在空中挥舞："弄一个面团来给我，小一点儿，快！”

“Yes, Sir. Right away, Sir.”小厨师转身去抓面团，掰开一小块给意气风发的黄衣执行副总裁。

“您看，这面团多有弹性，我们这样把它拉长，成为这种形状……”

阿布都巴利执行副总裁随手搓揉拉展，小面团看得出充满弹性，并在手中逐渐呈现出泪珠的形状，我忍不住赞叹说："您的手艺真好！”

黄色西装副总裁露出全副洁白的牙齿："I told you, didn't I？ 我可是厨师科班出身。”

紧接着，他弯腰把泪滴状的面饼贴进坦都烤炉的壁上，一面说："然后我们把面团像这样放进炉中，我刚才说过，炉中温度很高，大约是摄氏八百度以上，所以馕饼一下子就好了。”

他眼睛盯着面饼不放，不到一分钟，他用一根铁叉伸入炉中取出馕，放在一只白色瓷盘上，白色馕饼带着棕色斑纹，焦香扑鼻，我顿时觉得饥饿起来，阿布都巴利满脸堆笑：“来来来，请试试看，这就是坦都烤炉现做的馕，我已经好久没动手了，我还怕做得不成功呢。”

我从盘中撕下一块，放进口中咀嚼品尝，馕饼面皮因为高温而冒出一个一个泡泡，里面充满空气，咬起来极为酥脆，馕饼之内则仍然是湿润有劲，应该是来自揉面的劲道，细嚼之下则满口面香。馕饼虽是北印度的日常食物，但却是从波斯（伊朗）随莫卧儿帝国传来，naan一词出自波斯文，本义就是“面包”或“食物”，它的传播范围甚广，除了印度，巴基斯坦、土耳其、伊朗、中国新疆都有造型不同、做法略异的馕，发音也都叫馕。这种历史悠久、食之者众的主食，当制作得法时，以我有限的经验，无一不好吃。但阿布都巴利执行副总裁随手制作的小型样本馕，也许是刚从高温烤炉中立即取出。空气中飘浮着香气，让我惊讶于它的美味。

阿布都巴利执行副总裁略带得意神色，欠身鞠躬说：“先生，这就是我们的坦都烤炉烧烤部门，现在再让我带您前往参观我们的印度菜部门如何？”

我嘴巴里还塞满嚼劲十足的馕，嘟嘟囔囔慌忙地应着：“当然当然，after you，拉拓儿先生……”

我们离开热气腾腾的坦都烤炉烧烤房，回到大厨房，最右边的远处，有约莫六七位的白衣厨师正忙碌着，瘦小黝黑的库玛小碎步向前跑去，吆喝了几句话，几位厨师停下手上的工作，往我们的方向看了过来。阿布都巴利高举右手，很威严地说：“不要停，不要停，继续你们手上的工作。”

我们走进火炉旁边，一位面容削瘦的老师傅正拿着锅铲忙碌着，阿布都巴利靠近他，大声问道：“你现在在做什么？”

老师傅额头上流下汗珠，口里含糊地应着：“A Biryani, Sir。有客人点了羊肉炒饭，先生。”

老师傅一面回答，一面锅中香气四溢的炒饭已经完成，他伸手取过来一个有盖的陶盆，正准备用锅勺盛入，但黄衣执行副总裁伸手拦住他：“稍等。”阿布都巴利接过老师傅手中的锅勺，拿来一个白色瓷盘，去锅中捞出一大瓢的炒饭，扣在盘子上，递到我面前：“试试看。”

旁边的小厨师连忙递过来一只汤匙，我舀起一匙，凑近鼻头，一股惊人的香气扑面而来，那是一种复杂的香气缭绕，一方面有羊肉的脂香，又有多种干式咖喱香料的药香；一方面也可闻到有香米的米饭香，还有一些新鲜香草的草木芬芳。我再把饭送入口中，出乎意料，米饭口感软糯香黏，比较接近日本人或台湾人煮饭的口感，而不是一般印象中的干爽松散、颗粒分明。细嚼之后，发现黏度来自于羊肉油脂的滋润以及咖喱酱汁的黏稠，而不是米饭本身。

我正想称赞炒饭的美味，阿布都巴利执行副总裁又开口了：“请这边看，詹先生，您看，这里是我们正在煮的饭，而这里，则是已经熬煮多时的羊肉咖喱，当有客人点菜时，我们就取煮好的饭和羊肉咖喱，做成炒饭……”

我趋前看，火炉上两口深锅，一口锅里色泽暗金红棕，一看可知是羊肉咖喱；另一口锅里则是滚水汤汤，水面上浮着浅黄鲜绿的几种材料，看不清是什么。我只好开口请教：“这是什么？”

“饭。”阿布都巴利咧嘴笑说：“您看到的番红花、芫荽，还有多种香料，我们用它煮饭。”

“煮饭是用水吗？”

“不，是羊肉高汤。”

难怪炒饭香甜滑润，油脂可太丰富了。羊肉咖喱当然更不用说，我虽然抵达印度不过两天，吃到的咖喱，即使只是公路旁的休息站拿出来的应急货色，也都美味得不可想象，古文明饮食的高明深邃，真的令人钦佩。

我忍不住一口又一口试着炒饭，阿布都巴利执行副总裁大概也觉得好笑：“先生，我们要准备往下一站了吗？”

“喔喔喔。”我满口饭粒，“当然当然。”

下一站就是隔壁的炉子，三个厨师围着炉火，两个小厨师用铁盘子抓码，一个大厨师手握中式炒菜铁锅，另一手挥舞锅铲，这种阵仗当然就是中菜部门了。阿布都巴利执行副总裁不由分说，大声问炒菜厨师：“你现在做的是什么？”

“Stir fried beef, Sir.”厨师回答道。我看向炒菜锅内，果然正在炒的是翠绿的青椒丝和棕红油亮的牛肉丝；阿布都巴利说：“你可要小心了，我们今天的贵客是中国菜的专家，他要来看看你的菜对不对路……”

厨师小心翼翼地回答：“那要我炒一道什么菜吗？”

黄西装执行副总裁大声喝道：“不用。”说完话他一把从厨师手中抢过锅铲，在锅中胡乱炒了几下，再顺手一捞，捞出大半盘菜肴，随即扣在一旁备好的白盘上，盘上还有小黄瓜和胡萝卜的刻花，显然本来是出菜要用的，但执行副总裁可不管它，大动作把盘子推到我面前，声如洪钟说：“试试。”

我用来吃羊肉炒饭的汤匙还握在手上，立即从盘中舀了一匙，送入口中。嗯，嗯？这太奇怪了，看起来明明是青椒牛肉，吃起来却完全不像，叫人感到困惑，脑中正在搜索这味道的来历，抬头却看见阿布都巴利瞪大眼睛看着我，好像要开口询问说：“Well？”

“Well.”我还在摸索该讲些什么，“它看起来是青椒炒牛肉，但吃起来却不是我熟悉的青椒炒牛肉，我不知道为什么……”

阿布都巴利执行副总裁露出一点失望的表情：“可能我们印度人对中国菜的诠释还是不对，这不是您熟悉的做法？”

但突然有个雷电打在我脑门，我大步走到炉边，指着炉上一口超过半人高的大汤锅，大声问道：“这是什么？”

阿布都巴利执行副总裁被我的大声问话吓了一跳，一下子脑筋转不过来，他瞪大眼睛指着锅子说：“您是指这个吗？”

我点点头说：“对，我想知道那是什么。”

他用勺子去锅里捞一捞，困惑地说：“高汤呀！”

我再次指着锅子："我是说，这高汤到底是什么做的呀？"

阿布都巴利把勺子抬高，露出其中的内容："羊肉高汤呀！您瞧，里面有大量的羊大骨、羊肉、洋葱、胡萝卜，各种蔬菜，当然，也有各种香料，比如欧芹、芫荽，还有我们的印度干香料，比如肉豆蔻皮、孜然子、黑胡椒，etc，etc，and many many more..."

我转头问白帽厨师："刚才那道青椒牛肉有放这高汤吗？"

白帽厨师骄傲地回答："当然，这锅高汤是我们厨房里的秘密武器。"

我转过头，正好和阿布都巴利执行副总裁四眼相遇，他张嘴露出莫名其妙的表情，我以一位破案侦探的口吻对他说："啊，拉拓儿先生，现在我知道凶手是谁了，就是这锅高汤……"

"在中国料理里头，我们用鸡高汤，有的还加了火腿，那是在南方，我们也用猪骨、牛骨做高汤，羊肉高汤是少见的，更不要说你们加了这么多的香料，这使得菜的味道完全不同了……"

阿布都巴利充满担忧："味道完全不行吗？"

"不，它其实很好吃，我只是觉得很陌生，本来青椒牛肉是我们很熟悉的家常菜，如今变得……呃，呃。"我一时找不到适当的字眼，阿布都巴利的担忧神情也悬在半空中。

"呃，变得十分异国情调（exotic）。"我终于找到合适的描述，阿布都巴利执行副总裁也松了一口气，两个人相对大笑了起来，旁边围观的紧张厨师也跟着哈哈大笑。

“当然是异国情调，您现在正在异国旅行呢。正如我前面说的，中国菜在印度非常普遍，已经进到我们的生活之中，我们有自己的诠释。”阿布都巴利执行副总裁恢复信心，继续把手一伸，“请这边走，让我们再来看看厨房里的欧式烧烤部门……”

我们走到厨房的最边上，那里空荡荡一个人都没有，炉火上是一大片铁板，旁边还有个大烤箱，看来设备倒是挺先进齐全，阿布都巴利执行副总裁皱起眉头，敲敲铁板，一面问道：“谁负责这里？”

瘦小黝黑的库玛连忙站出来：“是阿金负责这个部门，但今天印度料理部门比较忙，我要他过去帮忙，我马上叫他过来……”

阿布都巴利挥挥手，不耐烦地说：“不用了，谁帮我拿一块鱼肉来。”

“Yes，Sir. Right away, Sir.”一个小厨师匆忙跑步离去，不一会儿，拿来一块白身鱼的菲力。

“这是什么鱼？”我问气喘吁吁的小厨师。

“Dover Sole, Sir.”

那就是日本人和中国人称呼为“牛舌鱼”或“舌平目”的扁平鱼了，肉身细致柔软，我们可能会拿来干煎或红烧。但阿布都巴利执行副总裁端详了一下手中的鱼片，置于案上，撒上细盐和胡椒，又随手拉过来一个盘子，盘中显然是面粉之物，他把鱼放进面粉中，轻轻拍打，让鱼肉裹上薄薄一层粉。然后他打开铁板的火，用手在板上试试温度，觉得差不多时，他倒下一点油，等油冒烟，就把鱼肉平整放上去。

阿布都巴利转过身来说："我们餐厅里的欧式餐点并不像印度菜部门或中国菜部门那么多选择，也没有那么 sophisticated，我们只是让吃不惯外国菜的欧洲人有点能对付的东西，并不企图做什么惊人的大菜，能做的不过是一点煎鱼、烤鱼，以及一些牛排、猪排之类的东西，如果客人想要匹萨或意大利面，我们也可以应付……"

阿布都巴利挤挤眼，露出顽皮的微笑："我这样说，詹先生，是希望您不要对这块鱼抱太大的期望。"

"我倒要确认一下。"我也跟着笑了起来。

一下子，鱼就煎好了，一股香气扑鼻而来，阿布都巴利把鱼轻巧地铲起来，一旁小厨师立刻递过来一个长盘子，盘上还有几株欧芹作为装饰，兼任大厨的执行副总裁把鱼放在盘上，从另一只盒子挖出一大匙塔塔酱，一面比了一个请用的手势："请试试。"

我拿着汤匙直接从鱼身上挖了一大块，放入口中，发现那鱼煎得恰到好处，外皮焦脆，内里软嫩多汁，那一点胡椒味也恰恰提出鱼肉的甘甜味，我忍不住赞美他："拉拓儿先生，您真是太谦虚了，这鱼煎得刚刚好，在欧洲，我很少不吃到鱼肉煎得过老了的。"

阿布都巴利执行副总裁双手拉着黄色西装的前襟，面露得意之色："我只说我们做很简单的东西，没说我们做得不好。"说完又得意地大笑起来。

"拉拓儿先生，我由衷地感到佩服，您这儿的确是一个相当值得一试的餐厅。我非常谢谢您的厨房导游，这简直比我失去的大厨演示还要好上好几倍。我不敢再打扰您的厨房，但我已经决定放弃我的大厅自助餐，我们要留下来，好好地享受您的莫卧儿厅，虽然我好像已经吃饱了……"

阿布都巴利执行副总裁露出满足的笑容："先生，您是我的贵客，你们光临我们的厨房是我的荣幸，我希望我的解说有助于您对印度菜的好奇。但话说回来，您怎么能够只参观厨房而不尝尝我们的餐厅？我们何不这样子？你们两位今晚就留下来在我们的莫卧儿厅，做我的贵宾，两位的晚餐就由我们餐厅来招待。"

"这万万不可。"我开始觉得这个误会可大了，我不过是个爱抗议、爱讨价还价的观光奥客[1]，但这位阿布都巴利执行副总裁可能以为我是某方人物。

"我坚持，先生，您一定要接受我的邀请。"

"如果您坚持的话，"我还能怎么办，我只好继续装作是个大人物，"我只好恭敬不如从命了……"

[1] 奥客，闽南语，多指很难侍奉的客人。

*　　*　　*

阿布都巴利执行副总裁抬起头，高举右手，一位身穿暗红色镶金上衣、下穿白长裤并包着白色头巾的侍者立刻现身，躬身说：“Yes，Sir？”

阿布都巴利嘟嘟囔囔用印度语交代了一番，“Very well，Sir.”红衣侍者响应之后，立刻转身向我弯腰行礼：“请跟我来，先生。”

黄衣执行副总裁满脸堆笑向我挥挥手，我也鞠躬向阿布都巴利致谢，旋即随着侍者来到窗边一个座位，戴头巾的红衣侍者指着窗外说：“从这里，先生，当天气晴朗的时候，或者夜晚点灯的时候，您就可以看见泰姬玛哈陵。”

我往窗外望，看见外面是一片漆黑，但侍者也不尴尬，微笑解释说：“当然，在这种时候，我们是什么也看不到。”

我们坐下来，侍者拿来厚重的皮面菜单以及厚厚一册酒单，行礼如仪地问道：“我可以为您准备一点什么饮料吗？”

我的好奇心也同时发作了，印度红酒虽然在国际酒坛上也得不到崇高的地位，但怎么能够不试一试？我点了一瓶印度本土“印达吉堡”（Chateau Indage）的红酒和矿泉水，并且开始仔细地阅读起菜单。

事实上在厨房参观过程里，我们已经吃了一块现烤馕饼、一盘羊肉炒饭、一盘青椒牛肉、一块煎烤鲽鱼，几乎已经吃饱了；但在这本厚重的菜单里，一样分成了三个部分，印度菜、中国菜和所谓的“国际菜”，每一部分都有洋洋洒洒十几页。如果以其他地方的经验来看，菜单上有千百种项目的餐厅很难特别好吃，但以我们在厨房里试到的水平，却又让我对这家餐厅充满信心。我们商量了一下，最后决定还是选择最具代表性的北印度菜，不惜重复我们在厨房中所试的东西，因为这才是这家餐厅的真正特色。

结果，我先点了来自坦都里烧烤部门的坦都里烤鸡、烤羊肉串和原味馕饼；为了有酱汁蘸饼，我又点了羊肉咖喱；可是想到羊肉炒饭的美味，我忍不住又点了一份炒饭。

餐厅里此刻流泻着印度音乐，穿着传统服装的五人乐团正在远方的舞台开始他们的表演，这场面太观光了，餐厅的品味有点令人担忧。我们也开始尝试送来的印度红酒，味薄而带酸，贫乏而无变化，好奇心果然足以杀死猫，新兴地区的葡萄酒真的是不应该轻易尝试的……

但不一会儿，来自坦都里烧烤部门的烤鸡、烤羊肉串和馕都上桌了。我先拿了一块烤鸡，这烤鸡果然如阿布都巴利所说，不是刀切，而是手撕，裂口粗犷，腌制容易入味，腌制酱料用的是晾吊去水的优格和香料，其中辣椒粉不少（也包含甜椒粉），故烤鸡色泽呈诱人的橘红色，鸡肉表面更有高温烧炙的黑纹和扑鼻的焦香，紧接着试了一口，嗯，这鸡肉烤得太好了，外表焦脆，内里柔软多汁，可见火候掌握得极好。

再试羊肉串，羊肉串是用碎羊肉混合多种香料捏成柱状，香气幽微复杂，难以名状，烤也烤得刚好，只是碎羊肉本身嫩则嫩矣，已失羊肉咬口，烤熟后水分流失，略显得干涩，并不如坦都里烤鸡精彩。

这时候羊肉咖喱和羊肉炒饭也跟着上桌，我细看这两道菜，羊肉咖喱酱汁色泽艳红，有火辣的气息，羊肉则带骨，看起来是不向西方人妥协的绝佳征兆，带骨的肉一向更加美味，只是许多餐厅迁就西方观光客的口味，转用菲力，反而失去骨头的好滋味；羊肉炒饭则是和在厨房所见相同，饭粒受羊脂滋润，粒粒金黄油亮，饭中又有茴香和芫荽碎叶，翠绿点缀，草本芳香，十分吸引人。

我撕了一块烤饼，蘸着盘中羊肉咖喱的酱汁来吃，初入口感到芳香甘甜（应该是长时间炒化了洋葱所带来的美味），慢慢却在口中冒出火来，酱汁里带着颇有威力的辣味余韵，冲击口腔的每一个角落，显然这也是一道不向观光客妥协的正宗拉贾斯坦料理。红衣侍者看到我把手伸向水杯，忍不住露出一排牙齿："太辣了吗？先生。"

"不，它很辣，但它非常好。"我开口赞美。

"拉拓儿先生有交代厨房，要做正宗的拉贾斯坦菜给您，所以您的菜比其他桌的都要辣，因为欧洲人不能吃辣……"

原来阿布都巴利执行副总裁事先有交代，他内心显然比外貌还要细腻，我也觉得很窝心，可是还是想问："这就是你们平常吃的辣度吗？”

侍者迟疑了一秒，再度展开笑颜：“不，先生，我们自己吃的，比这个还要更辣一些……”

他想了一下，跟着又说：“我们没有这么多菜，先生，我们吃一大盘米饭，要的就是这些辣味。”

我也跟着笑起来，谁的家乡不是这样呢？我们小时候的卤肉酱汁比肉更重要，好几顿的白饭不都是浇着酱油吃下去的吗？谁真正看到肉呢？

我们很努力地享用这顿晚餐，但实在太饱了，最后并没有能够全部吃完。除了烤羊肉串让我觉得差强人意，其他几道菜都很够水平。这真的是个好兆头，我来到印度不过两天，但这样的食物水平已经让我充满期待，觉得未来的旅程里，似乎还有各式各样的好运在等着我。

用餐之后，我向侍者要来账单，侍者拿来一张单子：“拉拓儿先生交代，餐厅招待您的用餐，我只能收您酒水的钱。”

“拉拓儿先生太客气了，但我不该接受他的招待，他一定误会我是什么大人物了，事实上我只是个好奇的人。”

“不，先生，您是我们的贵客，能够招待您是我们的荣幸。”

看来我是无法要到我的账单了，我只能付我最不想付的难喝红酒的钱，我只好留下一笔较像样的小费。

两天之后的早上，我要退房离开前往旅行的下一站，穿着鲜艳黄西装的阿布都巴利执行副总裁又出现了：“哈啰，詹先生，我特别来祝您一路顺风。”

“拉拓儿先生，那天晚上您真是太客气了，我不但耽误您的工作，在厨房里打扰大家的工作，还让您请客，我真的觉得很不好意思。”

阿布都巴利眨眨眼，压低声音：“我只希望您能为我们美言几句，至少笔下留情……”

果然，他真的弄错了，把我当作某种微服出访的美食评论家了，大厅吵闹只是匿名评论者故意设计的测验，我自首地说：“不，拉拓儿先生，您弄错了，我只是个对印度料理好奇的一般观光客……”

“不不不，您不用对我隐瞒，如果未来有文章出现，请您一定要寄给我。”阿布都巴利满脸虔敬。

怎么样向他解释我从来不是能够写美食评论的人，我叹了一口气：“唉，好吧，也许有一天……”

长草丛中的死亡

司机兼追踪者黑人马克斯猛然停住吉普车，没熄火的引擎还啵啵啵地空转着，他跳到湿地，蹲在地上仔细端详，他摸了摸软泥上的印迹，伸出舌头尝了尝，若有所思看着前方，漫不经心地说："它们走过这里，昨天晚上……"

"什么？"我们一时还摸不着头脑。

黑人马克斯，同时也是我们的导游兼守护者，出游时还得兼任野地里的侍者和调酒师，他抬起头，眼睛陡然亮起来，咧开嘴笑着，开心地说："狮子，我们想找的狮子。它们昨晚走过这里，应该还没有走远，足迹还是热的。"

"They？"我想确定一下他的意思。

"是呀，它们。有两只，都是母狮子，有一只怀了三个月的身孕。"马克斯轻描淡写地回答，一面回到车上，重新发动引擎，吉普车再度沸腾咆哮起来，喷喷喷冒着烟走进水中，此刻奥卡万戈沼泽（Okavango Delta）正值高水期，水量充沛，草原上到处是水乡泽国的模样。

狮子？我的汗毛竖立起来，精神跟着感到振奋，但也不由得有点困惑，他怎么能够知道狮子昨天晚上经过这里？也许这不难，茨瓦纳人（Tswana）马克斯就是一位非洲草原里的追踪者（tracker），追踪者传统上本来就是通过蛛丝马迹判断猎物踪迹的猎人。但是，他怎么能够从水边半个模糊的足迹看出那是两只母狮子，其中还有一只怀了三个月的身孕？

这时天色才刚刚发亮，远方天空的颜色还是暗蓝透着橘光，非洲草原上兀立的几棵树像是黑色剪影一般。我们四点半就被叫醒，漱洗完毕后，摸黑在营地里胡乱吃一点面包和咖啡，昏沉沉地上了吉普车。此时霜露料峭，寒意逼人，司机兼追踪者马克斯要我们都穿上套头的保暖蓬丘[1]，然后车子就出发了。

吉普车颠簸走过一段红泥土路，就驶入了水中，泼剌声惊动一群又一群的驴羚（Lechwe），纷纷从长草丛中跃出，姿态优雅地逃逸，像一群在舞台上跃起的芭蕾舞者，沼泽地的水光反映出它们的倒影，金褐色的皮毛闪闪发亮，屁股上两条显著的黑线让它们像是在饭店里穿着笔挺制服的侍者。天空有数不清的各色鸟类在飞行，一副交通繁忙的模样，偶尔会看见一只鱼狗翠鸟（Pied Kingfisher）停在空中快速拍动着

[1] 蓬丘，Poncho，穗饰披巾，类似斗篷。

双翼，紧接着轰炸机似的俯冲而下，叼起水中一只鱼再飞起，溅起四散的水花。

这个眼前的美丽景象有点像是在观赏“新艺综合体，彩色大银幕”电影一样，梦幻不真实。出门前我特地买了《非洲南部野生动物》和《非洲南部鸟类》两本英文书带在身上，但其实我并不相信自己未经训练的眼睛能认出什么鸟类。可是来到南部非洲博茨瓦纳（Botswana）奥卡万戈沼泽才两天，我发现自己肉眼能辨认的鸟类已有数十种，原因之一是它们真的离你很近，像鱼狗翠鸟捕鱼的动作就常常发生在我们的独木舟旁边；第二个原因是它们的数量真的太多了，每一种鸟你不是见到它一次，而是一天要看见两百次，特别是非洲水雉（African Jacana）和黑枕麦鸡（Blacksmith Plover）每天都在你触手可及之处，你再迟钝也都熟识了……

吉普车继续在长草丛中前进，马克斯像是喃喃自语：“应该还没有走远，应该没有走太远，它们应该饿了。”

一个转弯处，我们就看见它们了。就在路边前方五米，一块巨岩之下，两只壮硕无朋的母狮子威风凛凛站在那里，眼睛看着草原的前方。我屏住呼吸，吉普车轻轻地停下来，马克斯用两根手指先指指自己的眼睛，再指向狮子，那是要我们注意看的意思。

母狮子比想象中还要更强壮，它的胸肌隆隆鼓起，腿部更是粗若梁柱，庄严肃穆，不怒自威，微风轻拂过脸庞，它们脸

样，仍然安静地低头吃草，偶有一两只驴羚警觉地探出头来左右张望，但仿佛也看不出什么端倪。我们则远眺着远方微微摇曳的草丛，两只伏行的狮子显然已经分抄两边，即将展开攻击，不禁屏住了气息。

远方的长草停止晃动，空气也似乎凝结了一阵子，突然间，右边远方的狮子高跳起来，猛力追逐，草丛激烈摇晃，惊起一群飞鸟，驴羚群受了惊吓，全部触电似的跳起来，四脚齐飞，弹簧腿蹬蹬蹬往左边逃散，但在远处的我们眼里，它们正冲向另一边等待的狮子的血口，果然，几秒钟之后，左边草丛激烈摇晃，狮子似乎是捕获猎物了。

原来右边负责冲散驴羚群的狮子放弃追逐，急急忙忙赶向左方；这时候，追踪者马克斯也立刻发动吉普车，大叫一声："咱们走。"

车子加速前往左边的草丛，少年塞巴斯丁忍不住又开口探问："发生什么事了？"马克斯回答道："你看到右边的狮子急忙冲向左边吗？那表示左边的狮子已经猎到了驴羚，它要赶快赶去，免得猎物被左边的狮子独享了。"

说话间，我们已经赶到屠杀现场，两只狮子正在争夺一只年轻漂亮的驴羚，一只狮子咬住驴羚的喉咙，一只狮子则咬着驴羚的腿部，两只狮子都发出隆隆低吼声，仿佛立刻要打起来，而可怜的驴羚脖子流出一摊血，已经一动也不动了……

两只狮子用牙齿和爪子紧咬并撕扯着那一只毛色光鲜的驴

羚。可怜的它，两分钟前还在草原上左顾右盼、活蹦乱跳，此时却已紧闭双眼、死垂着头，任人摆布了。

狮子们撕咬抢夺，一面还从齿间发出嘶嘶作响的威吓声，想斥退另一只“狩猎的合伙人”。动物在“食物”面前是自私的，毫无谦让之类的“道义”可言；它们的合作，似乎并不出于“信赖”，而是出于“需要”。当其中一只狮子猎得“食物”之际，我多么惊讶于另一只狮子的反应，它立刻抛下追逐中的猎物，急急忙忙奔来，生怕猎获驴羚的母狮独吞了收获。动物学家常常提醒我们，不能以“人类的观点”想象动物的行为与动机，但这个提醒强人所难，你忍不住就是会冒出一些“人类观点”的偏见。

这时候裂帛似的声音响起，驴羚硬生生被两只狮子撕成了两半，原来扑杀驴羚的狮子夺得了头部和半边身子，赶来抢食的狮子则咬到了一条大腿和半个身躯。这下子，两只狮子各有所获，反倒不争吵了，它们别过头，背着对方“安静地”吃着早餐。但说它们“安静”好像也不太准确，因为当它们撕咬驴羚皮肉、大口进食的时候，不时发出牙齿啃啮骨头的摩擦声，那卡嗞卡嗞的声音听得令人头皮发麻、不寒而栗。

我们坐在改装过的“路虎”（Landrover）车上，距离用餐的狮子只有两三米，它们的呼吸声清晰可闻，它们大块吃着新鲜驴羚肉时，鲜血也沾满它们的胡须和胸襟。虽然这样盯着人家用餐颇不礼貌，但我们千里迢迢来到非洲卡拉哈里沙漠中的沼泽地参加宿营“萨伐旅”（Safari），不就是来寻找“大猎物”（big game）的吗？只是我们不是猎人，手上没有点450来福枪，只有相机和傻瓜相机，我们是向往弱肉强食、丛林法则的蛮荒世界的旅客。

非洲也已经不是十九世纪那个探险家与狩猎人的乐园了，如今“蛮荒世界”都改名叫作“国家公园”，都是观光业的天下了。有的国家公园还继续提供打猎的执照，也有专业的旅游服务，观光客猎人由职业猎人带队，旅行社帮你申领执照，雇用追踪者、持枪者（gun bearer）和挑夫，你就被容许在国家公园里进行狩猎，屠杀猛兽。但也有一些国家公园完全不容许狩猎型的“萨伐旅”，我所来到的博茨瓦纳奥卡万戈沼泽就是完全不容许狩猎的国家公园，已经不猎杀野生动物的追踪者兼司机马克斯受过高等教育，他的话就显得颇有经济头脑：“发一张执照，收费五千美金，猎了狮子，狮子就没了，猎了花豹，花豹就没了；但如果我们留下狮子和花豹，全世界各地的人们源源不绝地来看，看完了狮子和花豹都还在，收入也就源源不绝……”

这个概念几乎就是中文里头说的：“留得青山在，不怕没柴烧。”暗合了今日政治正确的生态观点，而我们这些坐在越野车上的游客，就是非洲“源源不绝的收入”的一小部分来源。

虽然我是个嗜读多种非洲探险文学的书呆子，能细数十九世纪探险家的生平事迹如家珍，你给我一个非洲地名，我就会在脑中联想到蒙哥·帕克（Mango Park，1771—1806）、大卫·李文斯顿（David Livingstone，1813—1873）、理查德·弗朗西斯·伯顿（Richard Francis Burton,1821—1890）、亨利·莫顿·斯坦利（Henry Morton Stanley，1841—1904）等人的足迹，但天可怜见，我一直并未有能力实现日思夜想的非洲之旅，直到这一天在朋友的力邀之下才成行。

来到博茨瓦纳并不容易，就像末代探险家威福瑞·塞西格（Wilfred Thesiger，1910—2003）说的，现代旅行家面临的第一个旅行困难不是地理险阻，而是那个风云诡谲的“签证”。至少我的博茨瓦纳之旅，面对的正是没有道理可说的“签证”。

照理说，既然我代表的是非洲生态旅行“源源不绝的收入”，我的旅行应该受到欢迎，我的“观光签证”应该不难办才是。但是，不幸的，我不仅仅代表非洲观光收入。

首先，博茨瓦纳在台湾地区没有任何领事馆或“地下领事馆”存在，无从申办签证。旅行社帮忙查询之后说，可以前往香港的博茨瓦纳领事馆申请并安排面谈，但我得亲自跑一趟香港；我正巧有出差英国的机会，就探询可否在伦敦办理签证，然而伦敦办签证需要四个工作日，我又无法待那么长的时间。旅行社的朋友又说，理论上博茨瓦纳在北京领事馆接受台湾人用传真和信函方式办理签证，只是没有人真实办过。我上网查看，果然有此业务，就把数据复印传真寄去；到了官网所说的十日之后，却渺无音讯，打电话去无人应答，传真信函去更是无人回复。

到了启程前一周，我已经快要打退堂鼓，签证却一声不响寄来了。打开一看，那是一封准许我落地办理签证的领事信函，但领事馆丝毫不理会我的申请，径自批准我在首都哈博罗内（Gaborone）的机场办理签证，事实上我的行程是在毛恩（Maun）落地。我又开始北京、非洲两地打电话，希望能够更正那封信，不然我如何能确保我的签证在毛恩的机场会被接受？最后，来自非洲的旅行社打电话捎来消息，说已经和博茨瓦纳外交部打过招呼，毛恩机场的移民官员会得到消息，他们会有人特别为我办理相关事宜。虽然消息听起来不太具说服力，但我还能怎么办呢？只好相信船到桥头自然直了。

飞行路线也颇费周折，我们从香港经迪拜飞往南非的约翰内斯堡，在那里转飞机到博茨瓦纳最大城毛恩（人口四万三千人），在毛恩入境后（如果我可以顺利得到签证），我们将继续乘坐四人座小飞机前往奥卡万戈沼泽地的营区，大概要用掉一天半的时间……

飞机降落毛恩机场时，机场看起来像是个乡下的小学操场，我们走进一间像小学教室一样的低矮建筑物，里面有两个木头柜台，应该就是过关的移民局了。移民官员都是穿着制服的女性，我走向其中一个柜台，拿出书信，开始解释我的处境。长得像模特儿的移民官员对着我咧开嘴笑："所以，你就是那个人？"

我也不管她的意思是什么，昂然回答说：“对，我就是那个需要协助的人。”

女移民官啪的一声把柜台关起来，挥挥手说：“跟我来。”然后又回头跟我背后排队的旅客说：“这个柜台关了，你们走另一列。”

一面说着，一面就把我带进了小房间……

关闭了柜台的移民局女官员微笑着带领我进入一个小房间，那显然是某位官员的办公室，文件数据散落在一张偌大的办公桌上，桌子后方有衣架，架上挂着一件西装上衣，桌前是一套沙发和矮茶几，茶几上同样堆满了公文和书报。领我进门的移民官小姐在茶几上清出一小块空地，丢给我几张表格，露出一大排洁白的牙齿，模特儿似的笑容：“你把这些申请表填一填，待会儿我们就来帮你们办理手续，别忘了，你们每人还要缴纳签证费二十五元美金，我们只收美金……”

表格一共有三份，内容彼此很相似，而且几乎是重复我本来申请观光签证时的内容，不外乎要你填写姓名、年龄、住址，又要你声明你不曾犯过重要罪行，再加上表明你的旅行计划，以及你如何支付你的旅行费用等。

我耐着性子把那些内容重复、相似的表格一遍一遍地填着，移民局官员则在办公室里进进出出，她们清一色是女性，穿着卡其色的制服上装和墨绿色的长裙，大都面带笑容，吱吱喳喳讲着话，心情不错的样子。办公室的大门没有关，我可以看见其他游客纷纷离开海关，出境去了，从他们的行李来看，当中显然有些人的确是来打猎的，因为他们带着各式各样的枪支和扎营的器具行囊，也有特别的人来接应。

填完表格之后，我伸手拦住一位进出办公室的女移民官，她指示我前往另一个窗口交钱，再回来的时候，她走出去请来一位年纪较大、面貌依然姣好的女官员，这位主管坐下来细看我的护照，然后从抽屉里取出贴纸和印章，乒乒乓乓敲了几下，抬头又露出一大排白牙，不带口音的英文颇为悦耳："这样就可以了，祝你在博茨瓦纳旅途愉快。"

走出海关，旅行社派了代表来接，他接过我们的行李，指示我们穿过另一扇门，再度回到小教室般的机场。虽然我们落地的毛恩城已是奥卡万戈沼泽的门户入口，但奥卡万戈沼泽冬天高水期的面积约为一万五千平方公里，快有半个台湾大，很难想象在沙漠的正中央有这么大面积的湿地。我们所要去的营区距离遥远，我们还得再搭乘一程小飞机，经过一个小时的飞行才能到达。

飞机是四人座的小飞机，机龄都超过三十年了。出发前订机位时，旅行社严格限制我们行李的重量，并且要我们填写体重信息，以便确保飞机的总载重不会超过负荷。填写体重信息涉及"机密个人资讯"，填写起来赤裸透明，颇感尴尬，我们更怕申报体重之后体重又有变化，让别人以为我们"申报不实"。

但所有营区、交通的预订都必须在几个月前完成，我们怎能保证体重不发生变化？

所幸这些尴尬场面都没发生，我们的体重和行李都顺利过磅通关，工作人员帮我们把行李塞进机腹下方，我们在停机坪和驾驶员打过招呼之后，径自爬上飞机坐好，小飞机就离地起飞了。

在这个非洲黑人的故乡里，飞机驾驶员倒都是白人。当然后来我们还发现，在观光旅行服务业里，重要的管理职务也多是由外地来的白人担任，本地的黑人即使受过高等教育，担任的也多是非管理职务，一种“更深层的”不公平显然还是继续存在。博茨瓦纳平均国民所得将近一万四千美元，比起“亚洲四小龙”并不逊色，已经是非洲“首善之地”，博茨瓦纳政府对教育的投资也极度关注，一般学子都能享有十年的基本免费教育，而能够进入大学就读的学生，像我们的司机兼追踪者黑人马克斯，大部分都能得到政府的资助，马克斯开着吉普车时就跟我说：“我们的政府是好的，它帮我们付大学的学费……”即使如此，他们的工作还是偏向“社会分工”的某一面，非洲人的“出头天”路途可能还是遥远的。

小飞机飞行高度不高，我们可以俯瞰整个大地，地上鲜少人踪，也见不到建筑或聚落、城市，看到的大部分就是地景地貌的素面原样。空荡荡、黄澄澄的土地上，远方偶有一棵树兀自伫立。或者飞经一条蜿蜒的河流，我们可以看见河岸两旁有绿地，依稀可见兽踪，大概是成群的野牛或羚羊之类的。河流旁边看见一条火车铁轨，这应该是文明痕迹了，铁轨旁又可见成排的电线杆，只是没有看见行驶的火车。

抵达沼泽地的营区已经是下午时分了，飞机在一块草坪上降落，等在草坪旁有一部改装过的巨大“路虎”，一位穿着卡其衣裤的高壮黑人笑容可掬走上来打招呼：“嗨，欢迎来到奥卡万戈三角洲，我的名字叫马克斯，这几天我会和你们在一起……”

马克斯帮我们放好行李，“路虎”启动，也哔哔啵啵接通无线电，他从对讲机中告诉对方已经接到客人，即将返回营区了。

非洲地景的基调是黄沙红土，即使有大片草原，草丛也是绿中带黄，和我们所来的温湿亚热带的翠绿景致很不相同。沼泽地是个国家公园保护区，尽可能保持原始面貌，并没有所谓的道路，大部分只是车子前次走过的路迹，但路迹也随时会被积水截断，沼泽处处是水，但改装过的“荒原路华”吉普车是霸道的路上巨兽，它根本不管有路没路、有水没水，一径直挺挺压着陆路或水路前进。车行草偃，和人身等高的长草随着它的前进向两边倒伏；走入水塘时，泼剌一声，泥水溅起，惊起水边的各种鸟类，吉普车也都无动于衷，这似乎不是对环境友善的模样……

无线电再度响起，马克斯对着无线电吱吱喳喳讲着话，我们正要行经一段木桥，这是我们第一次看到“人工之物”，过了木桥，映入眼帘是一片青葱翠碧的浓密树林。再一个转弯，我们进到树林里，才感觉到树林中有光影摇晃，原来已经到营区了。

原来这是一片沿着河流生长的茂密树林，营区就“挂在”树林当中，在树木高处，有一条木头便道依着树木建成，便道旁就是一间一间“树屋”形式的“营房”。正中央是营区的入口与“行政区”，行政办公区包含餐厅和酒吧，酒吧里坐了一些已经住在营区的客人，看起来也清一色是白种人。营区全部都是原木建成，结构巧妙地和树林结合在一起，从树林外头看，你还会误以为整个营区是“长”在树上面呢。

我们立即被领到自己的“营房”，但这可不是我童子军时期或年轻时候参加的搭帆布帐篷的素朴“露营”或“宿营”，这是当今观光事业的时尚发明，在最原始的丛林野地，用最天然的材料与营造工法，建造了最舒适、最奢华、最自我矛盾的营房……

如今非洲的“萨伐旅”行程都把住宿的地方叫作“营房”（Camp），每位旅客得到的房间则叫作“帐篷”（Tent），但这样低调谦逊的名称其实不足以形容我得到的奢侈经验。就拿我们刚刚被带进来的“帐篷”来说吧，它的确是由木头和帆布搭建而成的“临时性建筑”，但它有宽敞的卧房、透光的客厅、古董式的高脚浴缸，有抽水马桶、双人份的洗脸台，还有可以眺望星光的露天淋浴间；走出门外，是一大片面对潺潺流水的木板阳台，阳台上有躺椅和茶几，还有专供午寐的吊床。

室内设计与家具用品也不可小觑，虽然帐篷里的装潢和家具都被刻意做成自然粗犷的模样，大量用到未经打磨的原色木料以及卡其色的粗厚帆布，加上以非洲原住民梭织彩色粗布作为桌巾、床罩等装饰，洗脸台与盥洗调度品也刻意使用粗陶的大盆与瓶罐，加上藤制与草编的垃圾桶、洗衣桶与杂志架，共同描绘出一种丛林系的视觉美感。

唉，说起来我们的确身处矛盾之中。我们其实早已远离了探险年代，却大言不惭地继续“冒用”探险时代的名称，所以有“营房”、“帐篷”、“营火烤肉”之类的名词之雅；我们身处渺无人踪的蛮荒旷野，却还忍不住继续享受“文明”提供的舒适与娇养，像抽水马桶与供应热水的淋浴；但在舒适放松之余，又要处处用符号和色彩提醒我们的确是身在非洲野地的怀抱之中，绝不可错认。

我说这些话并不是抱怨，而是一种对“非洲旅行”的自惭形秽，更是对自己因为错过了时代（或者缺少冒险犯难的实践能力）而不得不采取的偷懒旅行方法，感到不好意思。但我也暗自庆幸，如果不是“恰好”错过了时代，我们怎么会有这种“舒适的萨伐旅”可以享受？

惭愧与内疚也只是一下下，很快地我就“适应”了“帐篷”和“营房”的舒适生活，甚至有能力起身到酒吧去喝酒了。酒吧当然也是一张巧妙挂在树上的大帐篷，开放式的空间里几张藤制的沙发和矮桌，尽头是一张圆木吧台，放眼望去近处是丛林，远方是草原，草原上还有几棵孤零零巨大的包芭树（Baobab，中文又称猢狲树或猴面包树），一派的非洲景致。酒吧里两位身穿卡其狩猎装的黑人正在服务，其中一位走过来对着我咧开血盆大口，用轻柔的声调说："先生，您想喝点什么吗？"

我点了一杯琴汤尼（Gin Tonic）在手上，随意翻阅酒吧桌上的非洲画册，此时的七月本是非洲的隆冬，但下午的草原仍然热气蒸腾，犹如盛夏午后一般；树林中偶有微风吹来，枝摇叶动，加上手上冰酒的凉意，慵懒舒闲，颇有一种十九世纪帝国主义的享受情调。我其实正在等待傍晚活动的来临，因为中午酷热难耐，草原上的动物也全躲起来，"萨伐旅"的动物观赏活动也无从进行，所有的活动一律排在清晨和傍晚，午后时光大部分不是在帐篷里睡午觉，就是在酒吧里喝酒纳凉。

终于等到太阳偏西，略微减去烧炙威力，马克斯来呼叫我们，问我们是否已经准备好参加来到营地的第一场活动。第一场活动安排的是沼泽中的钓鱼，我们早都已经准备好了，营地旁边就是河流，两艘铁壳平底船停在木头栈桥之下，我们几个人随着马克斯上了船，马克斯把马达用力抽开，引擎啵啵啵响起来，船只就沿着河流往沼泽深处航去……

沼泽地让人有一种奇特的视野，你总是对下一个景观感到惊奇，可能是低角度的缘故，人在船中的视线常被满地遍生的芦苇或处处高起的蚁丘遮掩，你只能看见近处，无法预见下一个转折。小时候读《水浒传》，读到水汀交错、芦苇丛生的梁山水泊，追捕好汉的官兵们进入水泊时常常只见茫茫白水，但一个转弯，唉呀一声，芦苇深处驶出一叶小艇，船上有阮氏兄弟摇橹大声唱着歌，官兵们叫苦不迭，知道中了埋伏，但已逃之不及……小时候读书读到这里，对这样一片神奇的水塘简直向往不已，不知道究竟是怎样的水文与地貌？

终于有一次，我旅行来到美国南方的新奥尔良，不经意间行至密西西比河出海口的“开琴湿地”（Cajun wetlands），在路边电线杆上看见有“飞船出租”的招贴字样，想起电影上看过“飞船”（airboat）用大片风扇快速滑行于水面与草地的英姿，忍不住下车打电话探询，租船者和我约定隔日清晨在“下水处”（water landing）见面，到了下水处，只见一条污浊的小水沟，完全看不见沼泽在那里。没想到船一开出，才转了一个弯，视野豁然开朗，眼前出现大片苍茫的水泊，那正是一望无际的开琴湿地。有了这个经验，对《水浒传》里的梁山泊才真的明白了。

这次在非洲沙漠中的沼泽也是如此，刚在营地下水时，也看不出这条小河流能通到哪里，但当铁壳小船啪啪啪拍水前进，转了一个弯时，我们就看见开阔的沼泽湿地景象。船在水中行走，芦苇长得比人还高，我们几乎是穿越芦苇草丛前进，芦苇叶割着我们的脸庞，不时还要和蜘蛛网撞个满脸；水地里生意盎然，水中长着各种不知名的花草，水面上许多匆忙行走的水蜘蛛和贴着水面飞行的小虫子，则构成一副交通繁忙的模样。不远处有长脚水鸟踩着水中植物的浮叶行走，司机兼此刻的驾船者把手指一指，说："African Jacana（非洲水雉）。"

我才刚忙着要记住水雉的特征与长相，马克斯又把手指向天空："Saddle-billed Stork（鞍嘴鹳）。"抬头一看，一只有鲜艳带黑条纹的尖长红嘴、体型巨大的黑鸟在不远处的空中振翅飞行。正想发出赞叹之声，泼刺水响，一只黑白相间的小鸟俯冲至船边的水中，咬了一条鱼又窜出水面，马克斯看也不看，就拿手往水里一指："Pied Kingfisher（鱼狗翠鸟）。"

马克斯眼睛不眨一下就已经叫出了近二十种鸟类的名称，我简直手忙脚乱，连忙翻着我手上的图鉴，对照图片的影像与身旁的实体，想确定我听见的动物名字的正式拼法，但野生动物太丰富了，数量也太多，譬如天使般行走水面的非洲水雉，几乎三两步就有一只在你身旁，慢慢地，你发现不用着急，以它出现的频率看，你终究会认识它的……

但水路上也不时有一些惊喜，船走到一处水阔之处时，看似有漩涡，忽然水中有巨大泼刺声响，又听见嚁嚁嚁的巨大动物吼声，我们面面相觑，感到惊疑，马克斯把手往水中漩涡一指："水里是河马。"

话才落下，哗啦一声巨响，水面升起三颗硕大无朋的头颅，三只长相滑稽、有着巨大鼻孔的河马同时现身，并且发出呼呼赫赫的喘气声，马克斯露齿微笑："你瞧，它们正在声张领域权呢。”

但马克斯驾驶的铁壳船并不稍懈，继续啪啪啪啵啵啵拍水前进，抛下三只试图威吓侵入者的河马，兀自在那里喧嚣与愤怒地呼呼呼叫个不停。这时候，天上忙碌翻飞的是各种色彩缤纷的鸟类，水面上行色匆匆的则是各类生气勃勃的昆虫，交织成一个令人目不暇给、生机盎然的湿润热闹世界，好像有没有我们人类存在，一点也不妨碍世界的运行呢。

铁壳船啵啵啵穿过芦苇与长草，穿过蛛网与虫巢，转过一个弯，来到一洼平静的小水塘，水色混浊不清，看不出塘水是浅是深，四周被芦苇环绕着，形成了一片封闭的小天地。铁壳船这时减速慢了下来，引擎发出空空空的空转声，马克斯看起来心情愉悦，近乎欢呼地说：“哟嗬，我们到了，这就是我们要钓鱼的地方。”

说着就从船上拿出好几支钓竿来，分给我们一人一支。那是很简单而平凡的钓竿，长度几乎与人同高，前端细小柔软，漆成黑色，已经缠好了钓丝，钓丝前端有简单的钩子和小铅锤，和我小时候在溪边钓鱼的小鱼竿很相似，钩子上串着的并不是蚯蚓或其他饵料，而是颜色鲜艳的塑料假饵，看起来不像是钓得到鱼的样子。但大家是来度假偷闲的，谁在乎渔获呢？看着马克斯正专心向少年塞巴斯丁示范如何使用钓竿，我们也就跟着兴冲冲地投竿入水，认真地钓起鱼来了。

前五分钟在水里的竿子毫无动静，两位少年男女几乎要开始觉得无聊了。但我倒是注意到平静的水洼其实一点都不平静，如果细心观察，水面上、水面下、芦苇中，处处光影移动，到处都有生命踪迹；这还不包括抬头可以看见的群鸟飞扬，眺望即入眼帘的驴羚跳跃。更重要的是，“平静大地”其实充满了声音；草中有虫鸣和行动的沙沙声，天上和树上则有各种鸟禽啼叫，沼泽深处也有不知名的兽声呼噜，当我们安静下来的时候就显得喧闹不已。

事实上，一直要等到夜晚我们在“营房帐篷”就寝之后，所有夜行性动物全部出笼，活蹦乱跳，就在我们帐篷外演出虫鸟鱼兽大合唱，吵得我们不得安宁，这时候我们才知道“生命的喧嚣”是怎么一回事。

但十几分钟后，鱼儿开始上钩了。少年塞巴斯丁是第一位竿下有动静的钓客，泼剌一声钓出水面来的，是一条比巴掌略大、颜色棕黑、形貌介乎鲤鱼与鲷鱼之间的湖鱼；后来我回营房查书，应该是丽鱼（Cichlids）的一种。欢声之余，大伙的兴致也高起来了，不一会儿，我的钓竿也有了动静，钓起来，和原先塞巴斯丁的收获是一样的鱼类；又没过多久，鱼儿纷纷上钩，此起彼落，都是同样的鱼种，只是大小略有差异。

钓着钓着，微微起了凉风，太阳也西斜了，原来的灼日蓝天逐渐变得彩霞半边，橘色天空把水中的芦苇、草原上的长草和孤树都衬托成红黑色的剪影，湖鱼咬饵咬得更活跃了，大概是因为温度下降，鱼儿都从底部游上来了，算一算，我们的水桶里大大小小快二十条鱼了。天快黑了，我们也该回营了，马克斯说我们得把鱼都放回水中去，少年塞巴斯丁第一个惨叫起来，说："Why？"

"因为我们不吃它们，"马克斯耐着性子解释这"生态旅行"的原则，"我们让它们继续在水里生活，让沼泽保持沼泽原来的样子。我们营区里需要的鱼，我们再去跟渔民买……"

铁壳船再度啵啵啵拍水前进，穿过芦苇与长草，穿过蛛网与虫巢，芦苇中的蚊虫更密了，天空上的飞鸟也更繁忙了，我们在晚霞中驶回营区。到了小码头，营区里早有人来迎接，一位身穿卡其狩猎装的服务生站在码头，一面奉上冰凉的毛巾让我们擦脸，一面则端出一托盘的雪利酒，这是十足的大英帝国昔日的殖民情调了。

回帐篷休息片刻之后，晚餐的时间已经到了。服务生来敲门领路，我们一出帐篷，发现营区已经都点起油灯了，木头栈道上每隔几步就有一盏油灯，各家帐篷内也因为灯光显得人影憧憧，颇有丛林中的独特风情。

晚饭设在营火场之中，我们离开酒吧大帐篷，走进空地里用原木柱围起来的大营火场，只见中央熊熊燃起巨大的柴火，照得场中所有的人都红光满面。营火旁已经摆好了木桌和帆布椅，木桌上铺好了白色桌巾，餐盘酒杯一应俱全，营区里所有参加"萨伐旅"的旅客都到齐了。在这个"萨伐旅"营区，一共有十二个帐篷，也就是说住满时可以有二十四名旅客，但营区的工作人员却有六十七位，几乎将近三个人服务一位旅客，可见是人力密集型服务业。火光中，我可以看见大部分的旅客是中年以上的白种人；偶尔见到一两位黄面孔，则多是日本人或中国香港人，其他亚洲人参加“萨伐旅”大概还是不多的。

营区里的年轻经理笑容满面前来欢迎，一位晒得浑身通红的壮汉，穿着卡其短裤，头戴猎帽，人来自澳洲，名叫约翰。另一位开口大笑的胖子也来迎接，年龄较大，身兼经理与大厨，名叫韦恩，来自南非。两人都是白人，都爽朗健谈，带了一点童子军的气质。

晚餐从畅饮红白酒开始，离博茨瓦纳不远的南非正是知名的红白葡萄酒生产地，欧洲人传递酿酒技术于各界各处殖民地，南非历史最久，已经超过三百五十年，因而号称“最古老的新世界”，生产的酒物美价廉，沼泽营区里提供起酒类来也毫不吝啬，我们白天的活动不管在水上或在陆地上，马克斯在驾车、搜寻猎物之余，总不忘带一只冰桶，桶中放了不锈钢酒杯和冰镇得宜的白酒或气泡酒，让我们在树下或草地上可以停下来畅饮一杯。到了晚上，红酒似乎是杯中不空，几杯葡萄酒下肚之后，各桌的客人不再拘谨，纷纷转台搭讪聊天，大家满脸通红，既像是火光映照造成的，又像是酒酣耳热所致。加上交换起各种冒险事迹轶闻，有了酒精壮胆，吹起牛来更加理直气壮，故事也就加倍精彩刺激了。

约翰和韦恩都是“老丛林”了，生涯事业大都在各地丛林度过，带过各种营队及服务过各种旅行样态，一肚子惊奇的丛林故事，说来煞有介事。譬如说到丛林里最危险的动物，两人不约而同都说是大象，他们说大象“貌似忠良”，很多游客不知害怕，不小心就遭了毒手。大象力大无穷，像坦克一样，什么都可以踩平压平，特别是母象疑心有人要对幼象不利，抓起狂来万夫莫敌。象群狂奔时也是世上最危险的处境，加上大象以树为食，吃着吃着有时候就闯到营区里来，出事的机率最高；凶猛动物如花豹、狮子之类，反而鲜少靠近营区……

“它们力大无比，可以拆掉整个房子，就像挖土机一样……”约翰摇着头，赞叹似的说。

“No kidding？”桌上一位头发花白的白种资深美女拿着餐巾捂住了嘴，瞪大眼睛。

“是呀，有一次，”韦恩接着说，“早上我坐在办公室里，正要处理一些事情，我先是听到奇怪的声音，抬起头，一只大象正在窗户外张望，这是常有的事，我也没有特别警觉。过了一会儿，窗外看不见它的身影，我以为它走了。突然间，办公室激烈地摇动，门也砰砰砰地响，我在想，这什么鬼东西呀？”

我们全部听得目不转睛，营火熊熊烧着，映照得我们脸上全部红通通，韦恩红着脸喝了一大口酒，说：“我的办公室，你们知道的，就在那边树上，和现在一样的，但也不能说完全一样……”

到底怎样了，您就快说吧，韦恩。

“砰的一大声，我的门被撞开，其实就是整个撞破了，它，那只大象，把整个头从门口探进来，鼻子全力向前伸，几乎就要摸到我的桌子。我不知道它要干什么，我办公室里并没有食物，只有桌上一杯咖啡，但它也许是想要拿我的笔，或者是想来应征工作什么的，一直把头往门里挤。我站起来大声咻它，吆喝它，还拿出我的手杖挥舞，想把它吓走，但它很坚持，继续往门里挤，整个屋子激烈摇动，还发出咿呀咿呀的怪声，我心想糟了，可是整个门口已经只剩它一张大脸，我根本无路可以出去……”

“然后呢？”资深白种美女快把餐巾捏碎了。

“然后当啷一声，门上的那一面墙整个垮下来，屋顶跟着陷下来，我的头上都是干草，我朝前冲，跳到办公室的地上，屁股着地，摔得动弹不得，但我就眼睁睁看着头上的办公室整个垮下来……”

“No kidding？”白种资深美女张大了嘴，继续娇声尖叫。

“没骗你。”韦恩面不改色，用叉子送了一块羊肉到口中。

“后来你们怎么办？”

“怎么办？”韦恩耸耸肩，“我们重盖了办公室。”

“我是说你们怎么处置那头大象？”

“毁了我的办公室之后，它继续走到附近的树林吃树皮午餐，我只是跟它说，我们工作没缺，不能雇用它。”

“说真的，你们到底怎么处置它？你们射杀它吗？”

“不不不，它还好好的，今天下午不是还在酒吧附近啃树枝吗？”

“就是那只？不危险吗？”真的，下午酒吧喝酒时，大家都看见一只大象在旁边树林里安静地吃树枝，离我们才五米远，我们都看到它的眼白了，但它一副安详可爱的模样，还以为它是放大版的充填娃娃呢。

“就是它。”韦恩又叉了一块羊肉入口，“本营地头号危险动物。弄坏我的办公室不过是去年夏天的事……”

大家立刻觉得“萨伐旅”营地的生活更刺激有趣了，原来貌似忠良的“丛林破坏王”就在我们身边。整个晚餐都在约翰和韦恩的各种“丛林奇谈”中进行，大家也不知不觉多喝了几杯，有时候也误以为这些半真半假的惊险事迹好像发生在自己的身上。

突然间，约翰换了话题：“豪斯曼太太，您看见您的花豹了吗？”

长桌角落里一位安静的银发老太太羞赧地回答：“今天下午又找了它一回，还是没看见它的踪影……”

“您几时回去？”

“我后天就得走了……”老太太露出颇为遗憾的表情。

韦恩解释说，德国人豪斯曼老先生夫妇来到营地时，就说最大的心愿是想看到非洲最美丽的掠食动物花豹（Leopard）。营地里的经理和替他们开车的司机兼追踪者都说没问题，花豹是此地莫雷米动物保护区（Moremi Game Reserve）的常客，看见的机会很大，没想到豪斯曼老夫妇来了已经六天，什么野生动物都看了，就是没找到花豹。

但其实也不奇怪，我的书本上就说："说来讽刺，非洲最寻常的大猫，同时也是最难看见……"（Ironically, Africa's most common large cat is also the most difficult to spot.）

它说，虽然花豹的数量比狮子或猎豹（Cheetah）都还多，但性情上它更像猫，它低调而神秘，向来习惯隐秘、潜行，能适应各种环境（也因此可以躲藏在各种意想不到的地方），它不像狮子那么大摇大摆，也没那么容易被看见。所以说，豪斯曼夫妇没遇见花豹，是有道理的。

第二天清晨，我们终于要开始我们的第一次"车巡猎物"（Game Drive）。四点半天还全黑，专属向导马克斯就提着灯来叫醒我们，匆匆漱洗完毕后，我们摸黑来到酒吧旁的营地餐厅，几位黑人厨娘已经为我们准备了面包、薯饼和咖啡，我们昏沉沉地胡乱吃了，就爬上吉普车出发了。

司机兼追踪者马克斯把车开出营地，天还仅仅微亮，远方天色黑色带橘黄，夜晚鸣啼的虫鸟声音还没停呢。吉普车颠簸驶入了沼泽地水中，惊动一票水鸟和一群金褐皮毛带条纹的驴羚，非洲草原的生物奇观就上演了。

草原上的野生动物，除了到处可见的驴羚，我们又遇见好几群藏身树丛的高角羚（Impala），也看到了成群的斑马，也目睹流线型身材的跳羚（Springbok），还有长相怪异的角马（Wildebeest，又称牛羚）……

但追踪者马克斯突然把车停下来，整个人站在驾驶座上，先把手放在眉头上远眺，然后又拿出望远镜，少年塞巴斯丁忍不住又开口了："What？ What now？ What are you looking for？"

马克斯一面把头转向左，又转向右，一面慢条斯理地回答："花豹。应该是花豹，就在附近，地上有它的脚印；母的，还带了一只小花豹……"

我立刻想到那位可怜的德国老太太，来了几天都没看见花豹，现在花豹好像出现了，我们该不该通知她呢？

"小花豹在哪里？"塞巴斯丁继续追问。

"我看见了，就在那边那棵树上……"马克斯指向远方。

我们齐齐回转过头，只见远方一片树林，到底是哪一棵树？

* * *

"花豹，就在那边。"马克斯指着远方，口气坚定，但我们只看见一片密林和刚刚发白的天色，其他什么也看不见。

马克斯也不啰嗦，坐下来发动吉普车，引擎再度呼呼呼咆哮起来，开入了长草之中。我们在草原上前进，远方的密林愈来愈近，渐渐地，我们看到的不是一片林子，而是一棵一棵形状各异的树。

“看见了吗？花豹就在那一棵树上。”马克斯再次指向前方。

这一次，顺着他的指尖望过去，终于，我们看见了，在一棵倾倒下来的矮树枯枝上，就在树尖末梢，赫然直挺挺站立着一只花色斑斓的豹子。

花豹的体型比想象中略小，也许是距离的缘故。但我们的吉普车继续噗噗噗前进，直开到它的身边，停在离它不到五米的地方。这时候，我们也看见了，在枯树底下，还有一只比家猫大不了多少的可爱小花豹，正在那里跳上跳下，所以站在树上的，的确是一只母亲花豹。

母花豹有着流线形跑车似的身材，站在树头上眺望远方，体型只比一只成年的黄金猎犬略胜一筹，不算太魁梧，但它相貌堂堂，颇有威仪。这只花豹听到我们吉普车的声响，看见我们目中无人地逼近它，微微皱了一下眉头，似乎有一点戒备之意，但仍然保持无动于衷的姿态，毕竟是食物链最上端的掠食猛兽，在丛林中的形象地位还是要维护的；只是它的另一个身份是母亲，这时它不免也要用眼角余光观察小朋友的动向，随时准备跳出来宣示它的保护地位。

但小花豹可是完全不管什么危险，兀自在草地里打滚，还天真无邪地来到吉普车的巨大车轮底下，上上下下磨蹭着轮胎，犹如小猫撒娇般磨蹭着它的主人……

我们看着威风凛凛的母花豹，孤傲地站立树头之上，取得一个制高点，睥睨着整片草原，一派王者气象；我们又看着草地上打滚的小花豹，不知人间世事的纯真，金黄色毛皮带着透黑花纹，闪闪发亮，一种纯粹的生命力。我们屏息看着眼前这两只美丽的动物，有点看得呆了，也不知道过了多少时间，母花豹一动也不动望着远方，顺着它的眼光看过去，我只能看见远方空中盘旋的老鹰，以及草地上安静吃草的成群驴羚……

我们是幸运的，“五大”（Big Five）当中最难遇到的花豹，我们第一次巡回就看见了，而且一次看到一壮一小，我们不由得想起营地里运气欠佳的德国人豪斯曼老太太。但马克斯催促我们：“我们要走了，向花豹妈妈说再见吧，我们还有很多动物要寻找呢。”

车子慢慢驶离树林，走回到长草丛里，我们回头再看，那只花豹还孤零零站在树头，一动也不动。车子再走了几步，也许是灌木丛或是蚁丘挡住了我们的视线，我们再回头探望时，只看见一棵棵一般模样的树，却再也看不到母花豹那兀自站立的身影了。

非洲草原上演的是一幕幕不休息的生物奇观，我们心里虽然还挂念着花豹，却又不禁被新来的奇观所吸引。譬如说，我们很快地就撞见一群上百只正在迁移的非洲水牛（African Buffalo），它们一只接一只紧紧相随，奔跑中地面发出雷鸣似的声响，水牛不分雌雄头上都有中分头似的巨大硬角，身上的黑色粗皮也像是生铁盔甲一般，它们的移动好似装甲部队移防，卷起阵阵沙尘……

我们正在赞叹水牛群移动的壮观场面，猛抬头，却发现六七只颜色艳丽的长颈鹿正歪着头、表情怪异地从上方打量着我们。我们的注意力立刻被这新来的奇观所吸引，成群的长颈鹿伸长脖子正在啮咬树梢的嫩叶，一面眼观八方，脚下也不住地移动，当它们奔跑时，我们的吉普车跟着前进，发现它们的速度绝对不下于行驶中的车辆……

到了野外休息的时间，马克斯为我们找到一块好地方，那是一片靠水的草地，并且有几棵大树遮阴。马克斯从吉普车后方搬出一个车用冰箱和一只野餐竹篮，从冰箱取出一瓶冰镇透凉的白酒和几支不锈钢酒杯，从竹篮中取吉士盘和小三明治，露出慧黠的笑容："你们当中有谁要来一点冰透的白酒吗？"

透心沁凉的白酒？我们当然都需要。我们一人手持一杯白酒，悠闲站在水边，看着远方美景，这样的非洲时光着实令人难忘。

但是，神奇的是，在这个非洲沼泽里，即使你停下来不去寻找奇观，奇观还是前来找你。正当我们站在水边，喝酒聊天吃点心时，一洼水塘的对岸，此刻竟走来一群上百匹的斑马，优哉游哉地在水边吃起草来，这真叫我们喜出望外。我们到哪里才能见到这样的奇景？黑白相间的斑马在水边低头吃草，它们的倒影就映在水塘之中。如果世上有任何一种水草丰美的伊甸园景象，那一定是这样不可思议却又真实出现的画面。

清晨一趟“车巡猎物”（Game Drive），避开了正午的蒸腾热气，中午之前我们回到营地吃午饭、睡午觉。等到傍晚热气稍懈，我们再度乘上四轮驱动车，前往草原上观看“生物奇观”节目的现场演出。我们一直搜寻猎物，直至天色已黑，才依依不舍返回营地。回程时夜行动物已经开始出笼，黑压压的灌木丛里有多只眼光闪烁，有时候一个急转弯，一只呆立的跳羚和车灯骤然相遇，动物完全傻了，过一会儿才回过神来，急忙逃走。有时候，我们听见树丛里低低的喘息声，马克斯用探照灯照射，若无其事地说：“啊，没事，只不过是一只斑点土狼（Spotted Hyena）……”

回到营地，进了酒吧，看到德国人豪斯曼老夫妇正笑得开怀，我们急忙问：“豪斯曼太太，您今天看到花豹了吗？”

少年塞巴斯丁更是急着说：“我们上午看见了，就在眼前五米，像这么近，还有一只小花豹。”他伸出手臂，比着一个距离。

不料这句话说出口，全场都哄笑起来。我们都迷糊了，我说：“怎么？到底是瞧见了，还是没瞧见？”

大伙儿笑得更开心了。等大家笑够了，脸红通通的澳洲人约翰才说：“一直到今天下午都没看见，回来的时候豪斯曼太太还很失望，不料回到营地却发现不能回到他们营帐……”

“为什么？”

“因为一只花豹就坐在他们的营帐门口……”全场又大笑起来。

“No kidding？”轮到少年塞巴斯丁不敢置信了。

“真的，那只花豹大概是来找食物，它可能昨天晚上就来过了，我们早上还看见花豹的足迹，后来它就坐在豪斯曼太太营帐的门口，坐到刚才才走，他们根本进不了房……”

*　　*　　*

第二天在早餐桌上，豪斯曼老夫妇满脸堆笑向大家告别，豪斯曼老太太更是带着腼腆的笑容，频频向大家致谢，好像看见花豹是大家共同的念力为她求来的，营区里的其他房客都向他们恭贺，也觉得无比开心，好像亲眼撞见花豹的就是自己一样，根本忘了花豹闯进营区是一种危险的征兆。

豪斯曼太太和她的先生应该是心愿得偿地离开沼泽地里的营区，结束他们在非洲荒野的度假时光，回到一成不变、可预测的文明世界去。但那只善解人意的花豹，最后一夜戏剧般悄然地出现在他们营房门口，那个令人又惊又喜的画面，应该让他们终身难忘吧？

负责照顾我们的马克斯为此感到神经紧张，连早上叫我们起床，他都要求我们不要自己行动，一定要等他来带我们去餐厅，这一小段高架在树上的木板路，在他眼中都不再安全，他说："老天爷，花豹是会爬树的呀！"

他疑心那只坐在豪斯曼太太门口的花豹，和我们在草原上遇见的是同一只，他说："因为它正在养护它的小花豹，只有当它找不到猎物当食物时，它才会跑到人类的营区来冒险……"

"总之，我们一定要更加小心。"马克斯下了结论。

但很奇怪的是，我们很难感觉到"丛林法则"的危险。也许是在这座舒适的营地里，我们被照顾得太好了，根本忘了我们身在荒野；或者也许是"花豹来访"这样温馨的结局，让我们有一种好莱坞编剧就站在我们背后的感觉，好莱坞怎么会让我们身陷危险？千钧一发之际，主角总会逢凶化吉，不是吗？

我们还是开开心心地摸黑吃了点早餐，天色未亮就再度出发，进行另一趟"猎物车巡"，这才是我们来到营地的第三天，好多动物都还没看见呢，譬如说，草原之王的狮子。

这时候，司机兼追踪者黑人马克斯猛然停住吉普车，引擎啵啵啵地空转着，他跳到湿地上摸摸软泥上的印迹，点点头说："它们走过这里，昨天晚上……"紧接着他宣布了我们心目中的期待："狮子，有两只，都是母狮子，有一只怀了三个月的身孕。"

我感到一阵子的热血沸腾，真的要看到驰骋荒野的狮子了吗？但我又感到无比困惑，马克斯，他怎么能够仅凭水边模糊的泥印就知道狮子昨天晚上经过这里？又怎么能够看出那是两只母狮子，其中还有一只怀了三个月的身孕？

吉普车继续在长草丛中前进，蓦地一个转弯，我们就看见站在巨岩之下威风凛凛的两只狮子，没有错，两只母狮子，没有公狮那种蓬蓬头，而且有一只腹部下垂，看来是已有身孕……

狮子和昨天的花豹一样，眼角睥睨着我们，却面无表情，好像下定决心不要理会我们，它们有自己的事情要做。两只狮子立即在我们面前演出一场充满心计与技巧的狩猎记，它们兵分两头，从草地的两边包抄一群吃草的驴羚。一只狮子从左边跳起威吓，被冲散了的驴羚向右边疾驰而去；另一只狮子却好整以暇等在那里，瞄准了一只失散的驴羚扑了上去，立刻咬住它的喉咙，而原来冲散羚群的狮子也匆匆赶往就擒的猎物……

马克斯发动车子加速赶到现场时，两只狮子正在争抢那只已经不再动弹的驴羚。狮子们撕咬抢夺，一只咬住驴羚的喉咙，另一只则咬住驴羚的腿部，一面还从齿间发出嘶嘶作响的威吓声。不一会儿，一声裂帛之音，可怜的驴羚被硬生生撕成两半，两只狮子各有所获，就背着身子各自专心地锯肉大嚼，还发出啮啃骨头的咯啦咯啦声，听起来令人浑身起鸡皮疙瘩。

我们屏住气息看着两只狮子就在我们车轮之下，两三米之外，它们偶尔飘过来一个眼神，似乎对我们这样盯着人家吃饭有点感到不耐烦，但大部分时候它们面无表情，只是专心撕咬着口中的肉块，无视于草原上的其他动静。而就在十米之外，刚才那群惊慌失散的驴羚似乎知道警报解除，也无视于狮子就在身旁，它们再次像没事人一样，继续低头吃草，重回一幅

“安详宁静”的画面……

“安详宁静”？这个形容似乎与眼前血淋淋的画面并不相称，何况还有令人发毛的啃骨头的声音。窸窸窣窣的声音也有一部分似乎是来自草丛深处，我们往旁边张望，发现长草丛激烈摇晃，黑影闪现，草丛里的确另有兽踪出没。马克斯似乎看出我们的疑问，指着一处摇动的草丛，轻声说：“那是斑点土狼，它们在等狮子吃剩的肉屑和骨头。”

才说着，又有几只面貌丑陋的大鸟飘落，站在十米开外，虎视眈眈看着狮子口中的滴血肉块，马克斯又有了“教育”的机会，他双手一摊：“那些是白头秃鹰（White-headed vultures），也是来等剩菜的。”

这才是“宁静草原”的真相，宁静并非宁静，只是暂时的“均衡”。狮子已经捕获猎物，到下一次饥饿之前它不会（其实是“不需要”）再杀戮了。土狼、土狗和秃鹰这些腐肉食用者也配合这一次猎物的彻底清理，让每一次“杀戮”的“经济价值”充分发挥，食腐者清理不了的，还有食小啮微的蝼蚁；蝼蚁处理不了的，还有帮助腐化分解的细菌；最终的养分都来自土壤之中，长出茂林野草，又成了驴羚的食物；好像可以说，驴羚的“亡魂”滋养了驴羚；或者说，长草丛中的死亡诞生了后继绵绵不绝的生命……

我们是一群不宜讨论哲学题目的“萨伐旅”游客，草原上的杀戮只是一场又一场饶富教育意义的“动物奇观”，和“国家地理频道”没有两样……

这只是其中一趟清晨的“猎物车巡”，狮子捕杀猎物只是其中一项允诺我们的节目，我们还要继续多日奢华舒适的“萨伐旅”旅程，非洲大地还要继续给我们各种奇观和壮丽景色，黑人马克斯也还要继续担任我们的司机兼追踪者兼导游兼守护者兼野地里的侍者和调酒师，确保我们的美好经验，以便我们能够继续成为非洲“源源不绝的收入”来源的一小部分……

狮子吃饱之后，丢下仍有许多残肉的驴羚骨骸，躺在原地呼呼大睡，一只大胆的土狼偷偷溜过来衔走了一小块，秃鹰振翅急行，向前五六步，却还不敢靠近，熟睡的狮子仍然是一个很大的威胁。但太阳已经高挂了，天气变得热不可耐，马克斯发动车子，一派悠闲地说：“狮子吃饱了睡着了，它可能要睡整个下午呢。不如我们也回去吃点东西，睡个午觉如何？”

引擎啵啵啵响起来，车子开动了，远方风吹草动，草丛里不晓得有多少生命戏剧正在上演呢。

爆炸后的天堂

那一天早上打开报纸，映入眼帘的全部是触目惊心的血淋淋照片，以及充满烟硝气息和灾难意味的头条标题："巴厘岛三起恐怖爆炸，逾百人死亡。"或"恐怖人为爆炸，尸体枕藉，度假天堂沦为地狱……"

阅报震撼之余，却也叫我踌躇为难了，因为我刚刚约好朋友前往巴厘岛度假，几天后就要启程，旅馆也都订好了。我只好给旅馆发一封电邮："你们那里还好吗？请你告诉我巴厘岛目前的情况，我是否应该取消行程？"

回信很快就来了，信上满纸哀怨："如果您此刻要取消订房，我们是充分谅解的，毕竟现在巴厘岛的旅游业已经全部停顿，大家都失去了工作……只是依我看，巴厘岛已经完全恢复平静和正常作息，作乱的也就是那么一小撮可恶的家伙，绝大多数的巴厘岛人可都是善良平和的老百姓……"

旅馆经理的不平哀鸣，反而让我自己不好意思起来，好像对无辜的人落井下石似的。我阿 Q 地想，恐怖分子的炸弹既然已经引爆，同一地点此刻戒备森严，应该是最安全的地方吧？再说，平日我们旅行不是最怕旅行目的地游客如潮，到处人挤人令人游兴全消吗？现在，每一个国家都急着把游客运回家乡，巴厘岛不是正好安静悠闲吗？

我把这个想法和友人说了，最后耸耸肩："反正假已经请了，不如还是照原订计划出游吧？"

关于旅行的事，朋友一向也听我的，他们说："好哇，反正都已经跟公司请假请好了，行李也打包了。"

就这样，半是心软，半是没什么警戒心，我们就按原计划出发了。

出发前几个晚上，我们不断地在电视新闻里看到巴厘岛登巴萨机场的狼狈样，挤满了衣衫不整、等待撤离的各国落难者。回到桃园机场的台湾游客也被记者拦住采访，在镜头下心有余悸地谈及爆炸当时的恐怖景象，而且还有遍寻不着、生死未卜的同游友人……

也许是受这样的媒体气氛影响，我在机场遇见一位企业界的前辈，当他和蔼地询及去处，我尴尬地回答："我们正要去巴厘岛旅行。"老前辈张开了嘴巴，半晌说不出话来，我不敢多解释，匆忙向他告辞，老前辈眼神怪异，想必有一些没说出的责备之语，或者内心已经对我下了某种结论，如果未来我有一件生意没能做成，我应该明白其中的缘故。

但上了飞机，这种忧心被误会的懊恼就消失了，因为机舱内宽敞舒适，每个人都至少可以占据两排座位。事实上，除了我们一行四人，空荡荡的飞机上仅有的尽是焦急返乡的印度尼西亚妇人（有些还带着小孩），再没有其他游客模样的乘客。

下到登巴萨机场，海关气氛紧张肃穆，荷枪实弹的军警走来走去，平日拥挤喧嚣的旅客不见了，大厅此刻显得稀稀落落。我们很快通过移民局和海关，走到出境厅外，强烈的太阳白光立刻照花了我们的眼睛，本来大厅外应该是各形各色大声拉客的行李小弟、出租车司机、自告奋勇的导游，以及旅馆的三七仔，但这一次他们叫得有气无力，大概是游客太少了，制造不出有利的混乱气氛。

我们未受任何拦阻地走出来，看到拿着我的名牌来接机的旅馆代表，旅馆代表同时也就是开车的司机兼提供接待的侍者，我们先得到一条冰透的毛巾擦脸，毛巾有着香茅的香味，然后又各得到一杯饮料，司机还端出一盘切好的水果，盘中还精心摆设了兰花和鸡蛋花。

“叫我华阳（Wayan）。”戴着传统头饰的司机笑容可掬地说。

“所以你是家中的老大啰？”我冒险一试，因为巴厘岛人习惯依照生育排序命名，Wayan 是老大的名字，也可能是老五，因为名字总共只有四个，老五就轮回来“华阳”了。

司机华阳笑容更加灿烂了：“先生您识得巴厘人的名字？”

“刚从书中读来，三十分钟前得来的知识。”我坦白招供。

“我是老大没错，但我还有一个弟弟也叫华阳。”司机一面开车，一面谈兴大开。

“所以他是家中老五，Wayan Balik？”Wayan Balik 是巴厘语“再一个华阳”的意思，我也开始卖弄起来。

司机华阳一面向我解释巴厘人命名规则，听起来比我从书中读到的还复杂，因为还要考虑其他家族和种姓的因素，我听得有点头昏脑涨了。只好转移话题：“爆炸案怎么样了？”

华阳的笑容立刻垮下来：“都走了，游客都走了，全没了。您看看，街上都是空的，店里头，旅馆里，都是空的。那些混蛋，一颗炸弹赶走了所有游客，大家都没饭吃了。”

他愈讲愈激动：“您看，他们说要炸帝国主义，但为什么连自己人也炸？死的更多是巴厘岛人呀！路人也死了，酒吧里工作的小弟也炸死了，我们村子里也死了两个人，他们做错了什么？”

“爆炸现场现在怎么样了？清理好了吗？”

“爆炸的地方围起来了，有军队看守着。但到处还是废墟和危楼，政府根本没有清理，我昨天经过库塔海滩那里，到处还冒着烟呢。”他发现自己义愤填膺，有点失态了，急忙恢复旅游业者的模样：“你们想去看吗？等办完住房之后，我可以开车送你们去。”

"我们再看看。"我也不确定去看一个灾难的现场是不是好主意，至少，参观"爆炸现场"很不像是度假时期应该从事的活动。

说着说着，车子一个转弯，位于仓古（Canggu）海边的旅馆就到了。

车子停在旅馆的门口，守在大门口的是古董石狮雕像，大门本身则是一条水中石阶的步道，并不显眼，走进门才看见宽广开阔的大厅，以及大厅中央一尊几乎有整层楼高的"迦楼罗"（Garuda）木雕，透露出优雅低调的美感……

这旅馆太美了，事实上，这也是我想来的理由。不多久前，我在杂志上无意中读到关于这家旅馆主人的故事。旅馆的拥有者是一位印度尼西亚华侨商人，家族世代是印度尼西亚著名的艺术收藏家。收藏太多已经无处可放，收藏家想到一个方法，与其让收藏品放在博物馆供人"瞻仰"，不如把它放在旅馆里供人"使用"，旅馆中包括建物[1]、桌床、用品，都是历来收藏的古董与艺术品，你实际上不是进入博物馆，而是生活在博物馆之中。这个概念，我一听就着迷了……

* * *

"博物馆精品旅馆"（boutique museum hotel）的概念听起

[1] 建物，日语词，建筑物。

来就颇令人着迷。在尚未预定旅馆之前，我已经从数据上读到旅馆里有两个独特的房间，特别有艺术收藏上的意义。有一间房间叫“勒迈耶别墅”（puri le mayeur villa），是因为纪念比利时画家阿德连·勒迈耶（Adrien Le Mayeur，1880—1958）而命名的；另有一间叫“沃尔特·史毕斯套房”（walter spies pavilion），则是因为德国画家沃尔特·史毕斯（Walter Spies，1895—1942）而命名的。

勒迈耶和史毕斯都是二十世纪二三十年代无意中落脚在巴厘岛的欧洲艺术家，他们旅行来到此地，被巴厘岛的夕阳海滩的自然之美或风土人情的人文之美牢牢吸引，当然也可能包含一场浪漫动人的异国恋情（像勒迈耶的例子），再也无法离开；而他们后来都在巴厘岛致力于绘画创作，影响了巴厘岛的当代绘画风格，形成了一个新观念的艺术社群，也影响了全世界对巴厘岛的认识。两位艺术家不但留下许多描绘巴厘岛风光的作品，改变了其他巴厘岛画家的创作走向，而他们的名字也从此与巴厘岛密不可分。

在这家博物馆旅馆里，两个以艺术家之名命名的房间并不只是对艺术家的纪念而已，它真实地搜集了艺术家生前的作品和日常用品来设计这些房间，譬如用艺术家原来住屋的门窗或床头板作为建筑的材料，室内陈设也摆出画家们生前使用的桌椅或文具。这种住房投宿结合了历史邂逅，无疑给旅客平添了许多浪漫的想象。在旅馆网页的介绍内容与梦幻照片的驱使召唤之下，我为自己和朋友订下这两个独一无二的房间；此刻我们已经抵达传说中的旅店，这两个梦幻房间究竟是什么模样……

这时候，和我多通电邮往来的法籍经理匆匆赶到大厅来接待我们："啊，詹先生，我亲爱的朋友们，欢迎你们的光临，非常感谢你肯在这样困难的时刻来到我们的小旅馆……"

"是呀，我也很高兴我们还是来了，我等不及要看看你们那有名的房间和收藏品呢。"我兴冲冲地回话说。

但站在我面前的法籍经理猛搓着手，又搔搔他已经童山濯濯的头，欲言又止："当然，当然，但让我先请你们喝杯茶。"

我们手边全是才下飞机的行李，一路飞机旅程，已经全身是汗，我和同伴们互望了一眼，光头的法籍经理眼神锐利，立刻出声说："不要管那些行李，有人会照料它们，等一下你们直接进房间就好了，一切都会处理好的。你们先看看，想喝点什么？"

我们被殷勤地招呼在大厅的沙发坐下，看着饮品单，我突然想起下飞机时冰凉毛巾的香气，率先说："我决定了，请给我来一杯香茅茶。"

"香茅茶？当然。"法籍经理露出了笑容。

其他同伴也都决定了他们的果汁或茶，我们在大厅边上的座位坐下来，大厅是挑高的建筑，有个名字叫"阿贡迎宾厅"（Wantilan Agung），四面都是通风的开放结构，面对着一整片翠绿艳红的热带植物花园，清风徐徐吹来，啜一口冰凉的香茅茶，真有置身世外桃源的感觉了。但是秃头的经理还是站在一旁皱着眉搓着手，我心里觉得有事，不知和前几天的爆炸案是否有关，忍不住开口问道："有任何问题吗？"

法籍经理满脸愁容："事情是这样的，您订的两间房间，有一间没有问题，但有一间有一点小小的麻烦……"

"什么麻烦？"我的口气变得有点尖锐了。

"有一对法国夫妇，他们就住在勒迈耶别墅里，事情发生后，他们走不了，没有飞机，然而，请您试着了解，他们是来度蜜月的，我不能赶他们离开他们的房间……"

"你可以早一点告诉我这件事，在我出发之前，我可以决定不来。"我的语言开始也无意保持礼貌了。

"Please try to understand, Mr. Jan，"法籍经理急着猛搓双手："我们都以为他们昨天一定可以离开的，结果飞机还是没有位子，而航空公司保证明天一定会有位子……"

"但这真是太狡猾了，你告诉我旅馆客人都没有了，让我不好意思取消订房，现在你却告诉我你没有房间？"

"我向您致最真诚的道歉，密斯脱詹，"法籍经理急得满脸通红，"但我可以带您在旅馆里逛逛，您可以看见，全部都是空的，只除了一个房间，您甚至可以任意挑选您想要的房间，而您所预定的勒迈耶别墅，我也保证，明天一定会留给你们。"

"是吗？如果他们明天也上不了飞机？"

法籍经理的口气突然坚决起来："那也一样，我会请他们搬到别的房间，勒迈耶别墅一定留给你们。”

我的同伴已经在背后拉我的袖子，他们似乎是不希望我这样咄咄逼人，以免坏了度假的心情，我只好把最后一句刻薄话吞下去，我本来是要说：“如果你明天可以把他们搬到别的房间，今天为什么不能？”但算了吧，人家是一对度蜜月的新人，被一场爆炸意外困在孤岛，也许经理的安排也是用心良苦吧？

我停下了话，法籍经理看我似乎是默认了他的安排，觉得机不可失，立刻直起身子：“詹先生，是不是现在让我带你们去看看房间？”

我们一行人离开宽敞通风、摆满艺术品的大厅，走进后面的花园，花园里的热带植物长得艳丽饱满，红的红，绿的绿，黄的黄，白的白，譬如艳红盛开的鸡冠花和青翠开展的芭蕉叶，简直浓妆艳抹得要滴出汁来。旅馆所有的房间就一栋栋独立散落在花园的各个角落，每栋都各有不同。

来到我预定的房间“沃尔特·史毕斯套房”，我的气已经全飘落爪哇国了，在一丛芭蕉树和高大遮阴的绿叶树（我叫不出名字）的后方，露出一扇蓝色的小门，小门之内是一个花草繁荣的小花园，穿过小花园的幽径才是进入房间的台阶，房间前方是个走廊，廊下有乘凉的卧榻和桌椅。

走进房间，入门处先看见客厅，有一张古董圆桌和四只座椅，再过去，是一张古董大书桌和一张像太师椅一样的古董椅，后方又有一张卧榻，铺着颜色典雅的坐垫，看来就是宜于睡午觉的地方。客厅右侧是卧房，古董眠床洁白的床单上铺满花瓣，还有一张蜡染织布作为装饰。

房间后方打开门，赫然还有一个小庭园，庭园中央是一方小小的游泳池，池底铺着蓝色瓷砖，映照得池水呈现出诱人的蓝绿色。池边不远处有一个小亭子，亭内是洗澡的浴室，浴缸竟然是用锡铁打造而成的大圆盆，已经放满了水，水上漂着大红和粉红的玫瑰花瓣……

“勒迈耶别墅”暂时是没有了，但我们仍然在行经花园曲径时看见它。

那真是出人意料的美丽，远比照片看起来更直接震撼，整栋别墅就盖在一塘莲花池的正中央，池塘上莲花盛开，有一条小桥领你前往房间。

别墅本身是木造建筑，巨大的屋顶则由稻草铺成，有一种古朴自然的美感。通往房间的木板小桥也不是一条直线，而是中央有一个巧妙的小弯曲，弯曲处则放了一张小桌子和两张椅子。法籍经理伸手指着桌子解释说：“你们可以在小桥上享用早餐，或者晚上来一场烛光晚餐，如果你们想要一个浪漫经验，我还可以为你们在桥上安排一场巴厘岛的传统舞蹈。”

“勒迈耶别墅”太美了，但此刻它却可望不可及，今天它还属于别人，明天我的朋友才有机会入住其中，如果旅馆经理说话算话的话。

法籍经理带我们来到一栋旅馆的别墅套房，它位于高处，爬一个楼梯才走进它的大门。进了房间，我们也顿时哑口无言，因为这个让我本来有点不情愿的替代品房间也是精致优雅、美不胜收；庭院里花木扶疏，一样有着游泳池和户外的淋浴间，浴室则在房间里面，一样有着锡铁打造的大浴缸。房内也有客厅，只是比较小，厅内有一张中国式的枣红色古董圆桌和圆凳，也有一张铺了坐垫的卧榻；厅旁是卧房，一张古董眠床摆设中央，床上用玫瑰花瓣铺成了一个心型图案。

法籍经理看我们对房间没有什么进一步的抱怨，似乎是松了一大口气，连忙示好说："我请他们把行李送进来，并且给你们送茶过来，我们还有一个迎宾的肩颈按摩，你们先休息，喝杯茶，我等一下会请人来带你们去按摩。"说完就匆匆告退了。

行李很快就送进房间里，我坐在古董圆桌旁，从窗户正好看见另一位侍者头上绑着头巾，身穿印花布纱笼，把茶盘托在头顶上，不急不徐，悠闲地穿过小花园小径，进到我的房门，慢条斯理地将茶壶、茶杯一件件摆在桌上，轻声解释花草茶的来历与效用，随即点头微笑而去。

看着侍者的步调与微笑，我的心情变得很好了。爆炸的阴影和入住时的争执似乎已经远离了我们，代之而起的是一种可以恣意享受巴厘岛原有的安详、清幽、神秘与和善的氛围与人情，仍然是很放松开心的度假状态。

悠闲地在房间内享受了花草茶后，我们被带到海滩旁的凉亭去按摩。凉亭有开放式的木柱和稻草屋顶，三边有蜡染印花布围住，按摩床则面对开放的一方，那是蔚蓝的大洋与白净的沙滩，躺在按摩床上，清风徐来交织着潮声起伏，口鼻之间尽是按摩精油的香气，糅合着幽微的海水味道，再加上轻声细语的按摩师正使劲调理你长期僵直的肌肉，我感觉到无比的舒适松弛，不久就昏昏欲睡了。

到了傍晚，同伴们一面在旅馆空无一人的大堂享受印度尼西亚甜点和咖啡，一面商量接下来几天的行程，大伙也有点想出外活动活动，但到哪里去才好呢？刚刚发生爆炸案的库塔海滩好像不是最好的选择，充满艺术气息的乌布离旅馆远了一点，也许应该第二天白天再去，大家觉得或许可以到附近的水明漾（Seminyak）的街市去走走。

旅馆派车把我们送到水明漾，下了车，我们立刻可以感觉到我们正吸引了众人的目光。街道上并无异状，只是安静而缺少逛街的行人，并不是没有人，因为店里头仍然坐着呆望我们的店员，路边更有一整排等待被招呼的出租车，司机们坐在路边树荫下休息，全部以惊奇近乎狐疑的眼光看着我们。

我们随意看了几家工艺店，但觉得气氛有点诡谲，索性也不进店面了，我们就沿着马路一径往南走去。水明漾与库塔一路相连，走不了多久，我们就走到了库塔的中心部。

库塔海滩本是我们来到巴厘岛刻意逃避的所在，原因也就是太嘈杂混乱，太多观光客，太少巴厘原味，摊贩推销拉客也颇恼人。但此刻却像个死城，店铺大都关了门，街上连行人也没有，有时候街角有一只猫蹿出屋子，看起来也像是很大的动静，让你吓了一跳。

我们走到库塔中心，先是看到焦黑的房屋残骸，然后就闻到橡胶燃烧过后的难闻气味，虽然已经过了几天了，爆炸现场还是一片令人触目惊心的灾后景象。一个街角区域的房屋都倒塌了，焦黑的残余水泥墙裸露出内里扭曲的钢筋，灾区中央地上掀起一个大洞，连水泥块和柏油路面都翻开了，可见爆炸当时的威力。爆炸现场仅只草草用黄色胶带围起一个大范围，圈中有几张行军帆布椅，有几位荷枪实弹的草绿制服军人坐在椅上四处张望，还有一种紧张的气氛。

天色此时慢慢暗淡了，远方已经彩霞满天，鲜血般红色的天空，配上爆炸过后废墟般的断壁残垣，加上周围家家户户紧闭房门，偶尔冒出一位老太婆，布满皱纹的脸孔也挂着沉默的愁容，一幅末世地狱的景象。这让我们看了也有点心里毛毛的，急急想离开这个不祥之地。

街角一个转弯处，一个本来热闹非凡的商场，此刻铁门紧锁，看来没有任何营业的迹象。但在商场的旁边，赫然看见一排等待客人的车辆，所有的司机都坐在阶梯上，不发一语，各形各色的汽车则排列一旁，没有人开灯，犹如黑暗中一队鬼魅。我先是被吓了一跳，旋即想到我们也需要代步车辆，我走上前去和第一辆汽车的司机交涉。

“你们要去哪里？先生。”黝黑脸孔阴沉地问，仿佛没有一丝热情。

“我们想去金巴兰海边，就是那条有一整街海鲜餐厅的地方。”

司机点点头，沉吟了一下说：“五万卢比。”

那当然是相当膨风[1]的价格，也是观光地的一般习惯，我也理所当然地觉得应该还个价：“啊，太贵了，我给你两万。”

我本来预期他会激动地指天画地，告诉我“最好的价格”不可能低于三万五，但是奇怪的，这些常态并未发生，司机满面愁容地点点头：“走吧，我也不可能有其他客人了。”

其他坐在夜色中的司机也无人起身搭腔或出来看热闹，他们只是静静地坐在那里，偶尔有一两根香烟的微弱火光在黑暗中一闪一灭。

前往金巴兰的路上无比安静，两旁的道路也少有民宅点灯，看起来好像所有的人都消失了；从前来到巴厘岛总觉得每一条田埂都会走出头上顶着竹篮的妇人，现在也通通不见了……

* * *

来到金巴兰海滩的所在，车子在一个僻静处停了下来，愁

---

[1] 膨风，闽南语，表虚夸。

容满面的司机用哀怨的眼神看着我说："先生，您的金巴兰到了，您要我在这里等您吗？"

我没有看见书中所说的人声鼎沸的"海鲜街"景观，倒是听到田里传来阵阵的蛙叫，仿佛是到了一个农庄的外围，我忍不住问："这里是金巴兰吗？人们来吃海鲜的地方？"

司机指着前方："那里就是。"

我向前望，果然有一条有着灯光的弯曲道路。但司机又说话了："先生，您看，到处都没有人，您回去会叫不到车的，您要我等吗？"

我挥挥手，摇着头："不用了，你等着我们反而坐不安心，我不知道我们要待多久，你先去找生意吧，出来我们再想办法。"

愁容司机顺从地点点头，径自把车开走了。

我们沿着小路走进去，果然灯光处是一家一家的海鲜餐厅，店面的正面很窄，昏黄灯光下是铺着椰子叶和冰块的平台，平台上则摆满了各形各色等待被点选的海鲜。我们也不想走远，就近挑了一家，有一位瘦骨嶙峋的年轻男孩坐在满台子的海鲜后面，呆呆望着我们。

黑暗厨房里走出另一位精瘦的汗衫男子，领我们穿过店面（店面其实只是一个摆海鲜的台子，加上一个烧椰子壳来烤海鲜的烧烤台以及一个调配饮料的吧台）来到屋后的海滩，沙滩上摆满了桌子，桌子都是空的。事实上，不是只有这家餐厅的桌子是空的，每一家餐厅的桌子都并排在屋后的海边沙滩上，沿着海滩绵延到远处至少一两公里，恐怕不止一千张桌子，我可以想象当夜晚餐桌坐满游客时的热闹景象，但此刻，都是空的，只有海水拍打岸上的规则潮声在空荡荡的海滩回响……

我到餐厅屋前摆满海鲜的地方挑选了一条鲷鱼、一只龙虾、一只肥美的花枝，还点了一份炒饭和空心菜，以及一些椰子汁和啤酒，并且特别交代海鲜不要烤老了，两眼无神的年轻男孩茫然地点头，我不确定他是否都听懂了。

坐在海边沙滩，啜饮着啤酒，海浪就在我们眼前一起一落，发出隆隆的潮骚[1]，然后碎裂在海滩之上。天空无云，月光皎洁，照着岸上成千整齐排列的空荡荡的桌椅，好像是一种绝佳的情调，可是却又有一种空虚的寂寞之感。

很快的，我们点选的海鲜上桌了。这是巴厘岛享受烧烤海鲜的所在，大部分时候为观光客占领，气氛（连同价格）太观光了，可能不算是地道的当地风情。海鲜的烹调极简单，大部分只是把鱼鲜涂上一点当地的酱汁，直接放在点燃的椰子壳上炙烤；烤焦的海鲜外壳带着椰子壳的香气，酱料则咸中带辣，简单明了，唯一的风险是当地人倾向于把海鲜烤得过熟，对我们来自台湾、习于蒸鱼蒸到恰好离骨鲜嫩甜美的刁嘴客来说，可能是暴殄天物。但食物上桌时，香味扑鼻，烤好的海鲜放在

[1] 潮骚，日语词，潮水拍击岸边的波浪声。

椰子叶上，艳红的酱料露出诱人的色相，我先试了花枝和龙虾，肉质颇有弹性，可见食材还很新鲜；鲷鱼果然是老了一点，但还不到变成焦炭的地步，已经让我喜出望外。

空荡荡的海滩一开始让我觉得有点凄凉，随着食物与冰凉啤酒的加持，慢慢让我们觉得另有滋味，白色月光下偌大的沙滩与潮声完全属于你，完全无人打扰，不能不说是一种幸运的奢华，我们开始喜欢起这种荒凉的气氛了。

远方堤岸处依稀有几个人影移动，我们本来以为是夜间工作的渔民，后来听到乐器声响，才发现是一个小乐队。他们先在堤防边自行轻声唱了几首歌曲，乐音忽有忽无，然后椰影下他们身形晃动，从黑暗中朝我们的方向走来。等到他们走到月光下的明亮处时，我们看见他们是四个人的小乐队，四人都戴着草帽，做拉丁美洲的打扮。其中两个人背着吉他，有一人则吃力地搬着一对邦哥鼓（Bongos），另一人在手上拿着一副沙沙作响的马拉加（Maracas）。

四人信步来到我们的桌边，把邦哥鼓架定，为首持马拉加的一位年轻帅哥脱帽微笑："晚安，女士先生，这是个美丽夜晚，不是吗？月光明亮，海水平静，请让我们为各位先带来一曲《西班牙的眼眸》。"

话音一落，邦哥鼓清脆响起，吉他和低音吉他跟着叮叮咚咚敲了起来，为首的黑皮肤、有着清澈大眼睛的帅哥轻摇手中的马拉加，马拉加沙沙轻响，节拍犹如潮水一般，然后他开口唱道：

Blue Spanish eyes

Teardrops are falling from your Spanish eyes

Please, please don't cry,

This is just adios and not goodbye

Soon I'll return,

Bringing you all the love your heart can hold

Please say "Si Si"

Say you and your Spanish eyes will wait for me...

歌声轻柔地流泻而出，其他三个乐师也跟着轻声唱和，潮水一起一落也仿佛打着节拍，歌声像天籁一样，充满在星空之下的沙滩上，一片祥和的乐园景象，简直让我无法与几天前的大爆炸联想在一起，但海边餐厅的一片荒凉又不得不提醒我，这的确是某一个诡异的夜晚。敲着邦哥鼓的小乐团也许是每天晚上都来到这里，可以想象本来沙滩上有无数的游客，他们可以一桌一桌的唱过去，也许会有一些正在庆祝特别节日的游客会招手呼唤他们："Hey, Amigo," 他们会配合乐团的拉丁打扮说："Hey, Amigo，我们这里有个人生日，你们可以来一首生日歌吗？"

或者说："Amigo，我老婆喜欢 *Killing Me Softly With His*

Song，可以演奏吗？”

小乐团怎么会说不，他们乐于给人们一点欢乐，这是他们的工作，吉他立刻会叮叮咚咚弹起来，邦哥鼓啪哒啪哒响起来，年轻帅哥会卖力地唱：

Strumming my pain with his fingers
Singing my life with his words
Killing me softly with his song...

但此刻一个其他客人也没有，只能站在仅有的一桌客人身旁，试图挣取一点小费，他们也不希望夜晚如此凄凉，一曲唱毕，我们热情地给他们拍手，黑皮肤帅哥点点头：“谢谢，谢谢。下一首歌是……”

乐器声响，四个人轻快地唱着：

Quantalamela，
Quantalamela...

节奏轻快的 *Quantalamela*，配合主唱手中沙沙作响的马拉加，四人小乐团以一种温柔的美声和音吟诵着，丝毫没有烦忧的拉丁曲风令人想要踩着沙滩起舞，银白月光和洁净海滩也令人心旷神怡，我们应该要感到浪漫轻松，甚至应该流连而忘返。

事实上真的有那么一点点时间，在轻柔的歌声中，我感觉这趟不合时宜的旅行其实颇为舒适宜人。

歌声终了，我们在座位上用力拍手，我塞了二十美元小费给乐团主唱，向他们道谢，一群人优雅地向我们脱帽鞠躬致谢，叮叮当当拿着乐器往海滩另一边走去。本来，他们应该走向另一张桌子，走向另一群度假的快乐游客，但此刻荒凉的沙滩并无另一桌客人。我看着他们穿过上百桌被遗弃的餐桌，低声讨论着，大概是讨论今晚还需不需要留下来碰碰运气，他们的身影渐行渐远，声音也逐渐低不可闻，苍白月光下的海边，成百上千的无人桌上都还整洁铺着塑料格子桌布，像一只眼睛空荡荡地瞪着我们，那几乎是一张超现实画派的骇人画面……

用完了既浪漫又荒凉的海鲜大餐，我们行至路边，找到黑暗中抽烟等候叫车的司机，议完价格后乘车返回旅馆。折腾了一天，我们也都觉得疲惫了，早早就回房休息了。

第二天早上，天亮得早，阳光已经洒满了花园，我们走出房门和朋友会合，旅馆里一位身穿印花布纱笼的服务生双手合十趋前和我们打招呼：“早安，女士先生们，你们睡得好吗？”

我们嘟囔地回答说好，服务生继续微笑说：“你们准备好要吃早餐了吗？”

“是的，我们都饿了，可以吃早餐了。”我回道。

“那你们想在哪里吃早餐？”服务生继续挂着招牌微笑。

我突然想起当时看到这家旅馆的数据，说住客可以选择旅馆的任何地方用餐（房间、阳台、海滩），工作人员都会想办法满足住客的期望，我指着花园一旁的大树，说：“我们可以在那棵大树的树荫之下吃早饭吗？”

“当然，先生。”服务生鞠躬合十，轻轻退了出去。

不一会儿，几位工作人员抬着桌椅，就在树底下布置起来。一下子工夫，两张铺着白色桌布的餐桌和四张藤椅已然布置就绪，服务生再度走过来鞠躬致意说：“女士先生们，你们的餐桌已经好了，请坐下来，让我先为你们准备一些饮料好吗？”

在绿草地上，早上明亮却还柔和的阳光之下，树荫罩顶，身旁就是一丛一丛盛开的热带花朵。白色的桌布带着浆洗过的清新肥皂味道，刚刚端来的咖啡芳香扑鼻，泛着动人的棕黑光泽，随后而来的热带果汁则流淌着足以引诱蝴蝶的鲜艳色彩，服务生递给我们一人一本大簿子：“女士先生们，请你们选择任何一款想要的早餐……”

但这一份菜单太惊人了！当然有好几种西式的早餐，包括那种以色拉、奶酪和谷物为主的健康早餐，也有早上就加了牛排红肉的不健康早餐，更不要说美式、英式和欧式；它还有包括粥面以及港式点心在内的好几种中式早餐（又带了点南洋风情），但最吸引我的还是糅合了娘惹风味的印度尼西亚式早餐。我很快地选择了一个名叫 Bubur Ayam Babah 的印式早餐，在我有限的马来文知识里，这应该可以译作“老爸鸡粥”，老爸叫作“峇峇”，可见这款早餐也有它的“华人血缘”。很快的，我们每个人都点了想要的早餐，显然每个人在这丰富的选择中都找到了自己的兴趣，我们没有一个人点的是相同的项目。

不多久，早餐顶在穿着印花布纱笼长裙的服务生头上而来。两个服务生头上顶着加盖的大藤篮，来到我们的桌前打开，里面丰盛诱人的内容仍然把我们吓了一跳。

就拿我点的“老爸鸡粥”来说吧，我本来以为它会接近港式的“鸡粥”，也就是鸡肉置入粥中，粥的确是加入鲜嫩鸡肉的白粥，但它整体出现的方式反而更接近台式的“清粥小菜”，因为光是附带的配菜就有五六种，有包在槟榔叶里的烤肉丸、有浇着辣酱的煎鱼，有几种不同滋味的腌制蔬菜，还有一盘让你放入粥中的“薄脆”（效果颇似我们把老油条放入粥中一样），让人目不暇给。更有意思的是，每盘小菜都有刀工精细刻画的树叶、竹片做装饰，盘中偶尔也摆上一朵艳丽的鲜花，增添许多视觉的趣味。

其他同伴点的西式或中式的早餐，分量和数量也都丰盛得吓人，每个人都至少有七八个盘子，加上新鲜的热带水果，原有的在桌上的咖啡与果汁，简直把我们的桌子快挤爆了。

早晨光影流转，转眼间我们已经享用完惊人分量的早餐，这时昨日接待我们的法籍经理又露面了，他满脸堆笑：“早安，女士先生们，你们的早餐怎么样？”

我们摸着肚子说：“太饱了，分量太大了。”

法籍经理接着又说：“那么，我们已经准备好要去市场了吗？”

我这才想起来，本来选择这家旅馆时，我同时预订了一个“烹饪课程”。原来的数据上说，这个课程早晨带你到当地市场去买菜，你可以选择任何你有兴趣的食材，回到旅馆后，烹饪老师会在 Wareong Tugu 里和你一同研究菜单，然后教你学习其中的部分菜色，你参与一起动手，完成后成为上课者“自作自受”的午餐；另外有一部分的菜单则由厨师当你的面准备，并解释给你听，那些你未参与动手的菜色将会成为你的晚餐。中间由于出现了爆炸案，我急着确定旅行的安全性和可行性，完全忘了我预订了一个“烹饪课程”这件事……

“啊呀，市场？市场，当然，我们已经准备好了，随时都可以出发……”我慌慌张张地回答。

十五分钟后，我们都换好了外出服，戴上防晒的帽子，来到旅馆门口，等在那里的，是一辆有司机的面包车和一位笑容可掬的矮胖小姑娘，小姑娘手上有一个蔺草编成的大篮子。小姑娘面带微笑，却老气横秋地说：“我们已经准备好要去市场了吗？”

我们大声齐说：“我们已经准备好了。”

她也戴上大草帽：“那咱们走吧。”

车子卜卜卜来到人声鼎沸的市场口，矮胖小姑娘带领我们下了车，只见市场门口站满了皮肤黝黑、头顶草篮的妇人，她们有老有少，每个妇人都急着向我们挥手，嘴里不知呼叫着什么，但看不出她们叫卖的是什么，因为她们的篮子都是空的呀。

小姑娘很笃定地走到一位身穿纱丽、身怀六甲的妇人面前，叽叽喳喳交换了几句话，两个人点点头，似乎是达成了什么约定。小姑娘大步向前，迈进市场之内，我们只得连忙跟上，回头一看，那位头上顶着大草篮、身穿绿色纱丽、露出一截鼓鼓的黑色肚皮的妇人也尾随在后。

旅馆带队的小姑娘倒是看出了我的疑惑，轻声解释说："她们是替市场客人搬东西的劳力。"

我大吃一惊："老天，这位妇人已经怀孕，恐怕都快生了，我们怎么能让她搬东西？"

"你不让她搬东西，她们可就连饭都没得吃了。"小姑娘一副无动于衷的模样，或者是嘲讽我的不知民间疾苦？

穿过嘈杂的各色摊贩，我们来到鸡肉摊面前，都是杀好、拔了毛的净鸡，光溜溜赤条条地摆在肉案上，小姑娘回过头问我们："要不要吃鸡？"我点点头。小姑娘指着肉案上的一只肥鸡，又指了另一只鸡，和鸡肉贩交代了几句，鸡肉贩把两只鸡清理一下，分别包在香蕉叶里，搬运劳力的妇人一把接过去，放在头顶上的篮子里。

我们继续往菜市场的深处走，两旁五颜六色的蔬果颇为诱人；带队的小姑娘继续为我们选购了番茄、胡瓜、菠菜、胡萝卜等菜，又走到一家香料摊前，买了各种像芫荽、南姜、大蒜、红葱之类的辛香料。小姑娘点点头，似乎很满意自己的收获。她面带微笑说："接下来，我们要再去海边渔港，看看有什么海鲜。"

我们走出市场，走回到等待的车辆，带队的小姑娘谢了帮我们背负采购的怀孕妇人，塞了一张钞票给她，妇人也千谢万谢鞠躬而退，我瞥见那是一张五千卢比的钞票，折合台币不到二十元，可见在观光天堂的美景底下，穷人的生活还是艰难的。

车子继续卜卜卜来到海边，大大小小色彩鲜艳的众多渔船系在海岸边，随着海浪规律地摇摆，发出空咚空咚的撞击声。离岸边不远处，一个用竹竿和塑料布随意搭起来的简易棚子，棚架下全是一个一个的渔获摊子，大概是早上刚刚上岸的渔获，渔夫自家就摆起摊子了。走近去看，有许多颜色艳丽的珊瑚礁鱼类，像青衣、苏眉之类的高级鱼，也有鲷鱼之类的近海鱼，还有许多不知名的鱼种和贝类，当然也不乏龙虾、螃蟹之类的甲壳海鲜。

带队的小姑娘挑了两条大鲷鱼，每一只可能都有一斤半以上；她问我们还有什么想要的，我指着一只体型惊人的软丝[1]说："我可以要这只乌贼吗？"

"当然，先生。"小姑娘立刻又把它买下来。

我们带着一篮子的蔬菜、鸡肉与海鲜回到旅馆，进到旅馆，

[1] 软丝，一种小墨鱼的名称。

看见花园一角的那个称为 Waroeng Tugu 的开放式厨房餐厅已经升起了炊烟。带队的小姑娘领我们走到厨房，正忙着准备工作的有四个人，一位是年纪较长的老妇人，另外三位则是年轻的男性，其中一位长相斯文，戴着一副黑框眼镜。小姑娘把菜放在台子上就告退离开了，戴黑框眼镜的年轻男子露出笑容用流利的英文说："早安，你们的菜市场之旅怎么样呀？"

我们连忙回说好极了。他又笑着说："欢迎来到我们的烹饪课程，我的名字叫华阳。"

华阳？所以又是一位家中的老大。华阳指着老太太说："她是 Melati。她是我们今天的老师和大厨，她是爪哇人，所以我们今天学的是爪哇菜，Melati 不说英文，我会负责为各位翻译并解说。"

美拉蒂，Melati，茉莉的意思。老太太腼腆地笑了笑，挥手把华阳招去，两个人看着桌上买回来的菜指指点点，华阳一面点头，一面用笔在纸上写着字。过了一会儿，华阳笑呵呵地走回来，他说："我们的大厨已经决定了菜单，菜单有两部分，一部分是为了晚餐准备的，我们预备晚上给各位在海滩上办一个 Barbeque 烤肉大餐，但你可以参加我们的准备工作；另外我们还有几道菜，做完之后就立刻可以享用，那将是各位的午餐……"

所有的工作人员就开始动起手来，另外两位年轻男性开始洗菜、削瓜，美拉蒂拿出一只石钵，华阳解释说："所有的爪哇菜都从香料的准备开始，香料都要磨成酱；我们现在先来做一道花枝，这道花枝是咖喱口味，要从香料的准备做起，你们来看……”

我们围过去，美拉蒂解释海鲜类常用的香料，你需要一些莱姆叶、南姜、红葱头、鱼露，当然还要现做的椰奶。椰奶，先用有锯齿状的工具把椰子里的白肉刮下来，一位年轻人先示范，然后我就接手了。手上拿着一块白色椰肉对着锯齿刷下来，变成粉末状进入盆中，等到椰粉够多了，美拉蒂教我们如何加入水，再用纱布把椰汁挤出，华阳在一旁解释："这样就成了椰奶。"

把椰奶和其他香料放入石钵中，用研磨棒把混合物磨碎，我问："要磨到什么程度？"

华阳说："磨成酱糊状，磨得愈细，滋味就愈容易出来。"

美拉蒂已经把花枝细细刻花，并切成一口大小。然后她起一个油锅，我忍不住又问："这是什么油？"

"椰子油。"美拉蒂通过华阳解释道。

椰子油烧热了，石钵中那一团酱糊丢入油中，把它炒开，锅中变成一种深色的酱汁，美拉蒂把锅铲交给我，示意让我来动手。

"现在，把花枝放进去。"华阳在一旁替美拉蒂说明。

我把花枝放进锅中，油汁溅出来，我一面用做中国菜的方法翻炒它，一面虚心地问："这样对吗？"

美拉蒂脸上布满笑容，比起一个大拇指。

“是不是已经熟了？”我担心地问，按照我们台菜的习惯，花枝炒个几十秒已经足够了。但美拉蒂说：“再炒一下。”

又翻炒了几十下，美拉蒂点头说：“好了。”

我把花枝捞起来，放入盘中，白色花枝现在沾满酱汁，全部变成诱人的金黄色，而且充满了香气，大家都“哗！”地一声大叫起来……

然后是做鸡肉咖喱，一样的从香料磨酱开始，使用的香料大致相同，不外还是莱姆叶、南姜、红葱头、鱼露，当然还有椰奶，只是比例不大一样。我看不出来为什么这些比例差异能够带给海鲜和肉类完全不同的效果，香料的学问实在太神奇了，一点点成分的增减，就能产生不同的口感和协调性。鸡肉咖喱完成了，一样是充满香气的诱人金黄色，我们也再次发出哗的一声惊叹。

紧接着，美拉蒂继续教我们做汤，这一次，倒是没有任何的香料酱要准备，戴黑框眼镜的华阳代替美拉蒂解说道：“这一道汤极简单也极神奇，材料只有两种，胡瓜和番茄，调味料只有一种，那就是棕榈糖……”

锅子里煮开一锅清水，美拉蒂把滚刀切块的胡瓜丢进沸水里，转身去切番茄，切好番茄，她又把番茄也放入汤里，然后示意要我接手，我站到炉火后方，望着那一锅滚水。华阳笑着解释说：“我们要让它滚一阵子，让番茄的酸味和胡瓜的甜味在汤里头结合……”

我根本无事可做，只能盯着胡瓜和番茄在水里上下翻滚，偶尔拿着大汤匙翻搅一下，算是积极作为了。汤滚了好一阵子，美拉蒂走回来，看着锅内，说了几句话，华阳凑过来翻译：“现在，要加入棕榈糖，很多很多棕榈糖。”

我下了一大匙，华阳摇头说：“不够，再多一些。”

我又下了一匙，华阳的头还是摇得像花鼓一样：“不够，再多，再多。”

我再加一匙，再加一匙，一直加了四五回，华阳拿了一根汤匙舀出来试：“嗯，差不多了，但还不够，再来一些棕榈糖。”

我也学他的样，拿一根汤匙舀汤来试，大吃一惊，因为我没有想到这两种平凡的材料竟然融合出这样清甜的美味，汤里头微微透出番茄的酸味，棕榈糖带来一种甘鲜味，作用似乎像是味精一样，只是更自然更美好。

美拉蒂一面交代一位助手做姜黄饭，一面则指挥其他人把生鸡切大块放入腌料之中，又要华阳把鲷鱼肉取下来剁碎，华阳一面手里不停剁着鱼肉，一面还不慌不忙向我们解释：“这些是我们要准备晚上烤肉的材料，做法也会一一和你们说明，但你们可以先学姜黄饭的做法。”

姜黄饭的做法很简单，和中国人煮白米饭大致相同，白米加水在锅里蒸煮着，但锅不加盖，米粒在水中置于一张草席之上，也许是要增添稻草的香气（在福州菜馆里，我也吃过把米放在草袋中蒸煮的米饭），工作人员在水中再加入椰奶和磨碎的姜黄，最后米饭煮熟时，带着椰奶的香气，又有美丽诱人的金黄色泽。

我们虽然都动了一点手，但起的作用不多，重要的动作美拉蒂和她的助手都已经做了；我们也没做什么笔记，因为一开始华阳就说："你们别记笔记，仔细看着就好，我们稍后会把食谱写给大家，送到你们房间里。"

所有的午餐都准备好了，有鸡肉和花枝等五个菜，加上一个清新淡雅的汤，还有香气扑鼻的姜黄饭。虽然说这是一个烹饪课程，事实上更像是一个有分解动作和解释说明的餐饮服务，坐在通风的户外长木桌旁，教学的厨师此刻转身一变成了服务上菜的侍者，除了刚才完成的菜色经过一番摆盘装饰，工作人员还送来水酒饮料，课程内容变成精美大餐，的确是有意思的享受。

上完课，或者说酒醉饭饱后，我们已经觉得浑身慵懒，昏昏沉沉，就和厨师们致谢回房了。整个下午，我们并未出旅馆，躲在旅馆里休息、游泳、喝下午茶，日子倒也舒适写意，有一种逃避世界的安全感；比起走到街上，你立刻感觉到爆炸震撼后的巴厘岛，有一种惶惑不安和被遗弃的荒凉。

到了晚上，旅馆侍者来通知："女士先生们，你们在海滩上的烤肉晚餐，已经为你们准备好了，你们要预备用餐了吗？"

在侍者的引领下，我们来到旅馆后院的海滩，熊熊的火把照映着夜空，原来昼间空旷无人的白净沙滩，此时已经布置起来，白色的木桌和木椅，铺上大红色的桌巾，桌边放着冰桶，看来是预备服侍酒水之用；桌子后方靠近海浪扑岸潮间地带，插了几方旗子，有红有白有绿，迎风飘扬，离桌子较远的地方，则搭起一个烤肉工作台，铁架下炭火已经点燃了，发出哔哔剥剥的爆裂声，台子上满满的食材，有下午已经腌好的鸡肉和鱼肉串，也有各种颜色饱满的蔬果，台子上还堆满了白色的盘子、杯子，工作台旁站了好几位工作人员，好像要服务几十个人的盛大餐会，但我们只是穿着短裤和T袖的四个人呀！

“晚上好，女士先生们。”站在海滩上欢迎我们的是白天负责教学与翻译的华阳，现在穿上正式盛装的厨师制服，头上还戴着头饰，笑容可掬。整个场景和它的戏剧性，在火把和月光的照映下，幻化成红白交织的光影，让人觉得有点像闯进电影布景里似的不真实。

但我们还是坐定了，华阳走到桌边，深深一鞠躬，说：“女士先生们，今天晚上为大家准备的是一场月光下的海滩晚餐，我和同事们很荣幸为各位服务，除了汤、面包、色拉，我们为各位准备了丰盛的烤肉大餐，有烤鸡肉串、鸡肉丸子，鱼肉丸子，你们中午和我们一起准备的，我们还有烤大虾和乌贼，所有的东西分量都很多，你们随时吩咐。在此之前，你们有想喝一点酒或其他饮料吗？”

我请他给我酒单，从中拣选了一支巴厘岛生产的粉红酒，粉红酒也许没有什么高明之处，但冰透了送上来，美丽的粉红颜色完全符合今晚的梦幻气氛，何况粉红酒带来的一点点酸度，与热烈辛辣的异国香料和焦香扑鼻的美味烤肉却也相得益彰。

我们一面享受美酒、美食与殷勤的服务，一面为这梦中一般的环境和遭遇赞叹不已，我们偷偷讨论，这是这家旅馆平日的服务吗？还是在这样的艰难时刻，对我们勇敢冒险前来旅行的一种补偿？

烤肉的工作台上不时冒出火光和白烟，厨师们忙碌着，做好的大菜一道一道上来，戴黑框眼镜的华阳也还不时过来看看我们的酒杯是否空了，为我们添酒顺便劝酒，胖胖的圆脸笑呵呵地，好像也没什么烦忧。这个岛上刚刚发生惊天动地的流血大案，可以想见岛上的观光事业即将度过一个不知为时多久的寒冬，但华阳和其他巴厘岛的村民们，好像并不牵挂，他们仍然露出笑容，殷勤劝酒。华阳回答我的问题说："先生，我不担忧明天。我们的神祇会照顾我们，像祂照顾花园里的花朵一样。我们祖先也遭逢很多灾难，但我们仍然受到眷顾。是的，先生，请多喝一点酒，我们不忧虑，现在客人都离开了，但他们会回来的，巴厘岛这么美丽，客人会回来的……"

巴厘岛本地生产的粉红酒，这时候，看起来的颜色、喝起来的气味都仿佛和巴厘岛的菜肴与香料是完全相合的。就好像在我们的感受里，此刻，夜晚里天然的海潮、微风、星光和人工的火把、彩旗、装置也似乎都是完美的结合。

菜肴是美味的，服务是殷勤的，华阳展开笑颜频频劝酒，各种烤肉、菜肴也流水一般不断地搬到桌上，火花下把我们的脸颊照得通红，酒醉饭饱，我们谈天说笑的舌头也渐渐变得不听使唤。不知何时，沙滩上甘美兰的乐音已经停止，后方烤肉台的工作人员也不知何时已经悄悄撤离，只剩下华阳孤零零一人，站在离我们餐桌不远处，随时准备为我们空了的杯子再添一点酒，终于，这一瓶酒也倒空了。华阳带着笑容，不疾不徐地说："先生，我需要再为您准备一瓶酒吗？"

"不用了，华阳，你看，我们已经都要醉了。"

趁着夜色星光，我们带着酒意踩着沙滩走回旅馆，我回头看，工作人员的临时工作台早已撤得毫无痕迹，华阳也不知去向，但我们留下的桌椅还留置在沙滩上，现在看起来一副被遗弃的模样。两旁的火把火势已经弱了，风中残烛一般，海浪在微弱的光线下，一阵阵拍打在沙滩上，卷起一片片白色雪花，桌子远处的旗帜还在，兀自随着海风空荡荡地飘扬，可是不知为何，却显得无比的苍凉……

那个晚上，我有点酒醉头痛，昏昏沉沉入睡，却不断做着短促破碎的噩梦，好像是发烧感冒了。噩梦里，仿佛是一场战争还是灾难，满街都是逃难或者流离失所的人群，我在人群当中试着寻找失散的同伴，每一个路上看似熟悉的背影转过来，却只是一双双陌生茫然的眼睛，其中还有一位则是眼眶凹陷，空洞洞地完全没有眼睛……我不断地惊醒，却又快速睡去，梦境就自动接续，然后再惊醒，再睡去……最后一次醒来，我感觉自己出了一身冷汗，大病初愈似的，虚弱而且疲惫。

这个时候，天色是暗蓝中透着一丝白光，好像天快亮了，我看不出具体是什么时间，决定起来泡一个热水澡。浴室就在房间的花园之中，我摸着黑为浴缸放水，水流声混合着虫唱和蛙鸣，在寂静的夜里显得嘈杂不堪，似乎要吵醒方圆数里的居民。我把自己浸入满缸的热水之中，徐徐吐了一口大气，露天的浴池让我觉得有点寒意，四周还是充满着叮伶叮伶、叽叽吱吱的虫鸣聒噪，一点也没有要停歇安静的意思，但我已经觉得好多了。

浸在黑暗的热水之中，全身毛细孔仿佛都透了气，病灶秽气好像都从毛细孔排出远离了。但这个处境给我一种不真实的感觉。巴厘岛这两天给我的经验，又好像是陷入灾难恐慌，又像是无比的和平安详。巴厘岛的老百姓好像正陷入一场困难麻烦，却又好像无动于衷，继续心平气和过着平常的日子……

天亮之后，旅馆庭院里的花草树木在阳光映照下，重新发出艳丽色彩，蝴蝶、蜜蜂、金龟子，也都活跃起来，它们在花朵树叶之间忙进忙出，整个花园又显得生气勃勃。

这个早上，我们选择了在莲花池旁吃早餐。工作人员搬来了桌子椅子，铺上白色桌巾，放好餐具，很快地，一场优雅丰盛的早餐又开始了。

同伴们和我在早餐桌上，交换了对昨天白天的烹饪课程以及晚上的海滩浪漫大餐的感受和赞叹，这些当然都是旅行中美好的经验，但这些服务来自于受苦受难的居民，让我们感到不忍和不安。可是反过来说，如果我们都远离巴厘岛，不管是因为害怕或者不安，这些仰赖观光维生的居民将加倍艰困，而那也正是恐怖爆炸行动想要达成的效果，吓阻观光客来临，破坏巴厘岛的经济命脉，让他们的政治抗议得到全世界的注意。

餐桌上的讨论之后，我们决定照样出游，到巴厘岛上最充满艺术气息的乌布地区去走走。

经理听到我们的计划，露出惊讶的神情，但他随即展开笑容说：“啊，我很高兴你们一点都不害怕，我其实相信巴厘岛现在应该是很安全的，让我立刻为各位准备车子。”

旅馆的车子送我们到了乌布，我请司机不要等我们，我们会自己找交通工具回去，司机点点头，祝我们旅游愉快之后，就开车离去。

但乌布地区一片安详，并没有海边地区的肃杀之气，金发碧眼的西方游客也还在，到处可见，只是数量少了许多，本来“过度观光”的气息倒是幽静缓和了不少。咖啡店和艺品店里都还有三三两两的游客，可见内陆一点的外国游客并没有全被吓跑。

我们在乌布的大街小巷里闲逛，感觉气氛还很适意悠闲，虽然我们还是可以从空气中嗅到一丝丝不安疑虑的气息。最主要的线索是“太安静了”，连坐在咖啡店里的年轻外国人都静静地坐着，低声讲着话或看着书，有些则完全呆坐着。这不是过去我所熟悉的观光客的行为——总是有人大声喧哗，不管是蓄意的嬉闹，或者只是兴奋带来的高亢。但眼前这个安静的小镇，人们的沉默究竟是镇定，还是忧虑？

我们在咖啡店坐了一会儿，发现自己也变得和别人一样安静，一方面好像没什么好说，另一方面则是觉得不该搅动这个安宁场域的空气，只能静静地啜饮杯中的咖啡，翻阅店中充满美丽图片的画册。我们又走到几个工艺品店，店员照样开出高昂的价格，等待游客的杀价，游客也还认真杀价，只是声音似乎刻意地压低了许多……

我也买了几个廉价的简单小木雕，其中一个木雕是一只大眼睛的黑猫，全部的细节都在上半身，下半身完全变成平坦的形状，好供你放在一个平台之处。我也买了一整串木雕的小猴子，一只一只用手勾住，木猴子是写意的简单雕刻，寥寥数笔粗略的刀法，一只小猴子就跃然成形，其实是很有水平的工艺。

逛着逛着，不知怎地转进了一条小巷，再走几步就走到了树林一样的地方，树林僻静处有数间屋子和人影，走近时发现是一间开放式的“东屋”，高起来的平台上放满了绘画作品，旁边有几个人坐在那里喝茶。

看见陌生人走近，几位喝茶的中年男子停止了交谈，迟疑地看着我们。其中一位说：“欢迎，请来和我们一起喝茶。”

我看那些摆在高台上的画作，虽然明显看起来是工匠式的作品，但是画得很有水平。那是巴厘岛常见的画风与题材，画的是工笔细描的巴厘岛风景和花草鸟兽，构图繁复，枝叶交缠，用色也大胆艳丽，充满装饰画的趣味。我指着画作问："这是哪一位的作品？"

几位喝茶的男子你看我，我看你，好像不知道该不该回答，最后共同指着一位头发既短且白的老工人说："这是他画的。他是附近画得最好的。"

皮肤黝黑、身穿汗衫短裤的老工人显得有点羞赧，把手在面前摆了摆，一副"不要问我"的模样。但我还是忍不住地问："这些画画得很好哇，您是从哪里学来的？"

旁边一位中年男子替他回答："他是在这里的美术学校里学的，他以前在勒迈耶的画室里工作过……"

我仔细再看眼前这张美丽的图画，那是用压克力颜料画在帆布上的工笔画，大约是两米宽、一米半高的大尺幅，画面远方有巴厘岛的山水和瀑布，近处有枝叶繁密的树林和盛开的花朵，树叶中躲藏着颜色艳丽的天堂鸟和其他鸟类，画工精准细腻，构图略带匠气，比较像是技巧高明的装饰画，但我看不出一点和勒迈耶相似或相近的风格。说他在勒迈耶的画室工作过恐怕不是真的，大概是用来提高身份与身价的唬人资历吧？

老画工羞涩地笑了笑，现出满脸的皱纹，他既没有承认也没有否认这项旁人为他解说的经历，也没有透露会说英语或者不会的神情。

会说英文的中年男子锲而不舍："我告诉您，他的画是附近最好的，您要买他的画吗？在这里买会比在画廊里便宜。"

老画工听了这话，就走到一边去，掏出一根烟来抽，好像是不愿听到俗气铜臭味的交易似的。我指着那一张枝叶中藏着天堂鸟的画作问："这一张画要卖多少钱？"

"这一张？啊，先生，你挑中了一个好东西……"讲英文的中年男子，此刻说的话和工艺品店的推销员开始相像了："这一张，我告诉您，如果您在画廊看到的话，他们一定会要价一千美元以上，也许是两千，但在这里……"

他话到一半停了下来，转身对着抽烟的老画工喊了几句话，老画工头也没回，嘴里嘟囔了一句，他转回来对我说："在这里，您只要付三百美金。"

三百美金？那绝不是艺术品的价格了，即使是工厂的装饰画，这么大一张也要卖不少钱。但是我是在巴厘岛呀，所有的开价都要还以三折，不是吗？我出乎习惯地说："三百？太贵了，我没有那么多钱，一百如何？"

中年男子摇摇头："先生，请看，这是艺术呀，您看这只鸟画得多好，还有这几朵花，多漂亮，颜色也好，一百元太便宜了，这位画家是我们乌布最好的艺术家，他还和勒迈耶一起工作过，这张画起码也要两百。"

我也摇头："画得很好，我也同意，颜色也漂亮，挂起来一定好看，不然我也不会开口要买了，但是街上的画也都比这张便宜呀，一百卖不卖？”

“你不能拿街上的画来比，这是货真价实的艺术，一百五十，这是最后的价格。”中年男子有点气急败坏了。

“我是真的喜欢这张画，我也不管画家是不是和勒迈耶工作过，我想买回去挂在墙上，但我希望是一百美元。”

“先生，一百美元是不可能的价格，您再多出一点？一个好一点的价格？”

突然间，抽烟的老画工回过头了，讲了一句印度尼西亚话，中年男子停下话，老画工走回来，直直盯着我的眼睛，讲出清晰简单的英文：“你喜欢这张画？”

“是的。”我有点不好意思起来。

“你喜欢，你就拿去。一百美元也无所谓。”老画工有点苍凉地说：“这个世界已经不知道变成什么样子了，巴厘岛已经空了，今天、明天、后天都不会有人来买画，天知道什么时候才会恢复正常，家里的小孩也还是要吃饭，如果你买回去挂在墙上，我会觉得很光荣。一百美元也不会太坏，不会比我卖给画廊更坏。”

我一下子觉得很窘，老画工的气质真的接近艺术家，言谈中也有一点不平凡的气质，我这样讨价还价有点太市侩了：“画家先生，我不了解作品的价值，只是在巴厘岛买东西都讲价……”

老画家挥挥手，笑笑说："是呀，我希望你看上别的画，我比较不会舍不得，这张画也许平常我会开价更高，但没有问题，先生，你看上这张画我很高兴，我很乐意接受你的一百美元，我帮你包起来。"

老画家小心翼翼把画从木架上取下来，用好几张报纸把它一层层包起来，我站在一旁像个闯祸的小孩，我好像不小心触动了人家的伤口，现在也不知道该不该加价给人家，就怕改口加价变成第二次的侮辱。

老画家包好画，递给我，露出顽皮的笑容："这个，一百美金。"

我从皮夹里掏出一张百元钞票："先生，您确定这样没问题吗？"

老画家说："有什么问题？你花了钱买了我的画，我得到尊敬又得到钱，你已经对我很好了，不要被刚才开的价格误导你。"

"我希望爆炸的影响不会太大，很快巴厘岛会恢复平静，观光客都会回来。"我语无伦次却充满善意。

"啊，让我们这样期望吧，我也希望巴厘岛很快恢复过来。"老画家意味深长地说。

我带着画，半是愧疚，半是陷入思索，心情复杂地，离开画家的院子。

我的巴厘岛旅行还有一天半的时间，我还得继续面对这个岛上的住民。但这件事并不容易，岛上的住民还有一种观光地的习性，见到观光客总是漫天要价的，可是他们又处在大震荡之后的受创调适期，心情也阴晴难测。我也不知如何测量他人灾难的深度，这一刻我害怕变成一个“冤大头”，另一刻我却又不小心伤到别人的感情……

那是一趟令我难以忘怀、却又说不出滋味的旅行。地点是美丽的，场所更是难以言喻的精致，而我们参与的活动，包括烹饪课程，还有专为我们演出的巴厘舞蹈都是既精彩也亲密，可是灾难的后患却又如影随形，我们时时要感受到一种受灾者的深沉悲哀、无奈和无力感。

回程的飞机上，航空公司告诉我们这将是“最后一班”返台的班机，因为没有旅客了，航空公司即将要停飞一阵子，再视情况决定如何飞行起航。听了这段话，我一方面感觉自己的鲁莽，却又庆幸自己赶上了某一个特殊时刻，也许不通过这样的经验，我永远只是不相干的观光客，很难是个闯入他人某种处境与“心境”的意外访客。

冰海中的独木舟

“如果你不小心落水了，请你立刻从小舟中挣脱，小心不要被船盖住了头。”教练开始解释翻船时急救的标准动作，“我会立刻划过去救你。但要记得，水里的温度低于零度，我不能下水救你，我若下了水，我们两人都完了……”

独木舟的教练讲到这里，我们已经觉得不寒而栗，但现在说要退出已经来不及了，重要的程序还是听清楚比较好：“你必须救你自己。首先，从水里挣脱出来，不要被船盖住头；然后，扶着独木舟慢慢把它翻正，这个时候我应该已经赶到你的船边，我会协助你回到小船上。记住，这个时候，请你用这个勺子尽量把船中的水舀出来……”

教练郑重其事地用手举起一个塑料勺子，和小孩子在沙滩上游戏的勺子看不出有什么不同：“我会给你这件保暖衣……”教练又举起一件像潜水衣的黑色服装：“你要立刻披上，你已经在水中浸泡了一两分钟，体温将会快速流失，我们只有几分钟的时间可以救你……”

教练停了一下，又举起一个条状的东西：“我会再给你这条巧克力棒，给你补充体能之用……”

“然后，我们就要停止计划，立刻划回这里，一刻都不能停留。你上了岸，赶紧按摩身体，换上干燥的衣物，直到身体温度恢复为止。”教练一口气讲完所有的落水急救程序，看了我们一眼，“清楚吗？你们有任何问题吗？”

我举起手：“请问常有人落水吗？”

教练嘴角上扬，酷酷地似笑非笑：“我在这里担任教练已经十年了，这十年落水的事件一共只有两次。”

我们大家全松了一口气。其中，最大的一口气来自于我自己。

我们一群友人此刻正在号称美国“最后边疆”的阿拉斯加旅行，更准确地说，我们是在中南区阿拉斯加（South Central Alaska）港城西沃德（Seward）附近一处僻静的海滩，正在学习操作爱斯基摩人的独木舟（Kayak）。

大家约好到阿拉斯加旅行，我是负责规划行程的人。看到阿拉斯加诸多美不胜收的大自然景观，使我觉得好像应该多寻求一些“活动”，包括：乘坐小飞机上高山冰河、乘橡皮艇急流泛舟等都觉得应该一试，更不该错过的，就是这个在海中划独木舟沿海湾直下的活动。

在网络上看到极美的图片，一个孤独的旅人划着一叶独木舟，背包和全身家当就绑在小舟上，大海宁静如镜，远方壮阔的白首青山倒影在水面之中，海湾里还漂浮着大大小小的冰块，交织成寒冷孤绝的景象，令人心向往之。我找到提供独木舟旅行的服务商家网页，网络上说“无需任何基础”，我就大胆地订下了行程。

我不敢预订那些“更勇敢的”行程，那种行程旅行者要在海上划独木舟漂流七日或更长，白日有行程要走，傍晚上岸扎营，起火造饭，夜宿星空荒野之中。这种行程加倍显得冒险浪漫，只是我率领的同行伙伴多半年事已高，我自己也不再是暴虎冯河的鲁莽年轻人，看起来是不适合了。我叹了一口气，点选了“一日独木舟行程”。

所谓的“一日行程”，其实是从下午开始。先在岸上由教练指导划独木舟的要领，我们身穿救生衣，双手执桨，左右比划，“陆地行舟”，假装真有一艘小船供我们驱使。两位教练除了示范基本划桨动作，还解释了我们几乎不可能用到的高级动作“爱斯基摩翻转”（Eskimo Turn）。爱斯基摩人的独木舟本来是由海豹皮制成圆筒状，整个人坐入舟中，并将舟中舱孔的遮盖紧系于腰部，“人舟一体”，若在水中不慎翻覆，训练有素的舟人只要在水中用力扭腰翻转，即可重新坐起，这就是所谓的“爱斯基摩翻转”。

教练教完基本动作后，就开始解释起独木舟翻覆时的救援“标准程序”。我愈听愈心惊，特别是了解到海湾水温低于零度

（虽然此时是夏天），落水超过一分钟就有失温的危险，平日缺少运动的同行伙伴是否都会游泳我也不知（我倒是知道自己确实是不会游泳的），恐怕我是太鲁莽了，未曾知会大家就替朋友决定了这项活动，置亲友于险境，万一出了什么差错可该怎么办呢？我才忍不住问教练说："常有人落水吗？"

教练回答说："十年来仅有两次。"听起来机率甚微，我才稍稍放心。此时，五颜六色的玻璃纤维独木舟已经放在岸边，供我们选择；大伙兴高采烈地挑选独木舟，放入水中，我们各自滑入狭窄舱口，把舱口用来遮盖的塑料布系在腰间。平底的独木舟左右摇晃，等到大家七手八脚狼狈坐定，小舟才安定了下来。

两位教练也各自乘坐一条独木舟，不过，他们的独木舟更细长更流线型，看起来就是"高级货色"，我们的廉价品完全不可以与之相比。但教练一前一后把我们几艘小舟押住，前方的教练举起手来，示意我们可以出发。我们每人一枝长柄左右开弓的塑料桨，巍巍颤颤，左划一桨，右划一桨，独木舟就摇摇晃晃破浪向前而去。众人的独木舟速度不一，在水上散落开来，迤逦约有百米，教练也不催人，只要我们放松心情，轻松划桨，让自己逐渐找到节奏，和独木舟达成一种和谐的关系。

等我们慢慢适应了划船的节奏，大伙的速度也变得相近了，独木舟渐渐凑在一起，一艘接一艘连成一线。我们手上的桨开始也能操作自如，身体一左一右也渐渐体会出一种韵律，我们已经有余力可以隔着船只聊天了。

从下水处往前走，我们其实是走在基奈（Kenai）半岛的一处内湾航道，小海湾有个名称叫“复活湾”（Resurrection Bay）。海湾不宽，可以看见对岸景致，让你有航于大河的错觉。内湾有沙洲挡住风浪，水面平静无浪，偶尔遇见大型旅客游轮或其他船只走过时，才感觉有汹涌波浪袭来。

走了一小段行程，我们开始觉得心旷神怡；身体底下紧贴着屁股的，就是冰河融化流入海湾的冰水，头顶上则是一片蔚蓝的晴空，间或有海鸟或老鹰在上空盘旋。水中有浮游冰块，都是上游冰河裂解而来，冰块还带着冰河特有的蓝色；有时大块一点的浮冰上，会看见有海豹在冰上歇息曝日。海水是一片平静如镜面的绿色，远方也绿树成荫，加上蓝天白云，四处无人踪，视野宽阔，令人觉得自己相对变得渺小，好像闯进了巨人不在家的世界……

*　　*　　*

身处在如此美丽的自然景观之中，心里反而觉得有点不真实。这是我第一次游划爱斯基摩人的独木舟，没想到菜鸟初次下水的地方竟然不是比较安全的水塘或平静无浪的湖泊，反而是这极北之地的荒波海湾。阿拉斯加的空气极为清新，干净清冽，好像每吸一口气都饱含植物的香气和海水的冷冽。我们乘坐在紧贴着水面、名为 Kayak 的独木舟，这是一种与自然紧密结合的交通工具，不要说冰冷的海水伸手可触（你根本就可以用自己的屁股感觉到海水的温度），就连冰河裂解漂浮而过的冰块，我们也可以用桨轻轻将它推开。

我们来到阿拉斯加已经数日，最大的感触是原来熟悉的距离尺幅全部有了新的定义。我们刚刚才从丹纳利国家公园（Denali National Park）探访回来，光是丹纳利这个自然公园的惊人面积就有 24585 平方公里（超过六百万英亩的土地），几乎是整个台湾的七成大小，但我们在地图上看丹纳利国家公园，不过是阿拉斯加中部的一个景胜之地，地图上标出一片绿色，也并不显得特别庞大。

我们租了车子，驰骋在鲜少车辆的阿拉斯加内陆高速公路上，就感觉到阿拉斯加与其他地方不同的比例与规格。巍峨的群山默默站在天边，你和它们的距离却如此遥远；道路宽敞笔直，每一条路仿佛都是垂直通往天上；平地与冻原往往宽广而开阔，眼睛看不到尽头；就连蓝天与白云看起来都比其他地方还要高远。自然大地的巨大尺幅让你心情既开朗又悲伤，开朗是因为领悟到尘世之上其实无事值得争执，悲伤是因为意识到个人存在的微不足道与蜉蝣人生的短暂局促。

来到阿拉斯加旅行之前，其实我自己有过各种旅行想象，但并不知道感受会是这样。本来以为乘坐游轮航走“内湾航道”

（Inside Passage）是有意思的旅行方法，后来读了旅行书发现那是“被规划的”、没有弹性、也缺少意外惊奇的“鸟笼旅行”。有一本旅行书倒是推荐了一种利用“内湾航道”的固定航班的“海上流浪”，那是根据阿拉斯加当地使用的交通工具，一种通行于沿海港埠的定期航班，像“搭公交车”一样来旅行；譬如你先从西雅图出发，乘船来到科奇坎（Ketchikan），下来盘旋数日；然后再继续跳上下一班船前往锡特卡（Sitka），一样停下来住几天（如果你是推理小说迷，这个俄罗斯时期的阿拉斯加首府应该会让你想起一本诡异的小说《消逝的六芒星》[1]）；再等下班船前往当今阿拉斯加的首府朱诺（Juneau，记得旅行作家Jonathan Raban有一本书叫《水路入朱诺》），又住几天，等待下一班船的到来……

这种“跳岛旅行”的海上漂流倒是一个有趣的旅行概念，海上的定期航程虽然辛苦，显然比较可能遇见在阿拉斯加因为各种理由讨生活的人。而当你百无聊赖在岸上小城居住数日，又显然比游轮靠港带你上岸几小时更可能窥探当地人的真实生活……旅行书上甚至建议带着营帐在船只甲板上扎营，一方面节省购买船舱卧铺的支出，一方面也达到实际休息的目的。

如果我年轻二十岁，这极可能会是我选择的旅行方法；但它需要不怕折腾的体力和不急着回家的时间，我现在两者都

[1] 《消逝的六芒星》，大陆版译为《犹太警察工会》。

缺了。

我也注意到阿拉斯加有一种被称为“住房旅行”（Lodging）的旅行形态。这样的住宿场所常常位于偏僻的所在，大部分没有公路可达；旅馆主人开着小飞机来到约定的地方接你，带你飞往住处。

有一次，我在网络上看到有一家粗犷的木头小屋名叫“风之歌”（Windsong），位于丹纳利国家公园的西边，距离最近的公路约有九百公里；如果你要到这家旅馆去旅行（它一共只有三个房间），主人会开飞机到丹纳利国家公园门口来接你。他驾驶的是一架水上飞机，载你飞越丹纳利公园的上方，来到位于湖边的旅馆，你就在这荒无人烟、鸟每天都在生蛋的地方住了下来。每天早上，吃完主人为你准备的丰盛早餐之后，旅馆主人问你有什么想法，如果你说想钓鲑鱼，他就开飞机载你找到一条没人和你争抢的僻静河流，你就在那里钓一整天鱼，才“回家吃晚餐”；或者你说想看棕熊，他就载你到山上深荫之处，那里有遭遇棕熊的绝佳机会……

看完这些讯息，我忍不住写了电邮去询问一些住宿细节，主人回了一封热情洋溢的信，并且告诉我八月第二周与第四周还有空房，可以及早决定，他又说：“如果你有小孩，这将是他毕生难忘的经验。”末了，他又不无挑逗地说：“如果你能成行，我相信你是第一位台湾人来到我这个地方……”

我在其他资料上又读到一个故事，说美国七十年代末，嬉皮运动已到尾声，大部分“花童”都结束流浪生活，回到“社会体制”去了。一部分不愿承认“革命”失败的死硬派誓不愿回到他们所反对的“社会体制”，于是决定前往物质文明尚未全盘污染的“净土”阿拉斯加，开疆辟土，用自己的双手在无人之地建立一小片属于自己的“伊甸园”。故事有点反高潮地说，到了九十年代末，这些伊甸园主人把自己的乐园改建，成为“生态观光业”（Eco-tourism）的一环。

我当然不好意思探问“风之歌”的主人是否为花童“余孽”，昔日激烈革命派如今大发观光财？不过我只是问问，日常工作与生活两忙，一搁下就无下文，当然也就没有成行。不过“风之歌”主人倒是乐天积极，每隔一阵子就写信来问候，并且提供空房的消息。时序不觉转冷，冬天时他又来信说：“要不要来？我在一月第三周还有两间空房……”

我也忍不住了，再度写信去问：“此刻天气酷寒，大雪封路，我到阿拉斯加深山之内，能从事什么活动？”

“风之歌”主人也立刻回信：“严冬白雪封山之际才是阿拉斯加的精髓所在。如果你有兴趣来访，我有一个行程可以推荐给你。你乘火车到丹纳利国家公园入口，我驾飞机来接你，坐飞机回到住宿之处。当天下午我让你们在我园中各挑一支狗雪橇队伍；整个下午我们先练习驾驶狗雪橇，晚上再退回房内休息。——在此顺便一提，我们的阿拉斯加住宿是无与伦比的舒适，每个房间都有烧柴的壁炉和暖气，浴室有二十四小时的热水供应，厨房里随时有热茶和咖啡，如果你要一些更强烈的东西，我们拥有各种威士忌和伏特加供应，你若担心没有你想要的牌子，不妨事先告诉我。——第二天，用完我为你们准备的丰盛早餐，我们就各驾一支狗雪橇队伍出发，前往雪原上进行五天四夜的雪上扎营之旅。不用担心补给后勤之事，每到一地我们扎营休息，我会负责准备早午晚三餐加上两次热腾腾的喝茶时间；晚上我们扎营在雪地里，享受文明世界无法想象的荒野生活。雪地扎营也颇为快适，我们的营帐是冬日雪地专用营帐，睡袋也能对付到零下四十度的温度。五天之后，我们返回木屋旅馆，休息一夜之后，我们一起驱驾狗雪橇到机场，你们乘坐飞机回家，我负责把狗带回去……”

*　　*　　*

“风之歌”主人的来信，激起我对阿拉斯加的浪漫想象。想象有一望无际的真白雪地，树木生长不易，只有少数矮小的针叶林和耐寒的地草与藓苔可以生存，但旷野中仍然有人影驱驾狗雪橇疾驰而过，他的呼吸冒出阵阵白烟。他是谁？可能是杰克·伦敦（Jack London，1876—1916）笔下的流浪淘金者，为了极北之地的“黄金传说”赌上了他的身家性命。夜晚里，他在树林中试着“生火”扎营，——还记得杰克·伦敦有一篇短篇小说就叫《生火》（*To Build a Fire*，1902）吗——林中暗处却有鬼影憧憧，月明之后，凄厉的狼嚎声让你知道狼群已经跟上了他，他必须生起一处火，他必须保持清醒，不能合眼……

这当然不是今天阿拉斯加的休闲观光旅程，即使是荒野里的“雪地露营”也没有太多艰辛或者危险而言。一方面是防寒设备已经大大改善，营帐、睡袋、衣着都有了全新的科学材料，让你免于忍受酷寒（我自己家里的橱柜里就有从未使用过的雪地专用营帐）；另一方面是这些旅行活动的提供者，早已规划出重复使用、免于冒险的路线与场地，发生意外的机会并不多。这也是为什么旅馆主人要向我强调“雪地扎营也颇为快适”的缘故。

我虽然被“风之歌”主人的来信撩拨得有点心痒难耐，但红尘生涯身不由己的时候居多，工作和杂务处处牵绊，在雪地里驾狗雪橇扎营的念头终究还是没能成行，一转眼，几年就过去了，旅馆主人看我没什么实践梦想的决心，来信就稀疏了，然后就完全断了音讯。

等我再动起到阿拉斯加旅行的念头，恐怕已经是五六年之后，那时候我正好在重读日本探险家植村直己（Uemura Naomi，1941—1984）的《极北直驱》（1974）。植村是史上第一位登遍五大洲最高峰的登山家，也是第一位“独自一人”驾狗雪橇到达北极极心的极地探险家。但他最后一次“个人行动”却是发生在阿拉斯加，一九八四年，他试图独自一人完成冬季登顶美洲第一高峰麦金利（Mount McKinley）的高难度冒险，二月十二日他在自己的四十三岁生日当天登顶成功，二月十三日他却与外部失去联系，永远消失在雪峰之中，一般相信是不幸败给了变化莫测的山况与气候，或者不可预测的雪崩……

这一次兴起念头游阿拉斯加，就有一些朋友表示有意同行。我先向朋友说明我想去的地方以“内陆”为主，并不预备参加热门的游轮行程，朋友们觉得无妨，内陆旅行听来也颇为有趣，只要用到大家方便的暑假时间即可。时序既然是夏天，驾狗雪橇荒地宿营的构想当然已经不合适，但夏天是阿拉斯加大自然最生机蓬勃的季节，能从事的活动可就多彩多姿了。

我重新上网去搜集资料，又读到各种有意思的参与性活动。譬如说，在离丹纳利国家公园不远处，有个叫塔基纳（Talkeetna）的小镇，人口只有七百多人，却是登山客熟悉的所在，因为这里是攀登麦金利峰的补给站与基地。这里又有协助登山和钓鱼的小飞机服务，我在网站里发现他们还提供一个活动叫“冰河降落”（glacier landings）。

原来在阿拉斯加亲近冰河的方式有很多种，一种就是从海面上观看冰河的出海处，你可以看到冰河出海时裂解成冰块的壮观场面，听见冰河瀑布的轰隆之声，或者观看冰河切割海岸产生的奇特地形景观，阿拉斯加游轮主要就是提供了这样的游览经验；另一种接触冰河的活动则是“冰河健行”，也就是实际在冰河上行走，把冰河当作健行的道路，通常这些路线必须经过一段时间的考验，否则有很大的风险；最后一种冰河接触活动就是“冰河降落”，它是利用小飞机将人载到高山观赏冰河的上游，以及冰河在山上形成的大冰原景观。

后来我们在游丹纳利国家公园之后，驱车来到塔基纳小镇，找到提供服务的小飞机航空公司，问起冰河降落的行程。事实上，“冰河降落”也就在丹纳利山脉之中，离麦金利峰不远，属于丹纳利国家公园的范围。我们因为前两天已经进入国家公园，出示我们的购票记录就无需再付一笔进入国家公园的管理费。

傍晚时分，我们一行十个人，分乘两架小飞机，一前一后起飞，越过大片草原、树林与沼泽，在高处仍可以看见下方沼泽地里有驯鹿缓缓涉水而行；偶尔还可以在荒野之中看见一栋遗世独立的木造建筑，应该是有人居住之处，但看不见任何道路相连，可见是那种出入必须开飞机的住处。飞越大片绿地之后飞机开始爬高，眼前的景观转变成壮阔无比的迭峰山脉，岩石与积雪构成黑白两色，几乎塞满了飞机的窗框，可见山势的巨大规模。没多久，飞机来到一大片冰原平坦处，略为盘旋之后就在雪地上降落下来，不一会儿，我们就直接踏在冰河上了。

这是一个被昵称为“圆形剧场”的冰河之原，也难怪有这个名号，因为这是三个山峰围成的凹处，积满了万年的冰雪，只有一方是出口，冰河就是往那出口以每日几厘米的速度向遥远的大海奔去。三边的山峰都极高大，围成的凹处也是极其壮观，恐怕有几十个足球场的大小，当作飞机场绰绰有余。我们在“圆形剧场”大声呼叫，听巨大的回音回响在山谷之中，我们站立的地方又仿佛在万峰顶上，穷目远眺冰河流向的河谷，又有高处不胜寒的感觉。我们在山顶上待了约莫半个小时，已经到了回程的时间，飞机驾驶员要我们协助他帮飞机掉个头，像众人推车一样，我们把飞机推回转身，转而面向冰河河谷。驾驶员解释说，飞机起降要充分利用地形，降落时选择爬坡，上坡的力量可以帮助飞机刹车；起飞时恰恰相反，飞机转向下坡，利用下坡的重力协助飞机加速，速度一到机头拉起飞机就重新遨游天空了。

除了“冰河降落”，夏天也是阿拉斯加急流泛舟的最佳时机。特别是在丹纳利国家公园附近，短夏之际积雪融化，河流里有充沛水量，这时候乘坐橡皮艇顺流而下，随着地形有不同湍流与激荡，舟中人被河水抛上抛下，时急时缓，比起人工的云霄飞车更刺激，也更不可预料。喜欢泛舟的运动者更爱寻找山势急速起伏的陌生河流，享受无法预知下一刻的惊奇旅行。我在尼泊尔旅行时，看见泛舟者自备舟艇，在喜马拉雅山麓寻找合适的河流，显然这种乐趣和冲浪者去全世界追寻“更高的浪头”有异曲同工之妙。

我看着形形色色的泛舟数据，觉得这不失为是接近阿拉斯加野性大地的有趣活动，资料中发现，就在丹纳利国家公园出口处，就有一处急流下舟处，我们既然已经排了时间来到国家公园，这一类活动又怎么可以错过？

除了冰河降落、白水泛舟之外，从海上乘船观看冰河切割造成的峡湾（fjords）海岸，以及冰河出海时形成的雪崩瀑布，好像也不该错过。这样的活动本来是搭乘游轮最大的优点，但来到阿拉斯加陆地也不见得就失去机会。

如果你从阿拉斯加首府安克拉治（Anchorage）开车往南，行走声名远播、美不胜收、总长一百二十五英里的景观道路“西沃德高速公路”（Seward Highway），你可以到达人口不及三千的海港小城西沃德，而西沃德正是“柯奈峡湾国家公园”（Kenai Fjords National Park）的入口。在那里，你还可以搭乘所谓的“日归游轮”（Day Cruises）从海上进入这座冰河面积超过六十万英亩的国家公园，重点当然就是观看冰河出海的奇景，以及峡湾地形的崎岖海岸线，加上包括海狮、海豹、杀人鲸等在内的各形各色丰富的海上生物……

当然还有吸引我注意的“独木舟活动”（Kayaking），我在网络上就看到一张极美的观光图片，孤独的旅人划着一叶独木舟，鲜黄色的桨绑在小舟上，划舟者穿着蓝色夹克和橘色救生衣，碧绿大海宁静如一面明镜，远方壮阔的白头高山就倒映在水面中，海湾里漂浮着大大小小的冰块，交织成寒冷孤绝的景象……

太多了，太多了，仅只是网络上浏览数据，就已经让我感觉到阿拉斯加旅游可看可做的事太多了。但资料太多对一位初游者而言，反而是一个负担。我“不知所裁”，不知道该如何选择和割舍，山还是海，北还是南，道路或者旷野，露营或者住旅店，自己开车还是搭乘公共交通，每一样选择似乎都有它的好处与坏处，虽然在我面前已经有超过十种以上的阿拉斯加旅游书，加上网络上取之不尽的各种数据，我仍然觉得难以抉择，想着想着，时间竟然就所剩无几了。

我想起“风之歌”主人的故事，觉得如果有一位当地人可供咨询，恐怕是不坏的主意，但我不好意思去找这位通信已久却不能成行的旅馆主人，我想到网络上有不少提供服务的“旅游组装者”（tour packager），或许我可以试一试。我在美国自助旅行讨论区里看上了网友推荐的一位“组装者”，是一位名叫“莉萨”（Lisa）的个人工作者。我写了信去问她关于旅行规划的事，这时候，距离我预计出发的时间已经不到两星期了，而我连一个行程、一家旅馆都还没有订呢。

莉萨的回信很快就来了。那是一封很专业、很详尽，却又充满疲倦感的信。信上一开始就抱怨时间已经太赶，她没有时间好好规划，也已经太迟，许多好一点的住宿选择和活动，都已经被订光了。她又抱怨说，这个夏天她已经接受了太多顾客，她害怕自己没有力气再承接这一趟，但如果我可以很快决定，她还是愿意勉为其难。抱怨完了，她又说：“要真正享受阿拉斯加，你必须有一个月的时间，才能尽可能尝试它的多样性多元性。如果不能有这么多时间，你也应该考虑有三个星期的时间，我在这里先为你安排一个十八天的行程……”

她写下来的行程更像是一篇“文章”，虽然和大部分的行程一样是以“第一天”（Day 1）、“第二天”（Day 2）起头，内容却充满诗情画意，不时出现：“如果觉得心情不错，我们可以散步走到邻近的一条冰河，在冰原旁休息片刻，想象这片冰层已经在此沉睡度过百万年，我们平日工作的一点纷扰算得了什么呢？”这样的句子。她推荐的活动也五花八门，国家公园里的露营，峡湾里划独木舟，山上看熊踪，河里钓鲑鱼，草原上骑脚踏车，什么都有；地理上则北至丹纳利国家公园，南到柯奈峡湾国家公园，范围也不小；行程步调不急不徐，看起来是一个考虑周到、了解很深、充满对阿拉斯加感情的行程设计。

但接下来的沟通就困难了，我向她表示时间太长了，我只能有两周的时间，可不可以再减去“骑脚踏车”之类的行程？寻找棕熊的行程是否可以在“丹纳利国家公园”的行程一并解决？某些地方的住宿处可不可以改成某旅馆？莉萨不知道是不是被我的啰唆回信冒犯了，她很快地回了一封简短而决绝的信：“我试着联络几个我列在单上的住宿，他们全部已经订满了，改选其他我不曾合作过的陌生旅馆或活动服务，那不是我乐意做的事，因为它有可能会影响我长期努力建立起来的个人声誉。……在此，我必须向您深深致歉，我确定我无法接受您的委托，为您提供服务……”

所以莉萨这条线到这里就断了。我心里感觉到不妙，阿拉斯加主要的旅行季节一年只有六个月，旺季更是只有两个月，旅行设施大部分全靠夏天的两个月来挹注全年的收益，到了暑假旅馆舟车都很难订，我蹉跎时光，计划了好几个月，却到了出发前十天还没有决定任何的行程，现在就连最后一根稻草也没抓住。

但莉萨的行程单却充满了启发性，或者让我确认了某些活动的价值，或者给了我全新的灵感，我很快自己在纸上列出我心目中的“浓缩版行程”：第一天，我们在安克拉治落地，在机场取得租车（一定要事先确认），当天在安克拉治住宿，可以拜访市区和两家博物馆之一，如果时间充裕，我还想去看看以卖户外活动用品闻名的名店 REI（全名是 Recreational Equipment Institute），它是一个“合作社”（不是公司组织，会员都是拥有者，可以分红，还可以竞选董事），我从八十年代就是它的“会员”，但都是通过邮购和它打交道（家里橱柜那具从未用过的营帐就是向它买的），听说它在安克拉治有很大的门市，忍不住就希望去朝圣一下……

第二天，我们驱车直冲路途遥远的丹纳利国家公园（要先预定入园巴士，不然不能入内），这是一趟长途车程，适合一鼓作气，抵达公园口可能已经晚了，我们先到公园确认一下预定的巴士座位，再找住宿休息。第三天：清晨五点半出发，全天在国家公园里，来回车程需约八至十小时。第四天：我们到附近渡河口的下船处去寻找“白水泛舟”的服务。随后，我们离开公园去小飞机起降基地的塔基纳，若来得及，我们就当天参加小飞机“冰河降落”的活动，若来不及，就改在翌日早上。第五天，全天在公路上，不着急地返回安克拉治。第六天，再沿景观公路往南走，来到西沃德，参加“独木舟峡湾一日游”。第七天，参加“日归游轮”，进入柯奈峡湾国家公园，全天观赏冰河出海、峡湾海景，以及各形各色的水上生物……

洋洋洒洒列了十二天的满满行程，我心里觉得踏实了一些。接下来，要开始一一与这些单位联络，设法订下拥挤有限的座位或席次或房间。好在 e-mail 是方便的工具，只要勤于写信，所有的状况倒也不难掌握。问题出在时间上，写了一封信去问旅馆的房间，他们隔了一天才回信说“抱歉，房间已订满”，第二天我再发一封信给另一家旅馆，又过一天才有回音说“没房”，时间一天一天过去，房间却还没能搞定，有点令人焦急了……

* * *

相较于订旅馆的不顺利，预订其他活动则显得容易很多。海上看冰河的“日归游轮”的船位很快就在网络上订到，费用也立刻在网上刷卡支付了；“独木舟一日游”登记确认了时间，但费用要到现场支付。“丹纳利国家公园”的入园巴士也预订了，但网站自动回复说会再以电邮确认。最重要的是，我们一行所需要的两部租车也预订到了，旅游书上一再警告，租车要及早确定，因为旺季常常供不应求，这件事办成，也让我放下心来。

车子既然租好，旅馆也就不再让我担忧，因为我们的活动范围变大了，可以把旅馆订到几十英里外也没关系，再不济，我们就把露营帐蓬带着，阿拉斯加号称是个“露营天堂”，大部分市镇都有公营或私营的露营地（campground），费用低廉；如果连这个钱都不想花，我的一本旅游书上就说：“对背包客而言，通常大家就是信步走进树林，找块无人空地就搭起营帐……”而在任何城镇，往外走个一英里路，你一定会找到几片树林。

心情放松，我也不再死脑筋一次只订一家旅馆，我一口气询问几家邻近的住宿处，如果有一家响应，再去取消其他家，减少书信往返的时间。这个新策略果然奏效，好几个地方都有了响应，就在出门前一天，勉强每一个地方都有了住宿之处，只是不知旅馆好坏，至少营帐是不用随身携带了。我内心当然也不无隐忧，因为有几家旅馆地点实在太偏了，不知道去到那里投宿会是什么状况。

出发当日，我们有一部分朋友从台北启程，一部分则从美国飞来会合，约好在机场碰面。经过长程飞行之后，我们顺利在安克拉治集合，再一起去取预约的租车。一位在旅游业工作的朋友，经验老道地从背包中取出两副无线电对讲机，调好频道，供我们两辆汽车通讯使用，果然这个方式让两辆车在公路上的行车过程轻易沟通，同行伙伴也拿无线电来讲笑话开玩笑，长程行车也就不显得无聊了。

阿拉斯加地广人稀，公路又宽又直，大家车都开得很快，我们的车也不特别显得快，但不一会儿，阿拉斯加的市区已经在望，我们也很快找到旅馆。网络上胡乱找来的旅馆，赫然是一家很新的时髦旅馆，而且就坐落在一个大型购物商场的旁边，生活设施便利，让我们有点喜出望外。

虽然住进旅馆已经过午了，我们还是如愿以偿地赶上了博物馆的开放时间，博物馆里有一个展示是阿拉斯加原住民因纽特人（Inuit，爱斯基摩人的一支）的生活与器物，令人印象深刻，我对其中因纽特人的独木舟特别感兴趣，博物馆的收藏品都是用海豹皮制成的传统皮艇，双头木桨则是用漂流木制成，因纽特人还穿上一种独特的服装，可以将上衣和皮艇的舱口绑在一起，形成完全防水的效果，皮艇基本上是贴身“穿”在身上，而非一般“乘船”的概念。

看完博物馆我们还在附近的餐厅吃了驯鹿肉做的汉堡，驯鹿肉听起来稀奇，吃起来倒也平凡。我们也赶上了REI的开店时间，果然是一家应有尽有的户外用品店，让人乐而忘返。事实上，夏天的阿拉斯加简直没有天黑这回事，到了晚上十二点天色也还是亮着的，店家也乐得开晚一些，毕竟夏季的两个月是阿拉斯加唯一“拼经济”的机会。

晚饭已经接近九点了，吃完饭更是已经十点半，但是天色还是亮如白昼，众人初抵北国第一天，心情亢奋得很，一点也没有倦意。总是活泼好动的桑妮说：“找个地方去散散步好吗？”我把在“旅客中心”拿来的散步地图找出来，查看一下就发现离我们旅馆不到三公里，就是一条冰河的入口。我提议说：“那我们散步去到冰河如何？”

大家兴致很高，兴冲冲地往地图指示的方向走去。一路上的景观就是寻常的公路街道，只是房舍比较稀疏，走着走着，慢慢变得荒凉了些，道路变成没有硬化的泥土路，植物也渐渐变多，有点走到山坡小径的感觉，没想到一个转弯，赫然就来到了一条巨大的冰河面前。

我们的面前是山路的尽头，却是一条冰河的“腰部”。往冰河上头仰看，那些白中透蓝的冰河直达山上，形成一个巍巍的白色岩石巨流，最高处则隐入山群不复可见；往冰河下方俯瞰，白岩巨流有一种滚滚向下的姿势，细看又仿佛是冻结不动的，蜿蜒迤逦，直到远方，远处也不可见。

这看起来像是一条“暂时停止流动”的河流，沉默而安静，无视红尘俗世的仓皇喧嚣。但我们从知识上又明白它其实是活生生地“流动着”，它的速度可能是一天“二十厘米”，它不是不走路，只是不着急，一天二十厘米，五天可走一米，一年可走七百多米，一百年它就走了七十多公里了，想象这些冰河存在已经百万年以上，它走过的路可长得很呢。

我们一面摇头赞叹，一面顽皮地踩上冰河。我的旅行书上一再告诫不要随意走上冰河，因为冰河并不是像表面上那么安静稳定，充满了不可测的动态与风险，如果你真要在冰河上穿越或行走，一定要有适当的装备和有经验的向导。但这条冰河简直是一条“邻居的”冰河，它就在市区的旁边，转个弯就到，你根本无法相信它会做任何伤害你的事。我们一点也不害怕地走上冰河，只是它一点也不好走，冰河看起来像岩石，走起来却不像，它又滑又崎岖，高高低低，很容易扭伤你的脚踝。我们在冰上走了一小段路，却开始觉得脚底冷了起来，紧接着连短袖衣裳也让我们觉得手臂发凉。夏天的阿拉斯加温度舒适合宜，不冷也不热，但冰河上的温度显然不是一般室外的温度，毕竟我们是走在冰块之上，脚底的温度显然应该近于零度，再走下去就觉得自己身在冰箱了。

我们仓促逃离冰河，但对“散步到冰河”的经验感到很开心。冰河，从珍奇变得寻常，随时可接近，这种感觉有点奇妙。接下来的几天，寻找“邻居的”冰河变成了我们的例行活动。每天晚饭后，我们都趁着“天还没黑”，散步去找一条冰河走走。事实上，在阿拉斯加两周间，我们从来没有看见“天黑”，即使到了半夜十二点，它也不过就是晚霞满天的模样。有一天，我们当中几位成员女士心血来潮，决心不睡觉，要等待看到极地天黑的时刻，我熬不住那个时间，糊里糊涂睡着了，第二天问她们看到了什么，奥斯汀说：“到了一点多，天色真的暗了，暗红色快要转成深蓝色，有点像是入夜的感觉，但天没有全黑，就开始日出了，一下子天就亮了……”口气里有点埋怨太阳不太配合，不肯老老实实演出一场“天黑”的戏码……

*　　*　　*

第二天，我们趁早出发，驱车往北，取道“乔治公园高速公路”（George Parks Highway），目标是三百八十公里之外的丹纳利国家公园入口。

乔治公园高速公路，当地人就简称“公园高速”（Parks H’way），是阿拉斯加内陆的南北要道。它以安克拉治为起点，向北直达以观看“极光”（aurora borealis）闻名的“大城”费尔班克斯（Fairbanks），中间行经的最重要景点就是丹纳利国家公园。费尔班克斯的“大城”必须加引号，因为它是阿拉斯加第二大城，但人口只有三万人（如果连外围生活圈一起计算，大区域人口也不过八万人）。

“公园高速”是典型的阿拉斯加内陆景观，公路宽敞笔直，一条直线似的向前伸去，直达地平线的尽头，完全看不到终点。柏油铺设的道路两旁也全是空地，先是沿着道路的小片沙砾，然后是大块草地，还要至少踏过几百米的草地，才是一片片个头矮小的针叶林，看起来是云杉（Picea）一类，每棵都是可以打扮成客厅里圣诞树的那种大小。杉木林绵延可能有数公里，远方才能看见山坡地，有些较为高大的白桦树（Paper Birch）

散落其中。但看往更远极远之处，似乎已经到了大地的尽头，这才望见巍巍耸立的白顶山峰，从平地直接拔起，直顶天空高处，几乎要遮去蓝色天空的一角。

天气非常的好，天空也比我们平日感受到的还要高出许多。那其实是阿拉斯加给我的基本感觉，好像所有的东西都“放大”了，平地放大了，山脉放大了，道路放大了，天空也放大了，就是我们凡人“缩小”了，连带我们开的车子也缩得微不足道，小到好像是沧海一粟。公路放眼看去，空无一物，我们几乎看不到其他文明的痕迹。常常要走上一个钟头，才会看见一家千篇一律的叫“路边咖啡”（Roadside Cafe）之类的简餐店。

但这样的简餐店也就是我们在路上唯一能够歇脚用餐的地方了，车子开了两个多小时，我们终于来到一家长得和其他路边咖啡店一样的咖啡店，众多铁皮屋顶小木屋为什么选择了它？因为我的旅游书上说它“提供公园高速路上最美味的吉士汉堡”。

我们坐下来，筋骨舒活地蜷曲在狭小车厢中，留着胡子穿着牛仔裤的性格老板笑吟吟跑出来点菜，菜单上没有几样东西，不外是自家制的汉堡、吉士汉堡和双层吉士汉堡之类，大家胡乱点了一些东西加上咖啡之类的饮料。但一次十个人走进这家路边餐厅，也让老板手忙脚乱，拿出来的东西挂东漏西，整整过了快四十分钟才把大家点的东西搞定，此时这位名叫杰克的老板已经满头大汗了。

“杰克，你的店一年开几个月？”我问他。

“四个月，从六月到九月。”

“不开店的时候你也住这里吗？”

“不，我住在费尔班克斯，我只有在旅游季节才在这里看店。”

“路上的客人多吗？”

“很难说，有时候车子开过去没人停下来，有时候一来几十个人，我们简直要忙疯了。”

“没有开店的其他月份，你都在做些什么？”

“我有一座农庄，我养驯鹿，那是我的正业。”

唉，这就是阿拉斯加，食物虽然乏善可陈（连咖啡都有一点煮过久的疲态），人倒是挺亲切的，聊聊天时你会发现他们各有来历，也许都还有更多的故事可以挖掘。但，我们只是停下来喝杯咖啡，吃个充饥简餐的赶路人，更多的挖掘似乎是不可能了。鲍勃·迪伦（Bob Dylan，1941—　）的歌词不就说：

> 再一杯咖啡要上路，
>
> 再一杯咖啡我就走……

大伙儿车子再开，一样的开阔风景，行行复行行，大约是下午接近三点的时光，我们终于来到丹纳利国家公园的入口。

投宿到国家公园入口几公里外一家有点简陋的木屋旅馆之后，我们立即前往国家公园的游客中心去确定第二天的入园巴士。

“你们没有预订入园巴士，我的名单上没有你们的名字。”

游客中心一位面容严肃的中年女子告诉我一个晴天霹雳的消息。

“但是为什么？我明明在网络上预订了呀。”我一面气急败坏地说，一面从书包里掏出我印下来的网页确认函。

“那只是确认我们收到你的预约申请，但我们是以电邮再确认你的巴士座位，我们在第二天就发出电邮，告诉你我们已经没有任何巴士座位。”女子面无表情地说。

“你的意思是我根本没有订成我们的入园巴士？”我简直不敢相信我的耳朵。

“是的。”

由公园管理处经营的入园巴士是仅有的入园旅游方式，公园里根本不容许任何私人交通工具进去。虽然公园也有容许徒步游览的方式，但那只限极小的面积范围，也必须事先预订，由专业导游带你入内，现在也不可能预订了。

同行的Vicky在美国居住多年，是捍卫权利最积极的人，她看我一副不知所措的模样，忍不住在一旁开口了：“嘿，你听着，你们网页上设计一个让人误以为完成预订的程序，而你们发出电邮通知时我们已经离开家门，我们当中大多数飞行了几千公里来阿拉斯加，再开了几百公里路来到这里，然后你就告诉我们没有巴士位子，这样就了了吗？”

Vicky的声音逐渐提高起来：“你来看看这张单子，如果是你，你不会觉得已经订好位子了吗？如果是你从太平洋那一端飞来，最后有人说：‘对不起，我们没有位子。’你可以接受吗？”

中年女子脸色开始有点不安："是的，这的确是不好，但我真的没有办法，我明天的巴士已经全满了，每一班都是。事实上，即使是后天，我也是全满了，没办法，这个季节就是如此。"

"你难道一点办法都没有？你要让我们回去，对阿拉斯加感到大失所望？" Vicky 显然是嗅到一点变化的余地。

中年女子双手相绞，眼神漂浮，好像在想些什么，她嗫嚅地说："我来看看我有些什么办法……" 一面说着，她伸手去拿电话……

几个电话和各种低声细语之后，本来面容严肃的中年女子抬起头来，脸上终于现出一点笑容："嘿，大伙儿，我告诉你们我将怎么做，" 她像是松了一口大气："我没办法为你们挤出任何巴士位子，但我明天有一位自然学者（naturalist）要进入园区，我刚才拜托她开一辆小巴士，一路载你们到惊奇湖（Wonder Lake）；然而她不能带你们回来，她必须留在园里工作；我会找另一位专业向导带你们回来。" 她停了一停，又说："我很抱歉不能让你们有一位完整负责介绍的向导。但我想，小巴士应该比大巴士舒服，时间也比较自由，车上只有你们一群人，路上你们想停，想拍照，想休息，想多看看风景，要快要慢，只要跟向导讲一声，她随时可以配合……"

她耸耸肩，把双手一摊："这是我唯一能做的了，我不能再变出什么了。”

本来已经感到绝望的我，突然听到天籁一般的佳音，我冲动地跨前一步，握住她的手：“这个安排太好了，这简直比原来的巴士旅程还要好，我们很感谢你的帮忙，真是太谢谢了……”

放下心中一块大石，我们心情轻松地离开丹纳利国家公园口的游客中心，看看手表也已经是晚餐时间了。这时候我看见印有“荷美游轮公司”（Holland American Cruises）的巴士一辆接一辆开进公园口的停车场，心中觉得不祥，却说不出是什么原因。等我们再从旅馆出来前往餐厅时，我就发现是为什么。因为我从书中看上的餐厅，门口已经排起人龙。事实上此刻正值阿拉斯加旅游旺季，公园口的餐厅每一家都大排长龙，我们似乎是没什么选择。

我们排在长得有点离谱的队伍中，这时候，天色虽然还是十分明亮，却露出一种诡谲的阴沉暗霾颜色。过了一会儿，下起了淅淅沥沥的小雨，我们不得不狼狈地拿起报纸和书本遮挡。就在等待餐厅位子的行列中，我们抬头看见小雨的形状与颜色仿佛逐渐起了变化，凝神定睛一望，雨滴开始转白，下降速度变慢，落地前迎风飘扬，好像跳舞一样，真的，这是下雪了，阿拉斯加的天气说变就变，但这是仲夏的七月二十八日呀。

排队排了两个钟头，食物却出奇的原始与简单，价格也属于观光地区特有的“绑架赎金”式的等级，但我们知道自己是为了阿拉斯加的“原始”自然而来，对于这些没什么好计较。吃完晚饭，我们还是冒着小雪，散步去找一条冰河才甘心入睡。

丹纳利国家公园入园甚早，说好带我们入园的“自然学者”约我们六点在门口见，我们五点就都起床漱洗了。六点准时到了门口的停车场，发现满地都是残雪堆积，可见昨晚的雪下了一整夜。盛夏时分，看到路边小草沾着雪花，远山也白了头，心里还觉得有点难以置信。不一会儿，在公园任职的“自然学者”依约前来，这是一位约莫三十余岁的棕发女子，带着一种明显的学者气质，但身形健瘦，皮肤晒成红棕色，知道是经常曝晒在户外的工作者。

棕发棕肤的女子咧嘴一笑，露出满口洁白的牙齿：“叫我苏珊。我是你们的向导员。”

我们坐上她开来的十二人座小巴士，就正式进入丹纳利国家公园了。刚进公园时，还有一点人工的建筑，大概是公园管理处的办公室。但再转几个弯，视线突然开阔起来，眼前是一个宽广的河谷，河床上长满长草和一些矮小灌木，远方是高耸的群山，沿着河床旁边一条蜿蜒的无铺装黄泥道路迤逦向前。这时候，阳光还不是太刺眼，沾上什么都带来一抹金黄色；草地上还都是昨夜留下来的雪花，在阳光照射下将融未融，发出晶莹的水光。

苏珊一面握住方向盘，一面指着前方：“从这里开始，就是公园了。我们要一路开到惊奇湖，距离入口将近九十英里，估计我们慢慢开，不特别赶路，大概要走五个小时。”

我们小巴士的前方和后方，都有园方的巴士，那些巴士体型不小，应该是用学童上学的校车巴士改装而来，全部漆成了绿色。巴士较高，也许眺望更远，但看它们在黄土路上摇摆颠簸的样子，想来没有我们的小巴士舒服。

接下来的五个钟头，却是充满惊奇的旅程。我们陆陆续续在公园里看见各种动物的踪迹，极地松鼠（Polar Squirrel，或称 Arctic Ground Squirrel）就在我们车旁的草地上蹿上蹿下，我们也撞见穿着夏天棕色服装的极地狐狸（Arctic Fox）大摇大摆走在我们的车轮之旁；在向导的指示下，我们也看见在山坡高处徜徉的白大角羊（Dall Sheep），以及在远方横越渡河的驼鹿（Alaskan Moose）。

最震撼的经验来自于棕熊，我们运气不错，不止一次看到棕熊。前两次都是苏珊提醒我们，山坡上有棕熊，我们抬头看，果然都看到棕熊庞大的身躯敏捷地在坡地上行动，其中一次看到的还是带着小熊的母熊。但没有过多久，冷静的苏珊又提醒我们：“左边前方地上，有极地松鼠。”

我们透过窗户往下看，果然看见树林里的草地上有松鼠蹦蹦跳跳的踪迹，这时候苏珊又开口了：“右前方两米，有棕熊向前走。”我们抬头看，几乎紧贴着车子，有一只巨大的棕熊屁股正对着我们，但棕熊冷不防回过头，振臂往地上一抄，立刻抓住松鼠送入嘴巴，同伴桑妮捂住张开的口，显然是没有心理准备目击这场丛林法则的真实杀戮，她瞪大眼睛惊呼："它真的把它吃掉了，你们看到了吗？它一口就把它吃掉了。"

我们其实都看到了，我们其实也都感受到心理上的冲击，刚才还在地上蹦跳的活泼可爱松鼠，下一刻就成了棕熊嘴角未曾拭去的一抹血迹，这的确是吓人的。这也提醒我们，丹纳利国家公园可不是什么人工的动物园，这可是货真价实的野蛮大地，棕熊也是货真价实的"野兽"，棕熊可不是领薪水装可爱的临时演员，园中上演的可是真实而血淋淋的"生存游戏"。在这里，我们才是不相干的闯入者，我们才是偷窥动物真实生活的窥探者……

为了掩饰刚才被血腥杀戮吓了一跳的我，故作镇定地问："棕熊平日都吃些什么呢？"

"熊都是杂食性动物（omnivore），它们掠食大型动物，像驯鹿或山羊，也捕鲑鱼或猎取其他小动物，像松鼠、老鼠之类的，但当它们饥饿的时候，它们也采食根茎类、莓类等植物性食物。它们食量很大，因为要储备脂肪冬眠，所以松鼠对它来说，只是一颗爆米花而已……"

意思是说，如果它吃"一包"爆米花，那刚才目睹的那场可爱小动物的杀戮游戏，一天就要上演好几百回了……

再走了一个多钟头，薄雾渐渐散了，阳光渐渐变强，草地上的残雪发出晶莹反射的光，有点要不支融化的模样。远方乌云也散开了，巨大连绵的山脉露出脸，金色阳光洒在山头上，使最高峰的白头处抹上了一层橘黄，并在其他山峰的白面投下立体的影子。

向导员苏珊蓦地把车停下来，伸手指着远方白头的巍巍高峰："你们都看见那边的山头了吗？那就是北美洲的最高峰：麦金利峰（Mount McKinley）。"

她带着一种兴奋的声调说："这里是看麦金利峰的最好角度，你们一定要下来拍一张照片。刚才一路上它都被云遮住了，现在看得很清楚。昨天我开巴士进公园时，云层太厚，麦金利峰完全看不见……"

"这里不会有熊吗？"我还挂念着那只嘴角血迹没有拭净的棕熊。

"喔，不会的，这里是空旷的地方，棕熊看到我们是不会过来的。我把车子停在旁边，你们拍好照就告诉我。"

我们走下车来伸懒腰，活动一下局促在车厢内的筋骨。这个路口是一个视野开阔的高地，在我们眼前是一整片宽敞的河谷，中央有河水流过，两边则是树草茂盛的湿地，湿地上还可以看见好几只踽踽而行的驼鹿。河谷的另一边，先是升起一片长满树林的坡地，坡地之后就是连绵不断的山脉，山麓上则有冰河的一条条刻痕，山脉背后是更大更雄伟的山脉，表面上则积雪处处，一条条的白色冰河垂挂在其上。再往后看，一座巨大的山峰耸起，最高处是一个有着锐角的白色三角峰，一面的白雪被阳光映照成鲜艳的橘色，另一面则躲在阴影之中，那就是海拔六千一百九十四米、大名鼎鼎的麦金利峰了。

登山者常爱说，麦金利峰比喜马拉雅山的埃佛列斯峰（Mount Everest，或称珠穆朗玛峰或圣母峰）看起来更加崇高壮丽，因为珠穆朗玛峰的基座是将近六千米的喜马拉雅高原，而麦金利峰则从七百米左右的基座丹纳利山脉直拔云霄，看起来（或攀登起来）都要高远得多。

我们由向导员苏珊开车带领着，一路往公园的深处进入，山径因着地势沿着河谷东弯西拐，忽高忽低，当视野开阔时，麦金利峰总是在我们左边，但也有若干时候，我们的视线受到山壁或树林的阻挡，远方山脉不复可见。路上我们继续看见更多的动物，体型巨大的驼鹿和驯鹿似乎最容易看见，棕熊也起码看到五次以上，苏珊也很尽职地解释各种动植物的习性与生态，给我们足足上了一堂极地的动植物课。

五个多钟头后，时间已是正午，我们终于抵达公园内的管理园区惊奇湖营地。这里除了供国家公园管理员驻扎研究之外，也提供游客住宿和餐饮。但我们并没有预定任何服务，只在营区内买杯咖啡，就决定回头上路。

我们向向导员苏珊表明不停留的意思之后，苏珊立刻进入办公室联络，不一会儿，从营区里走出一位长发绑辫子、蓄着大胡子、穿着法兰绒衬衫和皮背心、戴着一顶大草帽的中年男子，他向我们脱帽致意：“日安，各位。”

我们也向他致意，他点点头：“你们的回程将由我来担任你们的向导兼司机，你们都准备好要出发了吗？”

虽然长程的山路已经让我们的屁股有些疼痛，但我们也看不出在这荒郊野外有什么停留的理由，我代表大家点头：“是的，你们已经都准备好要回去了。”

“非常好。”猎人模样的他也不多话：“大家请上车吧。”

回程的路上景色相同，感受却不同。一方面太阳变得炙热，景色看起来有点焦黄干枯，早上处处可见的地上积雪现在已都不见了；另一方面大概是我们都有点累了，当向导员指着山坡地说：“看，那边有一只棕熊带着小熊。”我们只是“喔”了一声，并没有很热衷的样子。

但当大胡子向导指着河谷说：“那边有一只驼鹿向我们走来。”我们定睛向他指的地方看去，只看到空旷的沼泽和矮小的树林，其他什么也看不见。

“驼鹿在哪里？”

大胡子向导一面掌着方向盘，一面不很热切地指向右方的河谷湿地：“在两点钟方向的河谷里，有一只驼鹿刚刚走出树林，它正往陆上走去，我们等一下会在路边遇见它。”

我们再度努力向他指示的方向看去，约莫看了几十秒钟，终于看到河边一棵树下，有一个小小的身影正在缓缓移动；又盯着它看了十几秒，那影子愈来愈近，终于看出那的确是一只长着一双大角的驼鹿。车子又转了几个弯，大概已经是几分钟后，我们看见一只驼鹿走出河床，沿着车子走的道路慢慢行走。我们很惊讶向导的准确预言，但觉得还是应该确定一下："这真的是刚才在河谷里看到的那只驼鹿吗？"

大胡子向导点点头："Yap，就是它。"

"你怎么做到的？"我忍不住要问："我们看半天才看到你看到的驼鹿，你的秘诀是什么？"

"啊，年轻人，"大胡子向导叹了一口气，"我是个猎人，我的祖先也是这块土地上的猎人。你们看到的是一只驼鹿，看到没看到没什么关系，但我看见的是我的午餐。"说完才得意地笑了起来。

我们这才注意到他的面貌不是白人，他实际上是个阿拉斯加的原住民（虽然从外貌看他极可能也混了一点白人的血统）；他说他是个"猎人"，我们也才注意到他的装扮的确有"山民"的风格。这下子我们的兴趣来了，七嘴八舌问起阿拉斯加印第安人的食物与生活，我们问："驼鹿好吃吗？"

"好吃。烤来吃很好，用盐腌起来的干肉也好吃。"

奥斯汀身上带了一大堆零食，现在更开心了："那你要试试我们台湾的牛肉干吗？也是我们打猎来的。"

猎人眼睛亮起来，用手指捏了一块牛肉干放进嘴里嚼了一嚼："嗯，这个干肉真好吃。"

“你们吃白大角羊吗？”

“当然吃，很好吃的。”

“海豹吃吗？”

“我们这里没有海豹，但冬天食物缺乏的时候，我们会往海边走，海豹也是重要的食物，生吃最好吃……”

* * *

丹纳利国家公园的入园之旅，去程与回程心情是大不相同的。

出发入园时，你对国家公园一无所知，路上每一个转弯，前方每一个画面，地面上的一草一木，乃至于蓦然现身、高插天际的麦金利峰，加上不时出现活力充沛的野生动物，样样充满惊喜。

但回程时，路上的景致似曾相识（因为与来程是同一条路，也是仅有的一条路），缺少惊奇；野生动物的突然冒出也好像只是精彩镜头回放，不若初次见面新鲜；加上时间过午，阳光直射，地面干焦，不像早晨那么滋润清新；更重要的是，我们已经在车上颠簸超过六七小时，腰酸背痛，骸骨散裂，再好的景致也难再感到有趣。

反倒是这位猎人向导让我们维持了回程的兴趣，我们问起极北地区生活的种种习俗和趣闻，也问及各种关于打猎的技艺与心态，猎人向导事实上是一位“冷面笑匠”，他把原住民的生活和哲学，都用夸大和自我解嘲的方式来叙述，让我们一路上听得开口大笑，完全忘记了山路崎岖和舟车颠沛的辛苦。

几天之后，等我们再回安克拉治，来到一个以保存阿拉斯加原住民文化为使命的“原住民文化村”，虽然展示的文物丰富，各种生活化的表演也很多彩多姿，但还是有着一种悲情基调。比较起来，这位原住民猎人不卑不亢、开玩笑式的描述，反而更让我对北方原住民的生活智慧感到敬佩，也印象深刻。

离开了国家公园，我们都累了，这一趟来往旅程足足走了将近十二个钟头，幸亏我们换了一位向导员，反而行程解说毫无重复之处，一路绝不无聊。虽然人都累了，可是天色还亮得像白昼，好像也不到该休息的样子。我本来想带伙伴们去一家最高级旅馆里的餐厅用餐，到了餐厅才发现它已经被“荷美游轮”的旅行团给全包了，一个位子也不可得。没办法，我只好跑去问柜台的服务生，一位年轻的金发帅哥听完我的问题，面露犹豫神色：“您想要找的是高级料理（fine dining）吗？”

“是的。”我的口气坚定。因为几天来我们已经知道阿拉斯加餐饮水平不高，我的想法是直接诉诸最高级，看看能不能得到稍微像样的东西。

金发帅哥沉吟半晌，最后拿定主意说：“如果是 fine dining，我告诉您，您要往高速公路回走大约十几英里，那里有一家餐厅叫‘河鲈’（The Perch），我相信是这一带最好的高级餐厅……”

我们依言寻到了那家温馨洁净的餐厅，也幸好稍等半小时就有位子，“高级料理”当然只是马马虎虎，但吃了几天公路食物之后，看到长得不像芝士汉堡的食物，加上有杯有盘，都算得上是精致美食了。

第二天离开丹纳利国家公园之前，我们先转去乘坐橡皮艇急流泛舟，也许因为刚下过一场雪，水量太丰沛，急流变成“缓流”，显得没有那么惊险。然后我们又驱车前往以“冰河降落”闻名的小镇塔基纳，赶上在傍晚时分，搭乘两架小飞机，飞上山巅的冰河。

当晚我们夜宿寂寞小城塔基纳，无事可做，只好拿出路上买来的廉价波本威士忌自己开派对。阿拉斯加是美国烈酒销售最好的地区，在人口七百人的小城里，我们充分体会它的原因。

再隔天，我们继续赶路往南，我们再度驰骋在蓝天高挂、万里无云、鲜少车辆的高速公路上。高速公路有时候让我觉得比国家公园更能代表阿拉斯加的风情，它的宽广开敞最能让人体会自然界的巨大尺幅，并且对照我们的渺小。这一天，路途平和顺利，气候凉爽宜人，我们几乎是不休息直奔南方，穿过安克拉治也不入城，因为我们的目标是西沃德附近不远处的“复活湾”。

“复活湾”是邻近西沃德的一处僻静海滩，是学习操作爱斯基摩人卡耶克（Kajak）独木舟的下水处。车子开到地图位置的时候，看起来还是一片荒凉，不像是有人营业的地方，但再开一段空无一人的沿海小路，终于看见一间仓库一样的铁皮屋，地上放置一个木头手绘招牌，看来我们所要寻找的地方就是这里了。

我敲门进入仓库，里面堆满了独木舟及各色水上运动用品，有两位身穿潜水衣的年轻人正在椅子上打盹。我再度轻敲玻璃，吵醒了他们："请问这是独木舟的服务中心吗？我相信我有一个十人的一日游预约，我在网络上预约的……"

为首一位蓄着鬓胡的年轻人揉揉眼睛，打了一个大哈欠："哦，我们正在等候你们。"

两个人从椅子上挣扎爬起来，走出仓库，一面打起精神："你们人在哪里？"

我指着后方："全在这儿。"

"但我们通通没划过卡耶克独木舟……"我有点不太放心。

"没关系，这就是你需要我们的缘故。"胡须男一派轻松。

两位年轻人带领我们走到海滩边，岸边零零落落摆了十几艘独木舟，舟上则各放了两支桨。胡须男提高声音宣布："我们要在岸边先练习，然后再下海。现在，你们先挑独木舟，看你们自己的喜好，两个人一艘。"

我们注意看，沙滩上散落摆着的独木舟有双座和单座两种，两人一艘意味着我们要用双座的卡耶克。

胡须男又说话了："挑好之后，两个人一组把独木舟抬到前方，在我面前排成一列，我们要开始练习了。”

“我们要先从划桨练起，请你们各自挑选一支桨，双手握住中央，右手掌心向上，左手手心向下，像我示范的这样……”

我们就站在太阳底下，旱地之上，手上握着双头桨，一左一右地划起来，胡须男教练的声音持续着：“左、右、左、右，要平稳，慢慢来……”

接着胡须男教练示范如何把小舟“穿”在身上，卡耶克独木舟强调“人舟一体”，舟上座位其实是个“舱洞”，人必须坐进洞中，洞上有裙边似的防水胶布（爱斯基摩人本来是用海豹皮来做，但那可能太贵了），你必须把它系在身上。坐好在舱洞之后，我们两人一前一后、左右持桨以平均速度同时划动，小舟“理论上”就会平稳地向前行进。

胡须男教练又谆谆提醒：“任何时候你停下来，要记得先把桨横放在舟上，不要把桨掉了……”

教练面貌严肃地继续讲到生死攸关的部分：“如果你不小心落水了……”

“如果不小心落水了，请你立刻从小舟中挣脱；”胡须男教练加重口气强调似的解释翻船急救的标准动作：“要记得，海水的温度低于零度，我不能下水救你，我只能从旁边协助你回到舟上……”

“常有人落水吗？”我心中充满疑虑。

“我在这里十年了，十年里落水事件一共发生过两次。”

十年两次？我们大家都松了一口气，放心地下水出发了。

五颜六色的玻璃纤维独木舟航行在海湾中，此刻风景如画，空气清新凉爽，海水则干净冰冽，我们也已经慢慢适应了划船的节奏。蔚蓝的晴空中有老鹰展翅盘旋，海湾对面则有巨大的游轮航行经过，甲板上的游客兴奋地向我们挥手欢呼，我们也举桨回礼。我们的阿拉斯加旅行这一刻似乎是来到高潮，这般犹如风景明信片的景致，这般贴近大自然身心皆醉的经验，我觉得自己好像来到将信将疑的美梦之中，忍不住要伸手摸一摸冰冷的海水确定这一切确属真实。

慢慢地划船的动作已经变得自然而轻松，一点也不费力，沿着海岸我们不知道划了多久，景观有过多种变化，岸边不知何时已经换了布景，陡峭的大块岩石和高耸的杉木林代替原来低缓的鹅卵石沙滩，树荫更密了，野生动物也变多了，各种鸟类更是一抬头就可看见。

两位独木舟的年轻教练各驾一艘单座的独木舟，细长流线型的船身，看起来极为优美动人，他们的划桨动作也轻柔不费力，轻轻在水面上一划，那独木舟就直溜溜滑得老远，看他们划船的模样，我才相信这种爱斯基摩人卡耶克独木舟真的是可以航行千里，从眼前的复活湾一路向西航向白令海峡，或者向东航向首府朱诺（Juneau），小舟过了白令海还可以北上赴俄国或北极，或者向东至朱诺后你可再一路向南划到西雅图，极地原住民不就是以这一叶扁舟，航遍极北冰海，在北极圈内自在生活？

两位教练一在前一在后，把我们这些菜鸟舟手护卫着，一开始教练还指着天空说："秃鹰（Bald Eagle，正确的译法应该是白头海雕）！"或指着岸上说："驼鹿（Moose）！"或者指着水上的冰块说："海獭（Sea Otter）！"我们也跟着抬头、转头，果然空中或树梢是一只白头巨鸟，岸上是长着一对大角的庞然大物在树荫中探头探脑，或者躺在冰块上晒太阳的，就是一只或好几只触手可及的海獭。但过了一段时间之后，教练也不出声导览了，我们也不转头了，因为太多了，一而再再而三，这些野生动物不断出现，你也了然于胸，再无需别人解释或指点了。

好像是过了很短的时间，也好像是过了很长的时间，太阳的威力减弱，我们知道时间应该是傍晚了。划船走在前方的胡须男教练若有所思缓缓把独木舟停下来，转身面向我们，他把桨横在舟前，他说："我知道你们还想走，我也很不愿意打断你们的兴致；但我们的时间真的已经到了，我们回头吧，回头还有一两个钟头呢。"

我们当然也知道黄金事物难久留，这种身在美丽图画的美好经验终究还是要散去，成为不可捉摸的记忆的一部分，这已经是我们学到的人生真相。但另一个让我们没有抗拒这个提示的理由是，我们的臂膀已经隐隐酸痛，美丽景致快要不能抵挡衰老肉体的提醒，这也是我们已经学到的人生真相。

随着教练一前一后的护驾，我们全员转头回程，仍然走在海湾的阴凉面，太阳更斜了，树影面积更大，微微有风，回程比来路加倍舒适。我们开始有说有笑，数舟并行，隔水可以聊天，每隔一会儿，总有某个人讲了笑话，大伙儿都放声大笑，声音就在海湾岸上诸多岸洞中发出很大的回响。

我们依稀能识得来时的水路，看来离下水处不会太远了。顽皮好动的桑妮突然说：“回去之前，我们来赛个舟如何，看看谁先划到我们下水的地方？”

此议一出，大伙儿同声赞成，也许大家划船已经上手，都想试试自己的技艺如何吧？我们把提议告诉胡须男教练，教练咧嘴而笑：“好哇，为什么不？你们试一试，说不定会给你们留下美好的回忆。”

教练还挺身而出，自告奋勇指着水面说：“你们全都在这里一列排好，我在前面给你们出发的手势。”

我们对照岸上的树木，五艘小舟整齐地并排成列，舟头认真对成一直线，大家手持着桨呈冻结的姿势，像是即将拔枪对决的枪手。教练来来去去巡视独木舟是否对齐，然后划到前方远处，倒转头来说：“大家听我的指挥，当我说走的时候，你们就用力划。”

教练左手横桨，右手高举，猛然划下，大声叫道：“走！Go！”

我将已经僵直多时的双头桨向左下用力拨水，小舟像箭矢一样向前直冲，但我先听到泼剌一巨响，又听见旁边有人惊呼，向左急看，我看见一团混乱场面，左边另两艘独木舟已经打横；这时候教练黄色流线型的细独木舟飞快前冲，瞬间已经来到打横的船边，我才又看清楚其中一艘小舟是翻转过来的，这意味着有人落水了。

要等到好几分钟后，我们才有机会弄清楚，因为赛舟的缘故，我们全部同时用力划水，水波震荡，最外圈的小舟受到最强的波浪激荡，当场就翻覆了。最外圈的船上坐的是游教授和他的太太 Vicky，两人显然是落水了。这时候，两位教练都已经赶到，游教授和 Vicky 也浮出水面，正扶着船身喘。紧接着，我们好像在复习"翻船急救标准流程"的课程，我看见教练协助落水者把小舟翻正，两位教练再稳住船只，要落水者爬回舟中，游教授和 Vicky 顾不得动作优美，落水狗似的爬上船，教练从袋中掏出两只勺子，两人拼命将舟上的海水舀出；教练又拿出黑色套头衣服将他们套上，也递给他们补充热量的巧克力棒……

教练回头看着我们，面貌严肃："现在我们要尽快回到岸上，一秒都别耽搁，但不要太用力划。"大家闻言有点惭愧，觉得自己顽皮过头了，弄得生命危险的情况都发生了。

我们低着头默默地划着小舟，回头看到游教授和 Vicky 没事人一样有点发窘地笑着。慢慢我们知道没事了，而且下舟处已经近在眼前，我们又忍不住想开起玩笑，不知谁先开口：“嘿，游教授，巧克力棒好吃吗？”

另一个人也开口了：“嘿，我们付了一样的钱，为什么你们两个人又有巧克力棒，又有保暖的衣服？”

“对呀，我也想跳下水看看……”

嬉笑声中，下舟处已经到了，我们的独木舟之旅是要结束了，可是我们还真不想结束呢。

京都觅食记

身穿和服的女将[1]跪在榻榻米上，一面优雅地递上冰凉的毛巾，一面在桌上布置折敷、箸置与筷子，一面还和颜悦色地问道："詹様[2]是第一次来京都吗？"

"喔，不，来过很多次。"但我很快感觉答得不太准确，忍不住又加上一句，"但是，距上次来已经超过十年了……"

"已经十年了啊……"和服女将蹙眉浅笑着，跟着我的回答轻喟了一声，也不知道是什么意思。

她的喟叹是在委婉轻责为什么我如此怠慢京都吗？连我想到自己已经这么长时间没有拜访京都，都会暗自吃惊。像我这样的日本旅行常客，十年来进进出出日本已经不知道多少回，什么乡下地方也都摸索去了，就是没有来到京都，好像刻意回

[1] 女将，日语词，老板娘。

[2] 詹様，日语词，放在人名后表示敬意。

避一样，这究竟是怎么回事？

也许较年轻时期的我，急急忙忙想知道世界变化前进的温度与方向，优雅沉静的京都并不特别吸引我，时刻翻新的东京可能更合我的胃口。而当我想寻找一个休息逃避地方之际，山上无人的乡间或海边荒凉的渔村可能更符合我的心境，京都对我来说，又太繁华也太巨大了；京都太稳定太持久了，有时候反而让我不着急，总觉得别急，晚点儿再去，老一点再去，京都总会在那里的……

但就在前一次去东京出差时，我抽空来到书店，照例我会买几本短期内有可能会造访之地的旅行书，连我自己都感到惊讶的是，我竟然挑了两本与京都相关的旅行书；显然某种“京都虫”已经再度蠢蠢欲动，“老一点再去”的承诺已经追讨上我，我开始想念起京都来了。回程的飞机上我翻阅着买回来的其中一本书，名字叫作《京都美食：目前受欢迎的好吃店》（昭文社，2011），看着一家一家京料理[1]餐厅，看着那些摆设犹如艺术精品一般的菜肴图片，读着每一家餐厅与厨师的来历与历史传承，内心悄悄有了决定，如果短期未来有机会再访日本，京都将会是我的选择……

时间没有太久，我又有了出差的理由和假期的机会，这一次就选在关西机场入境，然后乘坐火车直奔京都。在京都车站

---

[1] 京料理，日本关西地区京都口味的烹调方式，在日本人心目中是正统崇高、历史久远的地方料理。

我搭乘一辆出租车前往旅馆，出租车司机见我讲日文，很开心地跟我聊起天来，我却发现这些年在东京路上学来的日文完全变了样，司机的京腔日文我简直难以辨认，常常慢了一拍我才想起这是什么句子，有的句子就干脆完全听不懂。下了京都的第一回合交手，我就经历了一个挫折。

住进旅馆之后，我不敢再冒险，抄好餐厅的名字请柜台经理帮忙订餐厅。第一个想订的餐厅是祇园的“琢磨”，只见经理小姐对着电话频频点头说：“这样子吗？这样子吗？明白了，但还是很感激。”才抬起头充满歉意说：“他们今天已经都满席了……”

这正是我担心的事。我在书中看见有意思的京料理餐厅，很多都是一个吧台，十来个位子，城中稍有客人动念就订满了，何况这是一个周六夜晚呢。我拿出另一张纸条，说：“请帮我再试试这一家好吗？”

经理小姐很惊讶于我的“准备充分”，她看着纸条带着一点犹豫神色，立刻打开计算机查询，我在一旁解释：“是一家新餐厅，去年才开的。”

这家餐厅名叫“京和食かもめ”（Kamome，也就是鸥），引起我兴趣是登在书上的一张美不胜收的料理图片，图片的说明说那是套餐料理中的“前菜之一例”，一片木板当作盛皿，板上铺着竹叶和枫叶，明显处摆着一个烧得焦红的鱼头，环绕着鱼头摆了多款精致小菜，说明表列说这道菜里有：“西京味噌的抹茶田乐、京水菜的おひたし、红叶鲷的盐烧、石川小芋的きぬかつぎ、秋鸭胸肉、鲇的甘露煮等等……”抹茶田乐是绿色的，上面涂的味噌是黄色，秋鸭切开还带着粉红血色，小芋头带着紫色，京水菜是翠绿色，组合起来简直是一幅画。

内文讲到这家餐厅与厨师的来历，主人大厨寺原未央，先是在京都名料理店修业多年，现在与太太两人出来开这家小店，每天晚上只有“主厨套餐”（おまかせコース）一种，集结当日新鲜食材由老板主厨施展，从先付、椀物、生鱼片到烤物、炸物和炊饭一共十道菜，价钱才四千日元。比起其他有名没名的怀石料理动辄一万五、两万，这个低价令人不敢置信，也是让我心生犹豫、没把它摆在首选的原因，但比较贵的餐厅没订到，这家座位更少的小餐厅能不能订到呢？

经理小姐查过计算机，说：“的确有这家餐厅。”随即拨了电话，接通后很客气说了一大串话，又点头说：“这样子吗？明白了……”听起来凶多吉少，恐怕也是没有位子了，我暗自叹了口气，准备从口袋拿出第三张纸条。只见经理小姐此刻捂住话筒：“他们今天没有位子了，但明天还有两个位子，您要考虑吗？”

我喜出望外，说：“当然好，当然好，请帮我订下这两个位子。”

只见经理小姐又蹙眉点头：“这样子吗？没有人能用英文解说吗？”

我一旁听着急了起来，赶紧用日文插嘴说："大丈夫，日文是可以的。"深怕小餐厅不肯接待不讲日文的客人。

旅馆经理吓了一跳，瞪大眼睛，对着电话说："びっくりしました（吓了一大跳），这位客人突然讲起日文……"

我只好解释说："我可以听，可以读，讲就比较下手[1]。"

经理小姐又捂住话筒说："他们说没有菜单，只有两套套餐，四千元和六千元，您要哪一种？"显然我读的书已经又有一些变化，套餐已经发展为两套了。但既然有心试试大厨的手艺，何不慷慨就义呢？我痛快地说："就来六千元的套餐吧。"

有没有不吃的东西？他们可以特别安排。"我们什么都吃，日本料理也是很喜欢的，没有问题，都照 Chef 的意思。"

需不需要安排交通？或者提供地图？京都人真是太周到了，但我什么都不需要，只要给我订好了座位，我就会准时出现啦。

第二天的晚餐已经有了着落，但第一天还没有。我已经急着外出，看看暌违多年的京都景致，特别是想往寺町一带走走，看看那些老店还在吗？至于晚餐，那就看逛街逛到何处，时间到了再来想办法吧。我把书本带在身上，准备停当就离开旅馆了。

这是秋日期间一个周末下午，京都城里热闹非凡，说是有"文化祭"，到处有穿着短裙制服的年轻女生唱唱跳跳，像 AKB48 团体一样，音乐放得震天价响，完全没有沉静古都的气

[1] 下手，日语词，表示不擅长。

氛。好像全世界的文化活动都走到这条路上去了，文化祭放弃古都文化，“梦想家”也破坏了梦想……

* * *

我们从“京都御苑”附近由北往南走，才过了“乌丸御池”就觉得游人增多，大概是传统上游行旺季的秋天，电车和店门口已经贴满红叶美景的广告海报，虽然我们一片红叶也没见到。走到麸屋町通，看见“柊家旅馆”和“俵屋旅馆”的招牌，也看见许多餐厅的招牌。附近一带已经变得观光化，各种小店修饰得精巧可爱，卖些高级精品；令人意外的是，巷弄里多出了许多意大利菜和法国菜的西式餐厅，门口有菜单，也强调喝红白酒的选择，果然古都里的新流行事物是有些不同了。

信步走到三条通和河原町通交界处，也就是牛肉老铺“三岛亭”的所在，却被附近商店的喧嚣和汹涌的人潮吓了一跳。比起从前对京都沉静优雅的印象，眼前这一切有点让人怀疑自己来错了城市。在“三岛亭”门口，看见穿着白色制服的工作人员，好像在招徕客人，我突然想起一本书，京都女插画家中村由纪在她书《京都三六五日，生活杂货历》中写了一段描述：“（一月三日）在一年的开始，造访从明治六年就伫立在寺町三条的寿喜烧老店三岛亭。穿过焦糖色的走廊，走下扇形梯，进入看得见中庭的包厢。栏间上红叶繁丽，梅花鹿翩翩起舞。

在朱红色的六角形桌就座，店里招牌的纸灯笼造型筷架立刻被搁在眼前。以筷子便能轻易划开的甜辣肉片在口中融化，眼角也跟着垂下，我细细咀嚼这无上幸福的一刻……”

中村由纪说她每年初始，一定到“下鸭神社”祭拜许愿，然后到“三岛亭”吃寿喜烧，仿佛可以因此有了心想事成美好的一年。但这段关于“三岛亭”的描绘实在太可视化了，焦糖色的走廊、扇形梯、朱红色六角形桌、纸灯笼造型箸置、筷子划开牛肉、因为美味而眼角垂下的女子……令人仿佛身历其境。但此刻我就站在“三岛亭”门口，我的美食导游书又说它有两百个座位，我何不去试试我的运气呢。

我走到白衣白帽的服务人员面前，问他现在已经开始营业了吗？他慌不迭地鞠躬说嗨：“客様的名前[1]？”我说：“并没有预约。”白衣人面露难色，再度鞠躬：“但是啊今晚，全部满载了。非常抱歉。”

时间才傍晚五点半，但两百个座位已经一无所剩，可见它的热门程度。虽然位于逛街人川流的街市，老店仍然保持它的气质，餐厅楼下一角设有肉铺，陈列着大块粉红色的高级牛肉，我看见好几位客人指着牛肉和切肉师傅商量，显然是要买菜回家，过度观光的环境里仍旧还有一点家常的气息。

随着人流再往下走，来到四条附近，天色已暗，但人更多

[1] 客様的名前，指客人的名字。

上的短毛似乎微微动了一下。但它们直挺挺地站在高处，一动也不动眺望着远方草原里成群的驴羚，即使它们眼角的余光已经瞥了我们一眼，仍然像石像一样面无表情，完全的无动于衷。车上的少年塞巴斯丁忍不住开口了："它们在干吗？"

"它们在打猎。"马克斯用手捂着嘴低声说。

远方的驴羚几十只成群低头吃草，一派宁静安详的画面。不只是狮子凝视的正前方有一群驴羚在草地上徜徉，两只狮子的后方也有另一群更靠近的驴羚在安静地吃草，看着食物目不转睛的两只狮子对身后这一群猎物却丝毫不感兴趣。我们看着追踪者马克斯，这位聪明的博茨瓦纳大学毕业生立即意会我们的疑问，他指着上方的驴羚群，轻声说："瞧，现在风往那里吹，狮子一行动，它们就知道；所以狮子只会站在下风处，正面前方那一群驴羚才是真正的猎物。"

两只狮子好像听到了我们的谈话窸窣声，身子动了动，开始缓缓地、无声无息地朝低处的草丛走去。两只狮子一前一后行动，这时我才看清楚后面那一只母狮腹部低垂，的确是怀了身孕。追踪者马克斯发动吉普车，慢慢跟在狮子不远的后方，要让我们看清狮子的打猎行动。但狮子开始分道，一只往右，一只往左，远远地走入草丛，我们看见长草摇曳，偶尔还瞥见其中一只的头部，但慢慢地，两只狮子都没入草丛，我们就只能从长草摇动中，想象隐藏匍匐前进的狮子了。

我们再看即将大祸来临的那一群驴羚，只见它们没事人一了，大概是晚上用餐的时间到了，行路艰难，简直已经是摩肩接踵的地步。索性过了四条大桥，往祇园走去。

我在书中读到祇园一家吃鳗鱼饭的名店，说它的烤鳗鱼师傅中川清司已经被认为是人间国宝；鳗鱼吃法也特别，把饭和鳗鱼放在杉木桶中，吃时再盛装到碗中，称为“鳗桶”，听起来就颇有风情。我又查阅了一下路上书店新买来的《米其林美食指南》，发现它也名列一颗星名店，可见美味是受肯定的。只是星级名店常常订位不易，这家“鳗桶屋”又是只有二十个座位的小店，我这样随便走进门，有机会得到欢迎接待吗？

但就像妈妈从小对我说的：“惊惊袂得等。”害怕就得不了奖，退缩者吃不到好吃的鳗鱼饭，为什么要事先打退堂鼓呢。我内心给自己打气，一面径往祇园奥内的花见小路通走去。“鳗桶屋”的地址就在花见小路的巷子里，巷子里倒是幽静雅致，家家户户都在门口地上点起白色灯笼，步道洒上水，光影明暗错落有致，行人却一个也无。

很快就找到“鳗桶屋”，门口一个立地的白灯笼，暖帘上写了一个象征鳗鱼的“う”字。“失礼啦！”我一面招呼，一面掀帘推门而入。“嗨，欢迎。”一位少妇模样的女主人身穿棕色工作服和蓝色围裙、头上绑着蓝色头巾，站在门口鞠躬相迎，门口一旁就是开放厨房，白衣白帽的大厨正站在那里生火，木炭哔哔剥剥地响，不时还冒出火星，传说中的“人间国宝”皱着眉，正眼不瞧我们一下，好像对着炭火生气的模样。我心虚地问：“很抱歉，我们没有预约，不知还有没有座位。”

女主人哈腰把手一比：“请上楼，楼上是座敷，请随便坐。”我们脱了鞋走上木楼梯，眼前是一个约莫十来迭的榻榻米，摆着四张矮桌，桌子旁整整齐齐摆了四个坐垫，一旁还有一个布帘，帘后有一张桌子，放了四张椅子，既充当个室，大概也给不适应坐榻榻米的客人使用。但町家风情的和室内，空荡荡的一个客人也没有，不知道是生意不好，还是时间未到，我们挑了靠角落一张榻榻米矮几坐下来。

到了“桶屋”，当然应该吃“桶饭”，但“桶饭”有三人份、四人份和五人份，我们只有两个人，但如果点一人一份的鳗鱼饭又觉得太正常平凡，有点不甘心，决定还是要了一份三人份的桶饭，我又叫了两合[1]（360cc）清酒，但没敢再点其他菜了。事实上菜单也就是鳗鱼饭，加上“鳗鱼蛋卷”和“烤鳗鱼肝”两种下酒菜，其他什么都没有，这是专业鳗鱼饭店的正统。菜单中说另有“鳗鱼套餐”，但必须提前一天预定。

不一会儿，酒先来了，装在一支复古的玻璃瓶里，瓶子冰得沁凉，冷酒也冰得很透，一小口酒入喉，就对店家的细腻用心有好印象。但鳗鱼桶饭就等了颇长时间，等得我的酒都快喝完了。终于，“桶饭”来了；那是白杉木做的扁形桶子，一边有握柄，桶内因为长期使用已经有点浅浅的酱油色泽；桶子内装

[1] 合，日语中的容积单位，一升的十分之一。

满了饭，饭上则盖满蒲烧鳗鱼，一共是三条鳗鱼，烤成了肥硕的六大段。

我们都先盛了一碗，放上一大块鳗鱼，洒上一点山椒粉；我先扒了一口饭，嚼了几下，甜味一下子漫了开来，触电一般，这下子知道“人间国宝”是怎么一回事了，这极可能是我吃过的最好吃的鳗鱼饭中的“饭”。

那饭当然有酱汁，但师傅已经把酱汁和饭完全拌匀，每一粒米都裹上淡淡的棕色，深浅一致，光泽晶莹。入口时米粒软糯，甜咸适口，酱油中有鳗鱼油脂的香味和甘旨，应该也有糖，但甜味自然顺口，好像天生就应该如此。

再试一口鳗鱼，忍不住要停下筷子叹气赞赏。那鳗鱼是江户式的蒲烧，先用木炭素烤，再蒸，蒸透后浸酱汁再烤。因为蒸过，所以软嫩松化；又因为烤过，不但沾满木炭香气，也把鳗鱼身中的油脂烤出来，油脂再和酱汁混合，成就那充满油脂甘甜的味道……

三人份的“鳗桶”实在是太多了，即使是另外盛入碗中，两个人也必须各自吃完三整碗鳗鱼酱汁饭，和一条半又肥又大的鳗鱼，因为那是整整三条鳗鱼的分量；而我自己，已经超过十年，没有一口气吃三碗饭了……

鳗鱼饭，也许不像京料理或怀石料理，是那种可以表现厨师“十项全能”厨艺的多彩盛宴，至多只能是一种“单项赛事”

的专门家。但在日本觅食的经验中，单项技艺的精彩演出，常常让人回味再三，低回不已；所谓“匠”的精神与意旨，不只呈现在日本的传统工艺上，事实上它也清楚呈现在“传统美食”之上，每当你以为单一美食最高境界不过如此，总有新的经验能让我再度惊艳。

在这次“鳗桶屋”之前，我曾经享用过印象最深刻的鳗鱼饭，来自于日本山阴地方松江市的宍道（Shinji）湖畔，那是一家开业超过一百三十年的“曾田楼”，我曾写文章嘲笑并赞叹它郑重其事拿上来的菜单里，其实只有“鳗鱼重”一道，但坚持使用野生鳗鱼让我见识到松化和结实口感如何并存，炭烤鳗鱼的滋味更是古雅悠长，令人多年难忘。但今天在京都祇园遇见的“鳗桶屋”，却让我感觉更胜一筹；这些尊重传统、精益求精的美食技艺，国宝级师傅长年只做一件事，精致程度着实令人吃惊。

我有时候会在这种时候联想到台湾所谓的“小吃美食”。台湾小吃当然是祖先的智慧产物，是地方食材与饮食文化的协奏演出；台湾有幸传承了闽南饮食文化的精髓，加上山海食材丰富，更有大江南北文化的冲击汇流，因而拥有了傲视周遭的“小吃文化”特色。但这些年来的台湾小吃，往精致化发展固然也有，我看到的更多的则是“快餐化”与“粗糙化”，“今不如昔”的情况比比皆是；最大的问题，可能在于求速成以应付大量需求的敷衍态度。生产求速，所以有些麻烦步骤就省略了；

服务求速，所以塑料袋、保丽龙就上场了；周转求速，顾客的舒适感受就不管了。

我不太相信这样的“小吃文化”有什么前途，政府官员和“民意代表”的吹嘘，只是造就人们的自我感觉良好，最后竟然就相信台湾可以“担任”世界的“美食之都”（巴黎、东京或香港成为美食之都，并不是没有理由的），或者想要把“台湾小吃”拿去申请登录联合国“非物质文化遗产”，或者外国媒体没选到台湾小吃进入世界美食排名就生气跳脚，这些都是井底之蛙和夜郎自大的心态与举动，其实是可怜可笑的。

台湾的小吃当然是珍贵的遗产，但当务之急，是先确保从业者不要“乱来”（小吃业者也要有集体意识，了解自己才是维护传统的关键角色），要确保传统“工序”，以及它应有的食材与成分（食材生产的传统也要一并确保）。精致化的方向在于对小吃“工艺”的精益求精，以及在服务细节上的追求讲究；用红色塑料纸当桌布，以及用保丽龙碗盘当餐具，不太可能把台湾小吃带上世界美食的地图，而小吃业者的便宜行事（一位基隆著名的大厨就曾经抱怨“庙口小吃”的摊商没有人肯自己煮饭了，他忿忿地说：“饭都是买来的，还有谁会有特色吗？”），更是没有未来的自毁行为，生意兴隆的夜市不是就被“宅神”朱学恒痛斥“千篇一律”吗？

我在台湾觅食的经验常常是惨痛的，逯耀东教授说的“已非旧时味”常常是我觅食后的悲惨结论，“台湾美食”一词显然是需要有人当头棒喝的，而不是大家靠拢取暖。哎哎哎，我讲到哪里去了，台湾的美食前途干我什么事？这明明是朱振藩、韩良露、叶怡兰和胡天兰等美食家的工作，我只是一位“出门访古早”的觅食者与腹饥者，这些话是轮不到我来说的。

在京都祇园一家旧日町家的鳗鱼饭老店，却让我见识到日本厨师的艺匠精神，仅有的简单炭火蒲烧鳗鱼，味道幽微细致，器具古典优雅，吃后不能不赞叹。付完账我走下楼来，看到老板大厨还站在炭火面前，满脸严肃，细心地翻转竹签上的鳗鱼。我走过去向他致意：“非常美味，真是御驰走了[1]。”老板听了，吓了一跳，连忙双脚并拢：“非常感激。”女主人也连忙赶到门口：“非常感激，请一定再来。”

第一个晚上有了意外的惊喜，但也许也不是意外，毕竟这是一家连《米其林指南》都给了星的小餐馆，水平高应该是意料之中，但它的价钱和路边一般的鳗鱼饭店一模一样，工作与服务态度又是如此谦逊低调，这倒是令人意外。如果这是卧虎藏龙的京都美食的水平，可就让我对第二个晚上的京料理充满期待，我前面不是才说，单品料理犹如单项赛事，注重“起承转合”的全套料理才是真正给大厨施展多元才艺的“表演形式”。

[1] 御驰走了，日语，御是敬语，驰走意为谢谢盛情款待。

第二天晚上时间到了，冬天夜黑得早，天上也下着雨，我决定走路前去。等我们七转八折找到狭小的巷弄时，身上已经湿得有点狼狈。进了门，我报上名字，说明是前一天由旅馆代为订位的，这家名为“京和食かもめ”的餐厅显然已经做好准备；进门处迎接我们的是一位看来只有二十岁学生模样的年轻女子，她一面接过我们的湿外衣，一面亲切地笑着说：“我叫京子，可以说一点英文，有什么事情请直接吩咐我。”

脱鞋上了房间，我们被领往吧台，餐厅很小，一目了然。榻榻米上的一边是吧台，吧台内就是厨房，几位白衣白帽的厨师正忙碌着；吧台共有六个座位，有两个位子已经坐了客人，吧台椅子底下是空的，可以伸脚和放东西。吧台后方是座敷，有两张小桌子，只能坐两个人，已经都有客人在桌前喝酒；前方有一个相连看得见的房间，有一张大矮桌，可坐六个人，但还是空的；后来我又看见有客人从后方上楼梯，可见楼上还有房间，看起来也能容纳六个人，总共大约是二十二个人的位子。

但餐厅里的工作人员可不少，吧台内有两位厨师，还有一位厨师或助手隐身在厨房内里的房间，随时应大厨的吩咐拿出材料或高汤锅之类的器皿。外场看得见的有四位，一位站在吧台后方指挥，穿着颜色美丽的全身和服，脸上化着正式的妆，年约三十来岁，应该就是店中的灵魂人物老板娘；两位穿着浅黄工作服，带着学生式的稚嫩模样（包括刚才招呼我们的京子），另外还有一位年轻男子，瘦削模样看起来像是个中学生，跑堂似的端酒端菜，服务较远处的桌子。

我们在吧台位置坐下来，站在我们面前的是一位看来有点太年轻的厨师，正专心致志为一个方盘子摆盘，看到我们，他立刻停下来，说："欢迎，今天晚上由我来为你们服务，我的英文不好，但我会尽力，请见谅；两位想要喝点什么吗？"

年轻厨师一面鞠躬寒暄，向我们致意，问及想要的饮料，但手中的动作并没有停下来，他的面前放了十来个方型陶盘，他正小心翼翼用铁筷子把各种小菜摆放在盘中。

环顾左右，吧台左边的客人正在喝啤酒，有一位年纪较大但也不过三十来岁的厨师一面工作，一面与他们轻松聊天，聊天的话题是关于京料理的种种特征，可见客人是外地来的"食家"，厨师应该就是书上说的店主寺原先生了；我们身后的座敷席上两张桌子旁各坐了两名客人，男性似乎都在喝清酒，女性好像喝的是果汁之类的饮料；我还在想怎么回应年轻厨师问的："两位想要喝点什么吗？"

我迟疑地说："想喝点冷酒……"

我之所以说"迟疑"，是因为从前读过名演员奥田瑛二写的一篇文章，文章劈头就说："居酒屋，是一场胜负……"

为什么坐到酒店的吧台上竟是生死决斗一样的"一场胜负"呢？他说，如果你是店里的常客，来到吧台上，吧台厨师问你："今天想喝点什么？"或者："跟平日一样吗？"

你一开口回答，就"门户洞开"、一无遮拦了；你要的是什么样的酒，你就被归到“某种品位”的人，更糟的是你如果回答：“就来老样子吧。”你就被归到“一成不变”、毫无创意的老顽固，你都会让厨师看轻了，他对付你也就漫不经心；奥田瑛二说，要激起厨师的敬意与“斗志”，你应该沉吟半晌，回答说：“嗯，今天想来一点不一样的……”

这样，球就丢回去给厨师；吧台里的厨师就必须提出“建议”，他提出某个推荐的酒名，就轮到他“门户洞开”，露出底线；如果推荐的酒不怎样，你可以说：“喝过了，老套了，来点新的吧。”如果推荐的酒不错，你可以不经心地点点头：“好吧，我就来试试你的推荐……”这样，评断权还在你手上，厨师非战战兢兢不可……

我当然没有日本人那么龟毛，也没有那么爱面子，更没有被陌生厨师看轻的心理负担，“胜负”决斗也不需要一定占上风。但想到奥田说的，你一点酒，厨师就会据此评价你，这的确有点压力，何况我对日本清酒的理解浅薄，显然是一点胜算也没有的。

一抬头，我看到厨师背后的柜子里摆着几种清酒，有台湾容易看见的名酒如“八海山”和“獭祭”，也有不曾听闻的酒，其中有一升装的大瓶酒，酒标看起来很传统，上面写的是“英勋”两个大字，我忍不住指着它问：“那两个字要怎么发音？”年轻厨师面露惊讶：“这个吗？读作 Ei-Kun。”他把柜子里的大酒瓶拿下来凑到我面前。

“Ei-Kun？英勋，是怎么样的酒？”我一面看着酒瓶前后的标示，一面充满好奇。

“这是我们京都伏见地区藏元的酒，这一款是本酿造酒，辛口，属于浓醇酒，热喝冷喝都可以，你要试试看吗？我可以倒一点让您尝尝……”

“不用试了，请先帮我冰两合吧。”我心想，既然是“本酿造”等级，一般不会太贵，不像“大吟酿”或“古酒”，不小心会喝到打破荷包的价格，料亭里看不到价目表，有时候是危险的。

“是的，马上为您准备。”厨师一面鞠躬，一面向旁边的和服老板娘示意，美丽的老板娘也立刻鞠躬，表示听到了。她转身从冰箱里拿出一个看起来像是不锈钢或锡制的酒器，把大瓶英勋酒注入，又把酒器放入一个冰桶，最后，在另一位女服务生的帮忙下，再把酒器中的酒注入青色竹制的“德利”之中；这时候，竹制德利表面浮起一层白色雾气，可见是冰得很透了。

服务生走过来，在玻璃酒杯里为我们斟上酒，我拿起来先喝了一口，发现辛中带甘，口感极佳，香气到嘴里才沁开来，酒也冰透了，入口先刺激了尚未进食的味觉，味蕾仿佛都苏醒了。

年轻厨师这时候递上一小钵，说：“这是先付。”

“先付”是供客人下酒的小菜，通常是全餐料理的第一道。小厨师进一步解释说：“今天是松叶蟹和叶菜的凉拌。”

小钵里一层绿一层白，还有一些黄色菊花点缀，颜色非常漂亮；筷子夹起来送入口，冷冽的触感让精神为之一振，随即感受到蟹肉的清甜以及水菜的柔软与香气，再饮一口酒，发现两者搭配可让彼此甘甜味都增强一些。

这时候，我看见年轻厨师匆忙把面前其中一个方型陶盘当中的虾子拿掉，换上一块肉冻似的东西，然后把方盘放在我们面前，露出腼腆的笑容："这是八寸。您注文的是不一样的套餐，等一下另外会有虾子，我必须换一个。"

"八寸"就是前菜，也是下酒的小菜集锦，通常是用当令的山珍海味材料，做出各种滋味的多彩演出，这几乎是评断厨师本事的一道料理，事实上，我就是看到这家餐厅一个"八寸"的照片，才被吸引来的。

我看着方盘之内，整整齐齐摆了七样小菜，其中一个是有盖的小钵；打开盖子，小钵里是生汤叶（豆腐皮），其他在盘子里还有一只风螺、一块柿饼、一片煎蛋、一贯醋腌鲭鱼寿司、一小块飞鱼卵，另外那个看起来像肉冻的东西原来是各种秋天的菇类连高汤一起做成的蔬菜冻。

七样东西，七种做法，七种味道，虽然是一道菜，其实是七样耗时耗力的功夫料理，我一面配着酒下筷，一面感到暗暗惊奇，这家餐厅的厨师，真的是有本事的料理人。

然后是热腾腾端上来的"御椀"，也就是进入正式大菜之前的汤品。清雅透明的金黄高汤上，浮着细细像米花一样的小颗粒和一些细碎的绿叶子，底下则是一块白身鱼肉，我问：“这上面一粒粒的东西是什么？”

“那是麸，京都的麸。”年轻师傅回答说，“底下的鱼肉是鰆鱼（Sawara），现在正是季节。”

那块鰆鱼先在炭火上烤过，沾满炭火的香气，置于碗底，高汤才一注而下，立即端上，鱼肉还是脆的，时间拿捏得恰到好处，再晚一点就会被汤汁泡软了。小颗粒的麸则有的脆有的软，增加口感上的趣味，高汤则也非常高雅，一点点三叶菜切细撒在汤上，发出淡淡的青草香气……

汤汁温度很高，入口烫舌，我轻轻吹气，小口小口啜饮着，汤面冒出薄薄白烟；在这深秋雨夜寒气沁人的时刻，啜饮美味热汤就感觉有一种日本人爱说的“小确幸”。这就是坐在吧台的好处，厨师完成料理作品，立即端上，汤水温度和汤中烤鱼的脆度都是最佳状态，如果由吧台再端到房间的座席，温度已经略降，鱼肉也因浸水过久而变软，食客对这道“御椀”的评价可能就不大相同了。

这也解释了日本很多出色的料理餐厅都以“吧台”为中心，全部座位往往只有十来个；几天之后，我在大阪订到一家米其林三颗星的日本料理餐厅“太庵”，宽敞的现代和风餐厅里共有十六个座位，十二个在吧台，都是黑色皮椅，座位之间空间余裕，另有四个座位在吧台正后方，隔成一个开放式的小房间，大厨做菜可以看见全部的客人，状态一目了然，重视厨师与食客之间的亲密关系，这大概是日本料理的精髓了。

接下来出的菜是“造物”，也就是当日的生鱼片。不同于下酒菜“八寸”，厨师事先准备好东西，并且一次在盘中摆好，伺机端给客人；但处理好的生鱼片却放在木盒置于冰柜中，大厨确定出菜时机（他一面和客人聊天，一面用视线余光看到我们用完汤品，并由服务生取走空碗），才取出现切，手脚利落，不消一分钟，切鱼连同摆盘已经完成，即刻奉上，一盘色泽鲜美诱人的生鱼片就呈现在我的眼前。

生鱼片共有五种，前方是两片厚切的青鲋腹肉，后方是两片鲣鱼和两片带油脂的鲔鱼赤身（应该是接近中腹的位置），左边靠萝卜丝的地方，底下是两片鲷鱼，上面则迭起一丘海胆，颜色赤黄相间，一问之下，果然是用了赤海胆和马粪海胆两种。入口之际，发现生鱼片水平极高，简直是妙不可言；时值深秋，海鱼已经肥美，主厨挑的青鲋、鲔鱼和鲣鱼，都是富于油脂之物，鱼肉的旨味正在高峰，海胆的强烈味道又有能力盖过鱼肉脂肪，而混合马粪海胆的香气和赤海胆的甜味也是料理人的巧思；吃完节节高升的旨味之后，淡泊雅致的鲷鱼白身仿佛让你味觉苏醒，可以预备接受下一道料理，这生鱼片的安排也真是费尽了心思。

紧接着生鱼片上来的是一道奇特的料理，那是一道豆腐模样的东西，上头淋上细切蔬菜的浇头，年轻厨师看我正在好奇打量，开口补充解释说：“这是自家制的干酪豆腐。”

果然，那豆腐模样的东西口感比豆腐绵密很多，而且有一点淡淡的奶味，蔬菜浇头则让干酪的油腻感尽去，颇有意思。我本来不是很喜欢在拥有悠久传统的料理中突然冒出“非传统”的食材或烹调手法，但这道菜的处理保持了京料理的细致优雅，感觉不坏。事实上，当今日本料理名厨，用到法国菜技法的已经非常普遍，我读“岚山吉兆”大厨德冈邦夫（创办人汤木贞一之孙）的食谱时，就看到高汤变果冻、莲藕做薯片的例子，可见求新求变本来就是厨师的天职，关键在于吸收各国技法、食材的同时，是否仍保有传统料理的味觉系统。

按照本格怀食的做法，“一汁三菜”是其基本，也就是说，不管端出多少道料理，当中“椀物”（汤）、“造物”（生鱼片）、“烧物”（烧烤料理）和“煮物”（炖菜）应该作为骨干。这道干酪豆腐看来似乎是代替“煮物”的意思（蔬菜浇头是多种蔬菜炖煮而成），因为在此之后，我并没有看见任何可以代表煮物的东西。

或者不是？因为紧接下来，我又看到并不传统的料理形式。上来的新一道菜用了一个长盘，盘里盛放了多样东西；中央最显著的是一块烤鱼，那是浸过酱汁的鰆鱼，陪衬的是两根先浸汤汁再烤的青辣椒；我又看见厨师把两只明虾摘除头和一大朵舞茸一起放入高汤川烫，同时也把虾头烤得又焦又脆，也摆进盘中；烫好的明虾和舞茸浇上一种类似荷兰酱（Hollandaise

Sauce）的蛋黄酱汁，旁边再放上一块小芋头和半个溏心蛋。这到底是烧物还是煮物？盘中烤的有鲭鱼、虾头和辣椒，煮的则有虾身、舞茸、芋头和溏心蛋，有点像是把烧物煮物一起端上，这当然不是正统的做法了。

不正统好像也不打紧，味道倒是非常精彩，沾附带甜酱汁的鲭鱼滋味与口感都与汤中那块素烤的鲭鱼不同，但烤辣椒更精彩，表皮烤到焦黑起泡，沾附一点高汤酱汁，焦香甜美，微辣多汁，好吃得不得了。大朵舞茸蘸上荷兰酱也有独特滋味，从前我只知用荷兰酱来配水煮白芦笋，没想到用来配合味道细致的蕈类也这么对味，下次真该在家里自己来试试。

但这道“双拼料理”最大的问题是分量“失控”了，吃完这道菜就感觉完全饱了，事实上盘中两只明虾已经有点让我食不知味，现在又看到厨师正把大块大块的某种材料下入油锅，心里暗暗着急，我们这种饱和状态要怎么对付后面的“扬物”（油炸料理）和“食事”呢？

油锅里的材料炸得滋滋作响，时间也长得出奇，我看不出那是什么东西，如果那是海鲜类（譬如鱼肉或鲜虾），似乎是要炸过头了，但大厨好整以暇，一点都不着急，继续和客人聊天，好像忘了一样。又过了一下，厨师才回头，用大勺把油锅中的对象快速捞出来，放在沥油的铁盆中，又等了一会儿，再在炸物上洒上若干粉末，才开始装盘。年轻厨师把盘子端到我们面前，说：“这是海老芋。”

所以这是芋头，难怪要炸这么久。但听到是芋头，又看到盘中每人两大块，益发觉得吃不下，勉强举筷试了一口，却发现口感又松又绵，非常好吃，忍不住三口两口把它吃完了，炸物不油不腻，也很见功力。

这时候，大厨面前一个砂锅冒出阵阵白气，好像又有东西要出炉了。只见厨师把砂锅抱离炉火，放在吧台上一个盘子上，让它继续呜呜地冒气，似乎是还要再焖一下。和油炸料理一样，焖熟过程比想象中还长，一直等到我开始怀疑大厨是不是忘了的时候，大厨突然打开砂锅，白烟冒出，一阵香气立刻充满整个餐厅。大厨快手快脚先用饭匙挖松炊饭，然后一碗一碗快速盛出，年轻厨师立刻端了一份放在我的面前，说："这是松叶蟹炊饭，不够还可以再添。"

同一个时间，服务生立刻端上来一个漆碗和一碟腌渍物，"食事"里的饭、酱菜和味噌汤就到齐了。松叶蟹炊饭的香气让人无法抵挡，京都的"渍物"高雅细致，连简单的红味噌汤也滋味不凡，刚才的饱胀感不知怎么搞的已经不见踪影，连年轻厨师问我要不要再添饭，我竟然还点头说好呢……

一顿饭吃下来，超过两个小时，也已经接近尾声，最后送上来的甜点，是秋季当令的甜柿和自家制的干酪慕思（类似Ricotta似的新鲜干酪做成的柔软蛋糕），并且奉上热茶，为全餐画下句点。我环顾左右，餐厅后来全坐满了，好像除了我们两人吃的是六千元的套餐以外，其他食客全部是吃四千元的基本套餐；而两种套餐的差别很小，我们的生鱼片多了两种海胆，烧物煮物当中多了两只明虾，“八寸”当中换了一个香菇菜冻，其他完全相同，事实上大部分的精华和高潮都是一样的。而在动辄一个套餐一两万元起跳的京都料理界里，竟然还有这么价格谦逊的料理店，令人觉得不可思议。当然所出的料理并没有用到鲍鱼、龙虾、河豚之类的高价食材，但在有限的预算里，大厨也用到松叶蟹、寒鰤、鰆鱼、秋柿等当令材料，又能佐以高明适度的手法，引出食物本身的真实美味，让整餐饭高潮起伏，惊喜连连，真是物超所值的意外发现。

这个时候，用餐已到终曲，顾客陆续起身结账，大厨与老板娘也走出门外开始送客。我们也酒醉饭饱，对用餐过程感到心满意足，请服务生来结过账后，我们也穿起衣服，掀帘走出门外；大厨和老板娘在门口鞠躬，口中称谢。我走过去跟大厨握手说：“今天几乎每道菜都好吃，真是御驰走了。”大厨寺原先生突然面露腼腆之色：“真的吗？真是太感谢了。先生是从哪里来的呢？”

“我们从台湾来，第一次来到您的餐厅，希望下次有机会再来。”

“无论如何请一定再来。”两人在雨中一次又一次鞠躬，我们也无意乘车，冒着雨，就从巷子里转个弯往旅馆方向走了。

年轻的时候我在京都旅行，对京都料理的印象其实是不好的。一方面可能是舍不得花钱，大概找到的都不是什么厉害的餐厅；另一方面也可能毫无认识，觉得“怀石料理”好像是吃盘子、吃气氛，吃不出什么道理，空有摆设，毫无滋味，甚至也有吃了十几道菜而没吃饱的情形。但当中隔了十年，我来去东京和其他地方，恐怕又有几十回；这段时间，因工作机会日本朋友渐多，大家请客吃饭，见识略广，对怀石料理的精神与路数得闻一二，开始有一点概念，也渐渐看出并吃出一点乐趣。

这次再回京都，重新感觉到京料理的精深传承，像“京和食かもめ”这样一家历史不长的小餐厅，价钱不贵，厨师还在为知名度与认同度奋斗，每天兢兢业业为二十个座位的客人努力，希望在大京都料理界占有一席之地。但这样的餐厅就有这样的水平，可以想象京都美食的竞争力与纵深度，也可以想象它的江山代有才人出的盛况。

虽说如此，第二天我转投宿在号称“京都老三家”之一的“炭屋旅馆”，晚餐吃到的怀石料理却远不如“京和食かもめ”小餐厅精彩。“老三家”的另外两家“柊家旅馆”和“俵屋旅馆”也许较好，但那是秋天红叶季节，另两家旅馆都早已订满，只有“炭屋”还有房间，等我们入住时也已经客满，身为以服务著称的老三家之一的炭屋，连服务上都显得有点局促而潦草，让我颇为失望；他们的料理我在这里就不谈了。

离开京都之后，我选择了前往“贤岛”，目的也是为了一场美食追寻，这个选择可能有点出人意表，不过背后也有一个书呆子的“长故事”可讲。

多年前我曾经读杨怡祥医师的著作《世界第一美食》(旧版 2005，时报；新版 2010，元神馆)，对其中一段描述颇觉得心情激动。在杨医师的大作里，把两样料理（鲍鱼和龙虾）的“世界第一”，都判定给了志摩半岛一家旅馆的附属法国餐厅ラメール（La Mer)。这个判决有点奇怪，世界最好的某种料理，竟然不在东京、不在巴黎，而在地处乡下的某个日本人的法国餐厅，听起来当然觉得匪夷所思。但杨医师在此书中的“狂言”不止一端，有些话乍听像是胡言乱语，细思之后却是醍醐灌顶，这使我觉得某家餐厅是世界第一的奇特判决，应该认真对待。

譬如说，杨医师在书中的“狂言”之一，是他说纽约没有世界一流的餐厅，语出惊人，恐怕眼高过顶的纽约人也不能忍受。他更认为堪称世界美食之都的城市只有东京和巴黎，中间仅有香港可以顶得半边天。说话说得这样斩钉截铁，缺少圆融转圜，不免让很多人生气兼不服气；可是敢说如此大胆言论的人，不是有点无知白目，就是见解独特而不流于俗。我有点倾向于相信他是后者，我看他的生涯经历颇为不凡，不仅爱吃能吃，也舍得吃，知有觅食之处，乘坐长途飞机也特地前往；他是巨商名人邱永汉之甥，又曾留学日本，有几篇写到日本美食的文章，都提到是经邱永汉先生的介绍，可见他的经验别有渊源来历，不是普通人的一般见识。

我与杨医师不曾谋面，虽然身边有好友苏斐玲与他极熟。但当我读到他的书中说，位于贤岛的“志摩观光旅馆”所属法国餐 La Mer 的主厨高桥忠之是“日本排名第一的大厨”，就连“法国三星米其林主厨都甘拜下风”，又说高桥忠之每天早晨必收听“渔况速报”，“了解黑潮流轴位置，决定当天的菜色”，这种近乎武侠小说的描写，对爱读书的人最为致命，我也读过难忘，总想象有一天如果行经志摩半岛，一定要去朝圣尝试。

时光蹉跎，等我想到京都离贤岛不远，已经是多年以后，我上网一查，高桥先生早已退休了。但我又查到旅馆，得知餐厅仍然保存传奇，强调餐厅菜单仍保持高桥旧制，志摩近海产的黑鲍鱼与伊势龙虾仍是他们的经典菜色。我又在日本部落格中读到食家争论高桥大厨的成败功过，一位高桥的粉丝慷慨辩护说：“我知道高桥先生重汁味浓的法国料理，在当今强调轻食养生的风气下已经不符潮流，但在我心目中，高桥先生的法国菜才是真正好吃的法国菜……”

够了，够了，读到这里我已经下定决心，虽然哲人已远，杨医师的描述可能已经景况不再，仍然值得前去探访，试试高桥先生留下的美食传统是否仍有遗迹可寻。我在网上找到旅馆的预订之处，选择了最昂贵的晚餐搭配，那是一个集合当地顶级食材于一炉的“志摩黑鲍、伊势龙虾、松阪牛肉三大食材套餐”，就等待我前往现场一辨真伪。

在“炭屋”住了两夜之后，离去之际，穿着和服的内将笑容可掬地问："今天詹様预定前往何处呢？"

我说："今天，Kashikojima ikimatsu（要去贤岛）。"留下瞠目结舌的她……

*　　*　　*

坐上前往贤岛的近铁志摩线火车，那是一段约莫两个半小时的直达车程。贤岛位于志摩半岛的南端，面对志摩半岛三个海湾之一的英虞湾；英虞湾在地形上是代表性的リアス式海岸（ria coast，中文又译作溺湾或谷湾），海岸上升淹没河谷形成各种岬角和大大小小的浮岛，是生产珍珠的著名基地，名牌Mikimoto的养珠场也在这里。正因为这种特殊的海岸环境，让附近海域盛产龙虾、鲍鱼和牡蛎；而著名的日本"海女"也出自于此，海女以天然方式潜水，捕捉鲍鱼、蝾螺，并采集海带等水底食材，是传统的海上"风物诗"景观，自古吟咏者多，小说家三岛由纪夫的作品《潮骚》，背景舞台也就在附近海上的岛屿。

车程的前大半段几乎都是山路，经过的是昔日的伊贺古国，伊贺山区也正是传说中的"伊贺忍者"修习藏身之地，看着一站站挂着伊贺冠名的小火车站地名，很难不发思古之幽情，但列车继续前进，还要经过更引人遐想的"松阪市"。没错，虽然松阪也是战国时期的古城旧迹，但今日我们口口声声说的"松阪牛肉”指的也就是此地。

在杨怡祥医师的书中，提到世界第一的牛肉料理时，也提到松阪一地，更提到松阪市内知名的牛肉餐厅“和田金”；和田金餐厅的历史超过百年，拥有自己的牧场，供应最顶极的霜降牛肉。在这里，关键不是烹调手法，而是牛肉本身。我上网看到和田金的菜单，不外是牛肉的基本吃法：包括涮涮锅、寿喜烧、网烧、盐烧和牛排，并没有其他特殊的手法。但书中有一句动人也吓人的话：“东京的松阪牛料理店价格约贵两倍，但肉质却无法与和田金相提并论，只能说是用和田金切剩的肉来形容……”

只有他们家的牛肉才是真材实料，其他家的牛肉都只是“切剩的”，这句话太吓人了，忍不住让人想“中途下车”一探究竟，但……但我不能这么做，这样就没完没了了，you can't win them all，我此行的目的是来追寻高桥忠之的legacy，并且确认一位书本作者的“可靠性”，我要专心一点，在这个“荒郊野外”专心寻找一家风华不再的传奇餐厅，寻找一位已经退出舞台的法国料理大厨，我的成功机会已经微乎其微，我不能再节外生枝了……

我的脑中想着读过的书上的种种描述，想象即将面对的“真相”，周遭的风景快速后退，绿荫山路不知何时已经变成蔚蓝海岸，时间过得很快，我已经即将抵达贤岛。

季节不对，旅客不多，五六个游客鱼贯走下火车，我也尾随而出，出了月台就看见有司机模样的穿制服的男子，手上拿着“志摩观光旅馆”的牌子，显然是来迎接客人的。事实上拿牌子的不止一人，我看到的有三人，拿着不同旅馆名称的牌子，远方则停着漆有不同名称的轿车或巴士，都是来接客人的。我走向持“志摩观光旅馆”牌子的工作人员，报上名字，他深深一鞠躬，接过我们的行李，领我们走向小巴士，显然他的目标没有其他客人，等我们坐定，司机毫不犹豫就发动车子出发了。

日本旅馆所谓的“送迎”服务，通常仪式与尊崇超过于实质的交通，因为距离一点都不远，不到三分钟，绕过港口一条萧条的商店街，转一个弯，我们已经到达旅馆的大门口了。

门口另有鞠躬迎接的工作人员，都穿着西式旅馆制服，他们接过行李，领我来到柜台办理入住手续；柜台经理效率也很高，应对也很礼貌得体，没几分钟手续就办好了，很快的我们就进住到房间。

在这一段过程里，工作人员衣着整洁，态度亲切有礼，但大厅里没有其他客人走动，空荡荡地有一种说不上来的凄凉之感。真正进到房间，那种衰颓之感才迎面扑来，房间没什么不对，就是“旧”了并且“简”了，或者说，房间陈设的概念已经旧了，反而不如新开的普通旅馆，而古典优雅的部分却简化也俗化了，只要换掉旧东西的部分就都是廉价品，那就连撑住老式豪华都做不到了，这就有一种挽不回年华老去的颓势的感觉。

我有一点像是来到十年前台北的“圆山饭店”，或是二十年前的上海“和平饭店”，你知道她曾经风华绝代，也有蛛丝马迹让你仿佛看见那些黄金岁月，可是你又看见上流客人已经散去，她现在掩不住的皱纹、龟裂、发黄、褪色……更糟的是，她好像自己不太知道，或者是她撑着面子不想承认？

“志摩观光旅馆”曾经是日本天皇每年来到伊势神宫祭祀时下榻的“御宿”，也是小说家山崎丰子（1924—2013）笔下《华丽一族》的舞台，她自己也爱投宿这家旅馆，旅馆的昔日风华其实是不难想象的；我自己后来在旅馆闲逛时，就在旅馆一角发现了一个山崎丰子的特展，叙述作家山崎与旅馆多年之间的缠绵纠葛，但那个展览角落昏暗蒙尘，乏人问津，倒过来变成旅馆处境的某种写照了。

旅馆本身不是没有往前走的，事实上，在更靠海的不远处，“志摩观光旅馆”现在有一家更豪华气派的新旅馆，所有房间都是有房有厅的面海套房，面积超过二十坪[1]，索价是老旅馆的两倍，新餐厅仍叫 La Mer，有了一位新的女主厨，菜单也是全新的，保持高桥忠之旧制的旧餐厅如今反而改叫 La Mer Classic 了。旅馆因为有了勇敢的大投资，维持新旅馆的豪华感变成它的重心所在，旧旅馆不免于自然规律，终究要渐渐凋零。

也许这些沧桑感都是多余的，也许一切只是季节不对、缺乏游客而已，我走到港边小城，街上缺少人踪，商店多半是关

---

[1] 1坪=3.306平方米。

门的，有少数开门的，货架寂寥，惨不忍睹，就连卖珍珠的，理当要摆出一种阔绰的奢华，才好卖出奢侈品的价格，但不知怎地这些珍珠店也像乡下的杂货店一样，昏暗杂乱，即使有游客，恐怕也难吸引人进店。

港口有供游客巡览海湾的观光船，我们买票上了船，船上倒还有十来个客人，有几位是外来观光客，但多数似是本地人。船只在英虞湾绕行一周，中间还停靠一个小岛，让你参观养珠、制珠的过程，一旁兼卖各种毫无吸引力的珍珠制品，只是游客太少，表演者和贩卖者都显得有气无力，草草了事，连虚应故事都没力气了。

这些无精打采的观光活动，对我来说并不见得扫兴，反让我看到观光产业比较不“表演”的那一面，有时候真实得像出令人看得津津有味的荒谬剧，更何况，我是为了 La Mer Classic 的“古典晚餐”而来，为了追寻大厨手艺的灵魂而来，其他并非重点，不是吗？

* * *

好不容易熬到晚饭时光，想到是老派的法国餐厅，觉得还是应该盛装前往，旅行中没什么像样的衣服，但起码穿上了有领子的衬衫和西装上衣。到了餐厅，服务生的确是正统正式的燕尾服加黑领结，餐厅大堂挑高，有水晶吊灯，一派老式的奢华。

年轻的服务生领我们到座位前，圆形餐桌铺好粉红桌布，已经摆好餐具，包括高脚玻璃杯、酒杯，以及白色餐盘与银色刀叉。坐定之后，头发灰白的中年经理前来送上菜单，菜单是我原先在网络上已经事先订好的，餐厅郑重其事把它打印出来，我真正要做的事只是点酒。酒单中的选择并不算多，以法国酒为主；但因为我们的主菜有海鲜，有牛肉，我就选择了半瓶白酒、半瓶红酒，选的都是法国勃艮第的酒。

特地为我们印制的菜单用金色丝带绑起来，打开之后，全部内容是这样的：

Menu

车海老．伊勢海老の冷制コンソメとともに（Crevettes en Gelee de Langouste）

鮑のステーキブールブランソース香草の香り（Ormeau Sauce Beurre Blanc aux fines herbes）

伊勢海老クリームスープ（Bisque de Langouste au Cognac）

伊勢海老アメリカンソース（Langouste a l’Americaine）

松阪肉トルヌードステーキマデラ酒のソース（Tournedos “Matsusaka” Madere）

デザート Desert

虽然内容让我充满期待，我又有点担心这不是一份“平衡的”菜单，因为前菜和汤都用龙虾做材料，主菜当中又有一道龙虾，不知道会不会太重复，或者根本变成了某种“龙虾全餐”，尽管大厨高桥先生的拿手绝活正是龙虾料理，但那并不是我想探访的原意。

白酒点的是William Fevre的夏布利，侍酒者冰好送来之后，打开让我先试，虽然是半瓶装的酒，侍者的服务也是一丝不苟，温度也恰到好处，一开始就有好印象；喝了一口酒后，我们先吃面包，竹篮中用白布包着的面包是热的，桌上一碟形状优美的奶油则是上好的法国奶油，面包有点迁就日本人的口味，做得比较松软，但仍然是够水平的。好餐厅应该有的基本动作，它是过关的；我内心也偷偷松了一口气，千里迢迢跑来一家传奇厨师已经离开的餐厅，毕竟不会完全没有收获……

然后端上来的是菜单上没有的Amuse Bouche，也就是法国厨师习惯给顾客惊喜的“一口开胃前菜”，服务生解释说今天的开胃小点是用志摩当地产的番薯做的，磨成细泥状放在一个像试管一样的长型小杯中，颜色淡黄，上面加了一点鲜奶油和一片薄荷叶。用小汤匙舀来吃，薯泥细滑，带了一点甜味，但不会太甜，相当雅致，但也说不上多厉害。

紧接着菜单上的正式内容要登场了，首先是前菜“龙虾高汤冻及明虾”，橘黄色的高汤冻铺在白色金边的汤碗中，汤冻上摆着几片艳红的明虾肉，再饰以几叶绿色香草，色彩十分诱人。前菜用汤匙来吃，入口之后，冰冷的高汤冻即刻化开来，龙虾汤汁的甘甜和气味也随即充满在口腔之中；我想这道菜的重点应该就是龙虾高汤，明虾肉似乎是用来增加口感上的变化，不至于太单调，但滋味全被龙虾抢走了，明虾已经不起作用。然而散落在最上方的几片香草叶，每一叶都是不同的香草，倒是每一种都与汤冻结合出不同的味道，效果上显然是更加重要。

高汤冻撤走之后，闻名的志摩黑鲍就要上场了。这道料理的正式名称是“鲍鱼排佐香草奶油酱汁”，白色瓷盘正中央有一整只裙边黑厚的鲍鱼，身上与盘底沾染一点绿色酱汁，没有任何其他配菜。

鲍鱼约莫拳头大小，用餐刀轻轻一划，鲍身就切开了，可见非常软嫩。切下一小块，放入口中，鲍肉应齿嚼开，虽然柔软却仍有新鲜鲍鱼的抵抗力，不像干式鲍鱼那样熟烂，随即展开的是淡淡的奶油味夹杂着柠檬香气和隐隐的白酒酸味。这味道非常细致高雅，层次也复杂，的确是我吃过的最意外好吃的鲍鱼料理，至少我觉得比起广式鲍鱼强调高汤吊味、溏心口感要有意思得多。

我曾在网络上寻得这道菜的烹调方法，新鲜鲍鱼川烫后除壳去内脏，鲍身放入大口锅中与大量的水、盐、萝卜和香草束（bouquet garni）同煮，这里的关键据说是萝卜，与萝卜同煮是鲍鱼软熟的诀窍，鲍鱼在水中要煮到三小时，这时肉质已经柔软了。取出鲍鱼置冷后，拍上面粉在平底锅中煎至两面焦香，再加白酒与柠檬汁进烤箱保温，上菜时再淋上香草奶油酱汁。

正在回味独特的鲍鱼料理，紧接着端上来的是“龙虾干邑浓汤”。龙虾汤也是盛在白色金边的汤碗里，橙褐色浓汤上面有一抹鲜奶油，白色鲜奶油却有焦糖布丁那种烧灼痕迹，带着一点焦香味道。舀一匙浓汤来试，龙虾壳脑的强烈浓缩香气和甘甜当然不用多说，细细品尝则发现滋味复杂，难以形容；相形之下，过去尝过的龙虾浓汤都太简单了，几乎就是小学生与研究生的差距。

这道享誉三十年的龙虾汤据旅馆自家说的做法是这样，他们一次煮一百人份的虾汤（一百人份也是美味的关键），先用大量的龙虾壳、龙虾头和大量的鲜虾在锅中用澄奶油同炒，炒出膏状的“龙虾奶油”（伊勢海老バター），这时候再加入白酒、香草、蔬菜与米同炒，略炒之后再加牛肉清高汤和番茄清汤（tomato purée）同煮，静煮的时候要时时翻搅，避免粘锅烧焦。比较有趣的是，为什么烹煮法式浓汤要用到“米”？

餐厅提出来的理由是为了增加汤的“浓度”。当一个汤叫作 Bisque 的时候，通常是指萃取了甲壳类海鲜旨味的极浓汤，浓度几乎就是“美味”的等同语，甲壳与米同煮，鲜味不会被稀释，米却能增加汤的黏稠度，汤汁因为还经过“过滤”程序，最后在汤中并不会看见米粒，这是餐厅里常用的手法……

喝了层次复杂、滋味不寻常的龙虾浓汤，紧接着出场的就是被杨医师书中称许为“世界第一”的“龙虾料理”；我当然已经无缘尝到高桥忠之亲手调理的龙虾料理，更难有机会享受书中描述的“不在菜单上”的龙虾对切铺满黑松露的传奇菜色，但我的菜单上的“龙虾佐美国酱汁”（Langouste a l'Americaine）也是高桥大厨自创的经典料理，在“志摩观光旅馆”已经风靡食客三十年，也是我十分期待的经验。

美国酱汁龙虾端上来，银盖掀开，纯白瓷盘正中央摆着一只对切的龙虾，身上淋着鲜艳的红褐色酱汁，除此之外别无任何装饰与配菜。龙虾大约是手掌张开的大小，据说是高桥大厨的坚持，他认为龙虾最好的大小是两百克左右，再大就容易纤维变粗变老，肉不够嫩，此刻盘中的龙虾正是这样的大小。

但我对“美国酱汁”一无所知，回家之后查询数据，才知道这是法国料理的经典酱汁之一。“美国酱汁”据传是法国厨师皮埃尔·弗雷斯（Pierre Fraisse）在一八七〇年所创，当时弗雷斯在美国芝加哥客座为厨，友人深夜来访，他临时以手边食材泡制酱汁，做出一道龙虾料理，友人询问料理名称，他遂以自己客寓美国为名，把这道龙虾料理命名为“美国风龙虾”（écrevisse de mer a l'américaine），从此这个酱汁就被称为“美国酱汁”。

当时弗雷斯做此酱汁时，原本用的材料是是龙虾壳和各色细切香草入锅先炒，然后再加鱼高汤烹煮，过滤后再加龙虾头里的膏黄同煮，并加入鲜奶油；后来其他厨师制作酱汁时，则加入洋葱、番茄、甜椒粉以及白酒、白兰地、奶油同煮，追寻更浓郁、更细微的酱汁风味。

高桥忠之的酱汁就是自己改良的做法，他先取龙虾壳连同虾头、虾膏用奶油炒香，萃取虾膏精华，再加入细切香草继续同炒，然后加入白兰地、白葡萄酒与番茄清汤熬煮浓缩而成；调理龙虾时，选生猛厚实的两百克龙虾对剖为二，先用澄奶油煎煮，壳下肉上，龙虾肉只淋奶油加热，勿使过熟，壳变色后再加美国酱汁同煮片刻即起，放进保温盘中端上。

我用刀叉将龙虾肉剜出，切开小块沾满酱汁送入口中，龙虾肉将熟未熟，软嫩无比，酱汁则极浓郁，有奶油的滑润与白兰地的香气，更有浓得化不开的龙虾虾膏滋味，但又带了一点番茄酸度，显得清爽不腻，的确相当高明。

在大部分时候，我并不喜欢西式料理里的龙虾，通常被烹煮过头，虾身老硬，调味又多以奶油、干酪相佐，容易肥腻饱胀；亚洲人料理龙虾则清爽许多，火候也比较得宜，可以在入味同时仍保持肉质软嫩；我甚至觉得龙虾沙西米[1]可能是最好的选择，完全不烹调，只用清酒略为清洗，让虾肉带有淡淡酒香，虾肉取出后更要先放入冰水中浸泡一下，使虾肉收缩紧实，吃

[1] 沙西米，刺身，生鱼片。

起来既有脆弹口感，又有新鲜龙虾肉的清甜。

但并不是料理过的龙虾都不好吃，我有几次在意大利吃到的“龙虾面”就极好吃，龙虾壳与虾头连同番茄煮成酱汁，滋味浓郁甜美，肉身则切段与面条拌在一起，只不过这好吃的龙虾面关键在于混合虾膏熬成的酱汁，使得面条无比鲜美，有没有虾肉反而不是要紧的事。

“志摩观光旅馆”的这道“龙虾佐美国酱汁”就有这个意思，酱汁既浓郁又清爽，虾肉保持单纯鲜嫩（两百克的青春肉体可能也有贡献），结合酱汁则鲜甜可口，使得整道菜令人惊喜于它的美味，又不觉得构成胃纳的负担。

连续三道菜“鲍鱼排佐香草奶油酱汁”、“龙虾干邑浓汤”及“龙虾佐美国酱汁”都表现精彩，让我们对餐厅有点刮目相看，对它长年来的声誉也有了一点理解与想象，高桥忠之创造出来所谓的“海の幸フランス料理物语”（法国海鲜料理故事），总算让我们体会一二。

故事还没有完，上完海鲜之后，侍酒者来为我们换酒杯，改斟红酒，预告着“肉料理”的来临；我们才喝了一口酒，带着深色酱汁的牛排就端上来了。这道菜在菜单上叫作“松阪肉トルヌードステーキマデラ酒のソース”（Tournedos “Matsusaka” Madere），中文也许我可以把它译作“松阪菲力牛排佐马德拉酒酱汁”，法文的 Tournedos 指的就是 tenderloin（牛腰肉），或者 filet mignon（菲力），那是牛身上肾脏旁边、分列脊椎骨两侧、藏在体内的两条肌肉，被认为是牛肉最软嫩的部位。

但在这里，重点应该是“松阪”，而不是“菲力”。取珍贵的松阪牛身上最软嫩价昂的部分（通常一条牛腰肉只有四到六磅，一只牛身上只有两条），煎成牛排，用马德拉甜酒做成酱汁相佐，听起来就颇具吸引力。可是当松阪牛排放在金边白盘上端上来时，我却有点惊讶于它的“不起眼”，那是裹在暗褐酱汁里的“薄薄一片”，你比较可能称它“肉片”，不太会称它叫“牛排”。松阪牛肉本来已经很嫩，腰肉部位更是嫩上加嫩，但因为太单薄的缘故，酱汁就显得太抢戏，肉本身则少了充实的口感，三口两口就吃完了不打紧，好像也还没有搞清楚它的真正滋味，情况有点让我联想到杨医师在书中描述“和田金”牛肉时说的：“无法与和田金相提并论，只能说是用和田金切剩的肉来形容……”

牛肉的单薄也许是出于善意的考虑，连续三道海鲜料理之后，我们的胃口其实已经很有限，大大一块譬如说一百二十克的牛排，也许是太沉重的负担，未必让人觉得美味。但话说回来，分量过度不足的主菜同样也有无法呈现应有滋味的问题，过与不及都不合宜，要怪我自己太贪心，想要“三大美食”一网打尽，这并不是明智的选择。我们看到邻座一位乡下人模样的中年男子，独自一人来到餐厅，显然是位常客，他只点了一道龙虾浓汤和一道美国酱汁龙虾，就着一盘白饭吃得精光，他做的是比我更内行的选择。

海鲜料理精彩出色，令人惊艳难忘，但最后上场的牛肉料理则是反高潮，让人吃得有点糊里糊涂，摸不着头脑。饭后的甜点与咖啡，中规中矩，但也称不上厉害，一场千里迢迢的“追寻之旅”就在“虎头蛇尾”的情况下落幕了。

回想起来，我仍然觉得这一趟旅程是不虚此行的。我最觉得印象深刻的是鲍鱼料理，因为做法独树一帜，优雅又富滋味（优雅与滋味常常不可兼得）；但我最佩服的却是他的龙虾浓汤，把一道到处可见的寻常料理做到滋味复杂、层次分明，令人对熟悉菜色有了全新的体验，这真是不容易的事……

* * *

结束了在志摩观光旅馆 La Mer 餐厅的晚餐，感受是五味杂陈的；如果旅行回去有朋友要问我这家餐厅值不值得像我这样“特地前往”，我也会觉得颇难一言而决。

首先，La Mer 餐厅的晚餐到底好不好吃？我应该说是“相当有水平”的，值得特地前往，特别是它的鲍鱼和龙虾，都让我有开了眼界的感觉。但我从杨怡祥医师书中读到高桥忠之的传奇，到我终于有机会亲身前往，时间已晚了六年，而杨医师写下文章，距离他真正体验高桥的手艺可能也晚了很多年，书本里记录的时空其实是无能再现了；即使我尝到的鲍鱼与龙虾，显然也不是杨医师书中描述的那种“天上的滋味”。

更特别的是，在我实际品味这些原创自高桥忠之大厨的料理时，也有一种“作者不在”之感。你问我为什么？我只能说，厨师做自己发明的菜肴时，随时会有新的灵感，做起来会有一种即兴的“神采”；但如果你是紧守遵循某一位厨师的食谱手法，那菜肴做起来中规中矩，但难免有一种“拘谨”之感。如果高桥大厨如今还在La Mer餐厅，这些菜色可能还会不断“演化”，但当他离去，餐厅又想保留他的经典菜单，其他厨师试着亦步亦趋地模仿，这些菜色就会停在这里，再也不会进展了。这个时候，再好吃的菜肴，都会让你有一种“有体无魂”的空虚感觉……

但也有可能是我的“心理作用”，我追寻书中的传奇而来，主观上却相信传奇已经不在了，虽然尝到的料理是出色的，我还是想象“那没吃到的”应该更加美味……

失去“名厨光环”的菜色，也有一个好处，它变得不是远在天边、遥不可及，相反的，它让我跃跃欲试，觉得我们这些平凡人，只要遵循步骤方法，应该也可以烹调出同样的菜色来……

整个晚上，我都在胡思乱想、患得患失，反复和自己争辩这究竟是一场难得的美食经验，还是一趟幻灭的旅程？

第二天早上，当我再度回到La Mer餐厅享用旅馆附带提供的早餐时，在完全没有任何期待之下，竟让我经历了一顿惊喜连连的早餐。早餐其实就是一般概念下的“美式早餐”，但样样东西都极讲究，首先是它的吐司与牛角面包水平不凡，配合法国奶油与饭店自制的果酱，滋味完全不一样；然后是它的色拉，维持 La Mer 餐厅与高桥大厨“地产地消”的哲学，用的全是附近农家的菜蔬，新鲜清脆已让人感动，油醋酱汁也调得高明，加上一瓶自制的优格，微酸带奶香，让你味觉与身体都彻底清醒起来；更不用说，半熟的鸡蛋与自制的培根与香肠，都是比一般旅馆虚应故事的“美式早餐”不知高明多少倍。

这个时候，我隐约有点体会，La Mer 其实还是一家值得称许的餐厅，从它早餐的一丝不苟可以看出；它的晚餐之所以让我内心挣扎，其实是我自己的“心魔”所致，若我不曾读过杨医师的著作，而是在偶然机会尝到它的料理，它一定会让我惊为天人，甚至急忙想要推荐给朋友；正因为我带着作者的“鬼魂”而来，又魅惑于高桥忠之的传奇，心中总是猜疑：“失去传奇厨师的加持，我是不是还能得到最好的？”反而不敢信任自己的直觉。

带了一丝愧疚和一点满足，我也没有心思再游志摩半岛或伊势神宫等名胜，就决定直接返回大阪了。到了大阪，我立刻试着要预约另一家杨医师书中的名餐厅，我请旅馆的 concierge 帮忙打电话，那是一位很有主见的白发中年男子，他听了我报给他的餐厅名字，立刻变得不由分说：“Kahara？那是一家很贵、很难订的餐厅，为什么要去？”

我只好赔笑解释：“那是我从书上读来的餐厅，向往很久了，难得有机会来大阪，想要去试试看……”

他觉得不以为然地打了电话，只见他不断点头，连声称嗨，然后捂着话筒说：“他们没有位子了，现在只能订一个月以后的。”

我又拿出纸条，说：“可不可以帮我再试试另一家餐厅？它是新开的，它叫 Hajime。”中年男子说：“没有听说过，我来打打看。”

电话接通了，他对着电话又说了半天话，回过头对我说：“他们没有位子了，现在订也是要一个月以后……”

我又拿出一张纸条说：“还有这一家。”

Concierge 男子现在好像已经和我站在同一阵线了：“这一家我知道，怀石料理很有名，但也是很难订。”他兴冲冲地再拨电话，和对方聊了很久，才转头对着我笑：“真有意思，他们今晚还有两个位子，我就帮你订了？”

订到的是被米其林评为三星的日本料理店“太庵”，我也非常意外，本来以为最不可能，没想到竟然订到了，我对这位门房大叔表示感谢，当天晚上很高兴地就去了。

当时米其林新版刚刚出版，“太庵”蝉联三星，入门玄关处放了好几个祝贺的花篮，都是酒商、米商、肉店、鱼店送的；但主厨一脸严肃，做菜时好像搏命一样，压力太大了。那一顿饭水平当然是很高的，每一道菜也都做得好，但我却觉得“不精彩”。“精彩”其实是创造者游刃有余、带着一点“好玩”性格的时候最容易显现，“太庵”好像就少了那么一点放松的感觉。

余下的几天，我反而在几家毫无知名度的餐厅里吃到意外精彩的料理，连同在京都无意中经验到的京料理餐厅“鸥”，都让我惊喜连连。尽管我在日本旅行多年，有意无意享受到的精彩料理也不少了，像这次专心致志寻找美食的旅行，对我而言还是少有的。但要怎么收获，先怎么栽，我努力寻找有特色的餐厅，这个区域也真的飨我以美好的回报。我对京都、大阪一带美食文化的深厚累积感到印象深刻，事实上，我还没时间走到神户呢。

旅程的最后一天，我又回到书店（这本来是我平常旅行的重点），这一次我寻找的书变成了京阪神一带的美食杂记和餐厅信息，无暇顾及其他“更有学问”的题材；当我手上捧着一堆全部是关于吃的书去结账时，我知道自己已经上瘾了，这样的“觅食记”只是开始，并非终曲。

复兴振兴酒店

日本 3 · 11 东北大地震发生大约半年多，我就动了念头想“回去”看看，但我不知道这是不是合适的念头，忍不住问我两位日本友人说：“现在是适合到东北[1]旅行的时候了吗？”

两位日本友人面面相觑，有点不知如何响应，可能也是没听懂我的意思，我只好再做解释；我的意思是说，不知道目前日本东北震灾的复原情况如何？如果恢复的情况不错，当地人正要重新启动经济活动，有一些外来观光客应该会提振士气；如果居民还在伤痛重建时刻，我们这样不识相的观光客却闯进来，仿佛是在“旁观他人之痛苦”，那显然就是不适宜了……

今川先生望向渡边先生，似乎是在寻求一个回答，渡边先生摸着下巴的胡子，侧头低喟地说：“嗯，这很微妙呢。”

[1] 东北，本文指日本东北地区。

びみょうですね！这是向来说话讲究的渡边先生的用语，表面上的意思是情境微妙，“不好说明”，但骨子里的意思有点“无法赞同”的轻微否定之意。今川先生望着我，大概觉得这个答案有点敷衍我，对我这样的朋友不太够意思，他改用英文说：“为什么你要去？”他又解释说：“连我们东京人也不太去东北了，辐射的情况真的是不好预料呢。”

我前面不是才说“想回去看看”，日本东北和我“非亲非故”，为什么一不小心就用上“回去”这样的字眼？

事实上，日本神户大地震之后，我也有同样的惦记牵挂，一直想“回去”看看那个美丽的港都城市“是否无恙”。等到真正找到合适的时机，也已经是一年以后了。再来的时候，大部分受损的建筑已经恢复旧观，人群熙来攘往，似乎也已恢复原有的生活，灾难好像是远离了。但行到某些街角暗处，我仍然看见有部分建筑因故未修，激烈扭曲变形的水泥线条让人触目惊心，仍可想见当时地震的威力。建筑物撕裂的破口裸露出依旧混乱的室内陈设，当然已经人去楼空了，但闹市之中突然出现一块废墟，那就变成结痂的伤疤一样，总是提醒你余悸犹存的创伤。

这种“回去”的念头，其实是属于“旅行者”的。旅行者行经某地，某些经验使他与该地有了“记忆链接”，或者套句《小王子》里的对白，旅行者与旅行地有时候会建立起某种“驯养关系”，当突然听到他人指称该地时，此刻你“心有所属”，因而发出“要回去看看”的想望，也许是这样的意思吧？

日本东北大地震之前，我曾到过东北地区旅行多次，有过若干“美好经验”。但也不能说所有的经验都是美好的，记得第一次到日本东北地区，其实是去山形市凑热闹参加一个纪录片的影展，然后才顺道和几位朋友去其他地方周游。在东京出发前夕，我们在一个酒吧里和几位日本电影圈的友人喝酒，其中一位英语毫无口音的日本大姐说：“干吗去那种穷乡僻壤？那里根本不是日本，我们连讲的语言都不一样。”这当然是一位都市文艺中年女子的“城市沙文主义”，她自己是不愿去乡下地方的，连带想把我们这票人都留下来……

等我到了东北地区，果然许多日文难以听懂，真的如大姐所说，讲的并不是“同一种语言”；又过了几天，我“发现”路上“找钱”出错的机率高得吓人，不管是在店里买东西，或是在车站买车票，找回来的钱常常是错的，但显然并不是东北人的算术不好，因为都是“短找”了，从来没有找多了，可见是一种欺负外来者的“普遍现象”。我并没有真正吃到什么亏（我有事先把该找的钱心算算好的好习惯），却对东北地区有点奇怪的民风印象不佳。

但这并没有阻止我继续前往东北地区旅行的愿望，日本东北地方共有六个县，风土景色与历史人情各有特色，每次旅行总有许多收获，而第一次旅行经历的怪事也没有再发生，更加让我对探索东北地区有着不止歇的热情。

也不过在震灾发生前的一段时日，我才有机会走过了一趟仙台与气仙沼的小旅行。仙台是东北地区的交通要道，经过的次数算是多的，这一次则是住到了郊外的“历史名汤”秋保温泉。而气仙沼则是通过阅读旅行书想象多时，如今终于有得偿夙愿的一次机会。

气仙沼港以渔获出名，除了秋刀鱼、鲣鱼和鲔鱼都很出名之外，它的另一个有名之处就是它的“鱼翅”产量是全日本第一。气仙沼得天独厚，捕鲨鱼制鱼翅，重要的市场是卖到中国（日本人本身并不特别欣赏鱼翅，也不懂得烹调），取得很多外汇。但近年来捕鲨取翅的行为颇受环保人士批评，连爱吃鱼翅的中国人也有很多的反省之声，看来这项美食是该“淡出”了。

我对气仙沼的向往并不完全因为新鲜海产的缘故，更大的原因是一家“国民休暇村”的号召。

国民休暇村，是日本一种国内旅游的住宿形态。它是从日本公益彩券和摩托车赛车博彩的收益金当中，提拨部分收入所做的公共事业，目的是提供给国民一个健康的休闲活动去处。国民休暇村是唯一能够合法建在“国立公园”（一级国家公园）或“国定公园”（二级国家公园）当中的旅游住宿机构，通常拥有广大腹地，自然环境令人惊艳，每个休暇村大多有长达数公里的自然步道，或有森林或有海滩，更有各式各样的运动设施。日本国民休暇村的设立（1961），至今已经超过五十年，全日本共有三十六处，而我自己足踪所至之处，则有九处，算是真诚忠实的“爱用者”了。

可能是在某一次投宿某家国民休暇村之际，我在旅馆中翻阅国民休暇村的设施手册，看到“休暇村气仙沼大岛”的介绍和图片，看到休暇村孤悬海上一片碧绿的美丽空照，又读到描述说它所在之地是“缘色真珠的疗愈之岛”，再看到它整艘船堆满各色生鱼片的晚餐，心中不禁就动了凡念，想象有一天，时机得宜，就要到气仙沼的国民休暇村去走一走。

时机恰好就来叩门，当时我的小孩大学毕业，在当兵之前，和几位同学相约到日本去上一个短期语言学校。这让我找到一个“探班”的好理由，并且承诺要为他们几位年轻人安排一个周末的“小旅行”，离开东京去散散心。我看时间不够多，路程不宜太远，就想到往北先赴仙台，再往气仙沼的一趟三日两夜之旅，正是合适的长度与合适的距离，多年来对气仙沼国民休暇村的想望，因而就有机会变成事实了……

*　　*　　*

即使已经到了仙台，距离看似不远，但前往气仙沼大岛国民休暇村的路途事实上还是颇费周折。根据休暇村给我的建议路线，我应该从仙台乘火车至一之关转气仙沼线前往气仙沼车站，再从气仙沼车站乘出租车到气仙沼港，从气仙沼港乘汽船到大岛浦之滨，休暇村将派小巴士来接我们。

我们先在秋保温泉度过相当惬意的一个夜晚，虽然住的并不是当地最豪华等级的温泉旅馆，但古意盎然的日式旅馆，一如往常，仍然有极为舒适的露天风吕[1]和丰盛美味的晚餐。等我们第二天回到仙台车站，才发现前往气仙沼的车班不多，而且非常耗时；我们临时决定，先搭快车到一之关，再改乘巴士到气仙沼，如果巴士车班较密集的话，我们或许可以省下较多路上等待的时间。

运气非常好，巴士车班并没有比火车密集，但抵达巴士站时正好有经由大船渡往气仙沼的车辆要出发，我们立即上了巴士，一点时间都没有浪费。正因为乘坐的是在乡间行驶的客运巴士，我们一路经由各种城乡街道，几乎是贴着两旁店面穿梭，仿佛没有距离，乡民在巴士里上上下下，彼此打招呼，我们好像是闯入的陌生人，无意间偷窥了乡民的生活。

七拐八弯行驶了近两个钟头，我们来到气仙沼车站前，依照休暇村给我的交通指示，我们叫了两辆出租车赶到港边，发现离渡船出发的时间也不多，一切衔接得流利顺畅，心里颇为庆幸。渡船是那种能运送车辆的大型渡船，车辆在甲板下的停车场，行人则在甲板上，海鸥则一路盘旋在我们头上，半个小时的船行，我们就抵达浦之滨码头，而休暇村的小巴士已经停在路边等候，几个转弯之后，我们就来到这家向往已久的“气

[1] 露天风吕，露天温泉。

仙沼大岛国民休暇村”了。

入住之后，我们放下背包行李，先到岛上散步，海边沿岸有步道，周游一圈几乎要走超过一小时，虽说是在海边，我们却感觉走在松树林中，偶尔走到高处，从浓密的松林中眺见海洋，才确信我们真的是走在海岸上。流了一身汗，我们泡了澡，准备好吃晚餐，果然气仙沼是日本三大渔场之一，晚餐是各式各样海鲜演出，一整艘小船的生鱼片不过是基本菜式，还有多种叫不出名字的海鲜，甚至还有两道用了整片鱼翅的料理；只不过鱼翅是小小一片，烹调方式也无法讨好我们这些真正来自懂吃鱼翅的华人社会，那些鲨鱼真的是白白牺牲了。

第二天，我们离开休暇村，又回到气仙沼港，港边有观光鱼市，新鲜的螃蟹、鲍鱼、扇贝和出名的秋刀鱼闪闪发亮，招手揽客，但我们旅行在外，新鲜的渔获当然无法购买，现场有许多鱼翅干货我们也不敢问津，只好买了一些鱼肉和贝肉罐头充数，聊解“血拼”未遂的遗憾。

谁想到时间才过一年多，气仙沼旅行的印象犹深，就在三月十一日的夜里，我在电视上目睹气仙沼港化作一片火海的地狱景象。我屏住呼吸，仔细想认出画面中有哪条街道是行走过的，有哪家店是造访过的，还有哪个城镇是车行过的，我两眼发热，但什么也认不出；是的，我是无法免于牵肠挂肚的，所谓的“凡走过必留下痕迹”，原来指的不是行走者会留下印记，而是“被走过的”会在旅行者身上留下不可抹去的痕迹……

那天看见气仙沼在暗夜中的火海景观，我心里感到无比震撼，看着那样的焚城灾难，我以为全城都毁了，没有人能从那样的火海中幸免了。第二天以后的新闻陆续呈现，慢慢才知道是因为港口油槽破裂，流出的汽油起火燃烧，夜间看似全城起火的景观，其实大半是海面上流动的汽油，火灾的覆盖面积似乎并没有那么大。反倒是白天看到港边的船只被冲到陆地，而大岛往返的渡轮则被冲离岸边，在大海上漂流，仿佛是一只不能控制的玩具船……

随着地震灾情的报道，一点一滴拼凑出来的灾后地貌，我其实是无法辨识旧地的，那些沿岸的街道、昔日观光鱼市，甚至投宿之地，大概都是付诸流水了。地震发生不到三天，我就收到来自“国民休暇村”的会员通信，信中报告了各地休暇村的大小灾情，其中一句触目惊心的话：“我们在此沉重地宣布，气仙沼大岛国民休暇村受灾严重，已经确定永远无法修复……”意思是他们完全放弃了，我读了这封信，心情也跌到了谷底。

就这样惦记着牵挂着，日本东北大地震发生大约半年多，我就动了念头想“回去”看看，想看看那些东北沿岸的景致是否无恙，更想知道那些在此生活的人究竟在一种什么样的状态中，如果回去那里旅行，哪怕只是对当地生活的人说一句加油，也很能表达自己的心意。但我不知道这是不是合适的念头，才忍不住问我两位日本友人，现在是适合到东北旅行的时候了吗？

两位友人的“微妙”回答，泼了我一盆冷水，我想自己是太急躁了，尽管是出于好意，也要更明确知道东北已经度过了最严重的伤痛时刻，人们已经进入了复兴期，当他们充满生存的战斗意志，急着与外在世界沟通，那也正是外人可以恢复旅行之时。

没有多久，我就陆续听到不一样的消息，一位与日本多有往来的朋友告诉我，说此刻仙台市“生气勃勃”，原因是世界或日本国内各地来的义工聚集在那儿，各种建设计划正在进行，而灾后的保险理赔和救灾的援助款都来到仙台，银根充沛，他说：“你会发现仙台是目前日本经济最繁荣、最有活力的地方……”

我是读经济学的，这样的话当然一听就懂，只是自己从没有这样想过。

又过了几天，我收到另一封来自国民休暇村的会员通信，信上竟然宣布，气仙沼大岛国民休暇村复建成功，开始接受外界住宿预约，但它解释说：“目前以提供救灾义工住宿为主，外界人士如有需要，可以申请，一泊二食的费用是六千五百日元，但无法提供特别的套餐饮食……”意思是只有标准的早晚餐（没有特别注明内容），不能提供像过去一样有各种等级的料理，或者特别讲究的美食。

但这已经够让我感到振奋了，本来听说它“永远无法恢复”，现在竟然告诉你已经恢复营业，只是还没有回到观光的悠闲状态，但我得到消息，已经像是听到患有绝症的朋友突然遇奇医而痊愈一样。

这样是不是已经“适合再到东北旅行”了呢？如果灾情最严重的地区之一，都已经开始发出广告信函，邀请会员回去看看，而东北各县都在做“加油呀，东北”的观光宣传，观光旅馆也打出各种优惠，这难道还不适合吗？

*　　　*　　　*

就在日本 3 · 11 大震灾届满一年之际，我在网络上匆匆订了旅馆，买了直飞仙台的机票（也就是那个曾经在海啸中淹没、旅客全被困在屋顶上的国际机场），决定“回去”看一看。

上飞机的时候，感觉并不孤单，因为飞机舱内并不是空荡萧条的；我至少看到两个人数不少的旅行团兴高采烈地正要前往震灾地区旅行。他们年纪多半是已年过六十的退休人士，间或有一两位比较年轻的女团员，腰上裹着腰包，脚上穿着球鞋，头上戴着棒球帽，胸前贴着旅行团名称的贴纸，喜气洋洋，精神饱满，也开心地聒噪不停。可见台湾人爱到日本旅行，并不害怕辐射线或灾区的景况，勇敢犯难的气魄显然是超过日本人自己的。

到了仙台机场落地，这个景观加倍明显，因为过关的外国人几乎清一色是台湾地区的人们，仙台海关一位工作大婶干脆站到柜台上，用半生不熟的中文解释过关填表的注意要点，中间还夹杂了几句搞笑的闽南语，旅行团中的熟年老伯伯也能用流利日语应对，场面热络，让我错觉自己是来到了花莲机场。

有一队旅行团团员手上有佛珠，胸前贴纸有莲花符号，携带的行李也有佛教的法器，我猜想他们是有佛教信仰的旅行团体，可能行程就包括刚刚被指定为世界遗产的佛教圣地、位于岩手县的“平泉”。当然，东北地区的宗教圣地不止一处，我自己此行就有计划前往偏于山形县一隅的神秘圣山“羽黑山”，只是开山超过一千四百年的“出羽三山”之一的羽黑山，是日本神道教的修行圣地，并非佛教徒孺慕的目标。

这几年外出旅行，经常遇见台湾旅行团中有这一类的宗教团，也许信仰的一致带给团员兴趣的相近，不但可以共同寻求有宗教意义的旅行目的地，又可以与教友相濡以沫，交换灵修的心得，应该是一种有益身心的旅行形态。但我也看过比较“奇怪的”场面，譬如有一次在印度德里的“国家博物馆”里，我遇到一团台湾佛教信徒，就五体投地跪拜在释迦牟尼佛的“舍利子”之前，还有和尚带领敲钵诵经；这并不是任何宗教圣地，而是“博物馆”厅堂中的一项“考古文物”，其他参观者在一旁不知所措。事实上，就在这个展览项目的旁边，已经张贴了一张告示，大意是“有人在此参拜造成其他游客的不便，请安静参观，勿在此举行任何宗教仪式”云云。可见台湾教友的“勇往直前”已经成了一种博物馆管理的困扰与麻烦，大字报就贴在那里，我看到来自台湾的善男信女却还照拜不误，香烟袅袅，梵唱不休，完全把“博物馆”当作“名山古刹”，着实可说是一种“范畴的误用”呢。

闲话暂且不表。出了海关，拿到行李，两个台湾旅行团有大巴士来接，忽焉而去，留下我们一行两人拖着行李，穿过天桥，找到前往市区的电车，空隆空隆缓步行进。发自空港的电车郊外段落走在高架桥上，接近市区才潜入地下。一路上景观簇新，好像是新建设的一样，这倒不一定是灾后重建的缘故，机场的地铁线本来就是较新的路线，加上日本人对器械设备一向保养用心，几年之内通常都像是全新一样。

事实上，这次重访日本东北是初次体验直飞仙台，从前来都是从东京搭乘火车走陆路，仙台机场还是第一回看见，机场规模不大，干净新颖，但气氛上更像一个热闹的乡下火车站，没有国际机场的森严和冷硬；进市区的电车路途感觉也不遥远，两三站之后就是一般市民搭乘的日常交通工具，学生背着书包上下学，家庭主妇提着菜篮上下车，让人感觉距离市民生活很贴近，没有一般国际机场快捷运输的“非生活感”。

进到市区，投宿的是一家公司职员出差用的“商务旅馆”，Lobby有自动机器可供你自助办理住房与退房，但我用的是网络订房，还是得临柜办理手续，穿着制服的小姐英文困难但态度热情，仔细为我介绍馆内的各项设施，不只是提供免费的自助早餐，餐厅还随时提供免费的咖啡和其他软性饮料，同时还兼做报纸阅览室和交谊厅之用，我看见确实有出差的会社员把餐厅当作约会洽商之处，约来各种对象，自取饮料，低头猛做笔记，好像在咖啡店谈生意的模样。但旅馆房间很小，放下行李已难转身，照说这些偏远城市，市区宽大空旷，土地不像东京那么昂贵，房间面积应该可以慷慨一些，我走过日本大小城镇，只要是经济型商务旅馆，格局似乎都是一样。

我们急着出去走走，想看看阔别一阵子的仙台市是否无恙。在市区信步走去，不多时已经来到最热闹的国分町与本町；时间已晚，我们还没有吃午餐，现在已经饥肠辘辘，想起仙台的名物“烤牛舌”，忍不住直往烤牛舌的“元祖店”、一九四八年诞生的“味 · 太助”。

凭记忆找到老店家，白色店招布旗依旧，斑驳木门依旧，推开危颤颤的木门，烟雾弥漫依旧，扑鼻兽肉焦香依旧。我第一次造访仙台，时间几乎是二十年前；当时就曾依照旅游书中所述，按图索骥来到这家烤牛舌的元祖之店。“太助”的初代创办人佐野启四郎鉴于战后物资匮乏，牛肉售给美军的价格极昂贵，牛舌、牛尾与内脏则乏人问津，物贱如土，因而想寻找日本人可接受的牛舌烹调方式，他经过多次实验，把牛舌用盐、胡椒腌制，再用炭火炙烤，配合麦饭（在白饭中加入麦实，也是穷人少吃白米的意思）和浅渍小黄瓜或高丽菜，并佐以葱白炖煮的牛尾清汤，成为一整套的乡土美食，这样的烤牛舌套餐后来更风行全日本，现在已经是经典的庶民料理了。

推门进入老店“太助”，中央是一个木制吧台，吧台内站立白帽厨师一人，守着面前一片铁网，铁网下的红炭轻轻地嗞嗞作响；旁边另立一人，守着一锅汤。菜单主要分A餐和B餐两种“牛舌定食”，差别只在于B餐有四片烤牛舌，A餐则只有三片，其余搭配的麦饭和汤完全相同。客人点餐之后，中央守着火网的厨师掀开毛巾，露出堆如山积的大片腌制牛舌，取出三片或四片丢至网上，铁网立刻冒起白烟，发出哔剥之声，牛脂肪的焦香味旋即充满整个房间；坐在吧台上，你可以看见红色的肉片受热返白的景象，看见油脂滴落炭火掀起烟雾，看见另一位厨师取出葱白置入碗底，并从锅中舀出白澄汤汁注入碗中的模样；这一切纯熟自然的动作都伴随扑鼻的肉脂香气进行，食物还未上桌，你已经觉得好吃到不行了……

坐下来点好四片牛舌的套餐之后，站在吧台内的白衣厨师立即取出腌制牛舌肉片，置于炭火上的铁网开始烤肉，烟雾迷蒙之中，另一位厨师则取出细切的葱白置入碗中，开始舀汤；不一会儿，清澈的牛尾汤与麦饭先来，然后香气扑鼻的烤牛舌也搭配浅渍白菜紧跟着端到桌上。

先喝一口汤，带着脂肪和胶质的牛尾竟然有着一种浓郁的奶油香味，葱白的清香则给它清爽不腻的效果。然后是麦饭，白米饭中夹杂麦粒的香气，吃起来却有类似糙米饭的粗纤维口感；配合一片牛舌来吃，牛肉切得颇厚，咬啮时在齿间抵抗，很有嚼劲；每片牛肉都腌制得十分入味，炙烤的焦香与入口有滋味的咸香，搭配白饭和清酒都很登对。

虽然午饭时间有点晚了，我们还是吃得很开心。事实上，现在贩卖烤牛舌定食的已经不是“味·太助”一家，光是在仙台市内恐怕都不止一百家了，每家都有不同的诠释和强调的卖点，有的强调只有牛舌最厚最软嫩的舌根部分，有的则强调独特的腌制调味（日式味噌、韩式葱麻油或法式调味）；而卖烤牛舌定食的餐厅也不限于仙台，在东京、大阪都有“烤牛舌定食”的连锁店，烤牛舌从战后满目疮痍的仙台出发，如今已经是日本全国的庶民美食了。

享受过烤牛舌的“元祖店”之后，我们在市内街上闲逛，朋友曾告诉我仙台市如今是“日本经济最繁荣、最有活力的地方”，这句话看起来大体上是没有错的，街头上满是消费的人群，到处都有强调“重建”或“振兴”的活动；百货公司里常常设有强调产品来自灾区的特贩角落，到处都有震灾创伤的纪录摄影展览，书店里各种震灾专书则摆在最显眼之处；“创伤”与“繁荣”之间有着一种奇异的组合，说不出来是矛盾还是平衡？

但是我心里上还挂念着一件事，那是我在书上读到的一个消息，急着想证实它的内容。我几个月前在东京买了一本昭文社出版的旅游“杂志书”，书中提到关于仙台的一个“最新消息”，新闻标题中说：“喝东北的酒支援灾区复兴……”

怎么样喝酒支援灾区，新闻里进一步说，这是一家“以复兴支援大震灾为目的的居酒屋”，开店时间预定为一年，从二〇一一年九月十三日开始营业，计划在二〇一二年九月三十日关闭，酒店中一共搜罗受灾的岩手县、宫城县、福岛县所有酿造的“地酒”一共九十五种，全部一杯卖四百八十日元，提供的饮食也全是来自三个县的食材，这是一家非营利的酒店，所有收益全部捐给受灾的三个县……

开店时间只有一年，这显然是师法当今零售业最时髦的所谓“快闪店”（pop-up store）模式，快闪店突然而来，也稍纵即逝，最早是由美国和英国的时尚服饰业者所爱用，以打游击的“快闪店”和限定商品创造消费者的“追踪”欲望，进而完成一种“你追我躲”的隐秘店概念。这家“复兴支援酒场”，期间也只有一年，一方面参与的义工得以结束他们的投入（无法完成的义举有时候是一种折磨），一方面也使得支援的消费者珍惜机会，不至于弹性疲乏。

这是一个有意思的“构想”，虽然用喝酒作乐来救助灾民好像有点怪怪的，但可能进酒店“喝一杯”本来就是日本人的生活形态，饮酒未必就是“作乐”，有时候更是“一醉解千愁”的治疗过程。而一家居酒屋竟能把灾区“酒藏”一网打尽，提供九十五种地酒，让你全盘认识这些地方原有的物产风情，这却又是一种有创意的“同情”之举。

书上读到的数据如此，现在既然来到了当地，怎么能够错过一探究竟的机会？

我按着书上所揭示的住址一路寻找，一直走到车站附近的小巷内，小巷错综复杂，有点鬼打墙似的几次绕回原地，猛一抬头，才发现酒场的招牌就在眼前。

酒店门口除了一个小小的木头招牌，其他都是“大字报”，写的都是关于这家店的来由以及做法。上面也注明每天营业时间是从下午五点到半夜十二点，而此刻正是刚刚开店的时候。我们掀开门帘走进去，里头的工作人员爆发出一长串的吆喝欢迎之声，立即有一名年轻男子笑脸迎上前来，身穿工作人员的黄色T袖制服，上面印着“复兴支援酒场”几个黑色大字，胸前还别着一个绣有名字的名牌，他招呼我们坐在一桌靠边的桌子旁，店内客人已经不少，单独或两三人前来的客人多半坐在吧台，人数较多的客人则坐在木桌之旁。

大概是年轻男子看我反应慢了半拍，猜出我是日文不灵光的外来客，过了一会儿拿着菜单前来的女服务生开口就讲流利的英文。大学生模样的女服务生解释菜单的内容，说明每一个区块代表的是某一个县的食材和地方料理，既可以单点，也可以点套餐，如果你点“宫城县 course”，它就为你选了该县十种代表性的下酒菜色，如果你愿意同时“支援”三个县，也可以点“三县 course”，它就从三个县当中各挑选若干代表菜色组成一个套餐。

“你们慢慢看，我要帮你们先点杯酒吗？”女服务生很热心地介绍。

另一张酒单上列举了三个县各家酒造的代表“铭柄”，但我们既然来到仙台，不如就专心挑选宫城县本地的酒，我们就选择了一杯“一之藏”的“无鉴查本酿造辛口”，和一杯“伯乐星”的“特别纯米”，这两家都是东北地区享有盛名的清酒名厂。

过了一会儿，女服务生先抱来一大瓶“一升装”[1]的“一之藏”摆在桌上，在我面前放下一张深口盘子，再放下一只杯子，然后费力举起大酒瓶，大声对着店内叫着：“要倒了哟！”全场的工作人员连同店里的其他客人全部转头看向我，同声齐唱：“嘿，どこいしょう，どこいしょう。”（Dokoishio–Dokoishio）服务生缓缓将酒注入杯中，至杯中酒满出了，又大声叫说：“酒满了呀！”全场又是唱歌似的大声附和：“嘿，どこいしょう，どこいしょう。”

我坐在那里又惊又喜，原来全场喝酒的人是这样的心思相连，那酒一直注入到杯中全满，最后连盘子也满了，不小的杯子加上深口盘里的酒，这一杯怕不止300ml以上，喝了恐怕要醉。服务生匆匆离去，一会儿又抱来另一个大瓶，这次是“伯乐星”，她对着我们眨眨眼，再度对着店内大呼：“伯乐星，要倒了哟！”全场又兴奋起来，欢唱一般：“嘿，どこいしょう，

[1] “一升装”，日本古单位中日式1升瓶为1800毫升。

どこいしょう。”等酒满溢出来，“酒满了呀！”

“嘿，どこいしょう，どこいしょう。”又像是鼓励，又像是开心，又像是在说：“我们又捐了四百八十日元给灾民了呀！”这个气氛真是超现实呢。

侍者倒酒的时候，全场不分工作人员或饮酒客人唱歌似的齐声大呼：“ハードッコイショドッコイショ。”（读作 ha-Dokoishio-Dokoishio）但有趣的是，我却理所当然地把它听成了：“落盖咻，落盖咻。”等到写这篇文章的时候，我的同事和一些日本友人才告诉我说，并没有“ろがいしょう”这样的日本字……

“怎么会没有？”我心里纳闷着，小时候不都听过《素兰要出嫁》的歌，那扛轿的不都唱着“嘿咻嘿咻，落盖咻，落盖咻”吗？

等到辗转来自日本友人的指教，那原文是“ドッコイショ”，而不是“ろがいしょう”。而“落盖咻”根本就是闽南语的讹传，那位要出嫁的“素兰”，其实本来也就从是日本东北渔夫捕鱼时唱的一种渔歌“ソーラン节”（Soran-bushi）借来的。渔夫在海边捕“鰊鱼”（ニシン，也就是我们说的鲱鱼），收网时唱着“ソーラン节”，歌词中就有“ハードッコイショドッコイショ”的语句，象征众人收网使力的吆喝声，有同心齐力的意味。

这样就明白在这家支援振兴酒店里，店员要和客人共同唱和着“ドッコイショドッコイショ”了。

既然叫来了酒，我们又点了一些下酒菜，也刻意都点来自宫城县的食材和特色料理，我们才吃过太迟的午餐，也不能多点，食物送上来时，虽说都是很简单的料理，味道却也都相当认真正宗。但在读菜单的时候，却在菜单背后的一段文字中读到关于这家酒店的缘起，文末还附上了前一个月的“财务报表”……

原来“复兴支援酒场”的构想，正是来自当地一家居酒屋的经营店主，他发起这项救灾构想，寻找各界的支持，许多酒店、餐厅都共襄盛举，有器材出器材，有食材出食材，或者就提供义工与资金，几乎是地方上餐饮界的团结行动。他们也初步募集了若干资金，就由居酒屋的主人来号召组织，共同经营这一家以赈灾为目的的“复兴支援酒场”；而酒店开幕以来，地方上的酒客也乐于支持，下了班转过来喝一杯，既解百忧，又为灾民出了一点力气，并不困难勉强。而每个月酒店也都把财务报表印在菜单背后，收支损益透明，以昭公信，真的是用心良苦的一个实践。我就他们的财务报表所见，酒店每个月约可获利六十余万到一百万日元，一年期满应该有机会捐出几百万或近千万日元的善款，谁说小企业家的力量是微薄的呢？

大概是构想获得了成功，他们虽没有计划“延长”这家“复兴支援酒场”的开店期限（目前是预定开到二〇一二年九月底为止），但却已经在东京新桥又展开了另一家店，概念完全相同，酒单与菜单也完全相同，下一次有机会去到东京，我也会设法再去造访。

入夜之后，客人愈来愈多，我也已经有点不胜酒力，觉得应该起身离去，因此请服务生结账，账单送来时，价格比想象中便宜合理，我深深觉得这真是一个支援灾区的好主意，参与义工与参与消费都显得自然而不勉强，大家只是做自己熟悉的事（餐厅服务生就做服务工作，酒客就喝酒），竟自然而然造就了一项义举，而大家有感于这项工作可以帮助有困难的“别人”，服务起来或喝起酒来也加倍来劲，就连呼喊“ドッコイショドッコイショ”也充满了热情朝气，没有例行敷衍的怠慢，大家都很有力气地“活着”，这难道不是艰困人生中一个美好的活动吗？

第二天傍晚，我再度回到“复兴支援酒场”，这一回我却连一个座位也找不到了，服务生充满歉意地向我道歉，但有什么关系，一个赈灾的酒场如此兴盛，我只会为他们感到高兴。怀着赞叹欢喜之心，我离开酒店回到旅馆，准备第二天展开东北乡间的旅行。

可惜气仙沼我这一趟不能够再去，主要是因为铁路交通尚未恢复，必须一段巴士一段火车接驳前进，我的时间是不容许我这么做了。但我倒是回去重访松岛，乍看之下，松岛似乎没有受到很大伤害，细审之后，发现不变的其实是“自然景观”（海上星罗棋布的大小岛屿，以及岛上笔直挺立的松树），“人工建物”的部分反倒都是重建或翻修了，街道变新变干净，商店也有全新的装潢和招牌，显然是灾后复建的；进到商店，墙上则有各种灾难时的惨状照片，并且说明自家商店是如何重建复兴，看来每一家都经历了一些艰辛过程。

但海上的游览倒是恢复了，海湾游览船仍旧准时出发，导览广播仍旧飘扬在空气中，连游客都回来了不少；海边新建的游客中心人声鼎沸，有许多妈妈义工热心地向游客推荐当地的各种景点和名特产，游客看来以日本当地人为主，间或听到一点中文，但其他国家的游客就非常少了，不是我十几年前来的景况。

中午我找到巷子里一家隐秘的寿司店，店中没有别的客人，却有一组电视拍摄人员在采访取材；我们坐下来，除了点了中午的寿司套餐之外，我看到墙上有手写海报说“岩牡蛎上市”，松岛正是著名蚵田所在，也点了一份生牡蛎来吃。牡蛎端上来时，一个盘子里只放一颗，牡蛎壳和盘子一样大，壳中的牡蛎肉肥美饱满，一颗几乎就要吃饱，味道也鲜美至极，充满海水潮香，令人印象深刻。

离开松岛之后，我们的路线就转往北边日本海，往山形县的方向走去。那里是震灾受损较小的地区，交通和公共建设大多安然无恙。但出乎意料，尽管灾情较少，当地景胜之地游客却十分稀少，远远不如仙台与松岛。

我们往北来到靠海的酒田市，那是昔日庄内藩的重要港口，身系日本海的交通命脉，颇有一些有意思的古迹。但我们来到市区中心的商店街，却发现门可罗雀，形同鬼域，信步走进一家卖扫帚、畚箕的生活古用具店，我看见店中颇有雅趣，忍不住徘徊再三；店中走出一位年约三四十岁店东模样的男子，客气问说："客官哪里来？"

答曰："来自台湾。"

男子眼镜背后露出惊讶之色："啊，来自那么远的地方？我们这么偏僻的所在，连日本人都很少来呢。你们是自己旅行吗？"

"是的，先到仙台，然后走陆羽东线到濑见温泉，再来到酒田。"

"真了不起，那么接下来要到哪里呢？"

"此行的目的之一就是要上羽黑山……"

店老板露出更吃惊的表情："先生知道羽黑山吗？"他急忙入内，过了一会儿取出几张观光地图："这里有一些旅行数据，您一定要参考使用，羽黑山是我们这一带最值得探访的地方，我自己每年开春都要去初诣呢。"

拿给我的数据当中，有两张是关于羽黑山的地图和解说，有一张则是酒田本身的观光地图。我合掌鞠躬说："真是太感激了。"

店老板摇手说："不，不，我们要感激的是你们呢，大震灾的时候捐了这么多钱，世界第一呢，比美国人还多，台湾是那么小的地方，我们真是太感激了。”

这下子轮到我身为台湾人感到骄傲了，台湾的确是个善心之地，四川汶川大地震台湾捐助了七十亿台币，日本东北大地震台湾也捐助了超过七十亿台币，而这些受灾地区你永远会看到慈济志工身先士卒的身影……

我们在酒田市一家店里遇见一位谦冲有礼的年轻老板，他真诚地想帮助我们这些陌生的自助旅行者，而他又出自内心感激台湾对日本震灾的帮助，他自己并非直接受灾者（但东北此刻缺少游客也让他成了震灾的间接受害者），他仍然对台湾的义举心存好感；我并不是要紧的捐助者，却在旅行的每一站，受到每个人对我的鞠躬感谢，仿佛我是被台湾人派来接受日本民间人士的谢礼的。

*　　　*　　　*

但我是怎么跑到羽黑山来的？羽黑山是所谓的“出羽三山”之一，出羽国是酒田所在地昔日古国之名，“三山”则指的是羽黑山、月山、汤殿山，是日本横亘山形、新潟、福岛三县的“盘梯朝日国立公园”的一部分，自古是日本灵修者心目中的圣山灵峰，羽黑山山顶的“三神合祭殿”开山已经一千四百年，历史悠久，地位崇高；又因为地处偏僻，交通不便，探访者除非有莫大的毅力决心，不容易完成。

前年我与家族亲人在山形县会合旅行，路过邻近“羽黑山”的鹤冈市，忍不住临时决定乘车上山，但车班稀少，我们仅能有二十分钟的停留时间，只参访了山顶的“三神合祭殿”，来不及去走走长达两公里共二千四百四十六阶的参道。但我们已经看见山上参天的古杉木林，树龄都在千年以上，那座巨大森林的苍郁姿态和云霭灵气，已经让我们一见难忘，我心里也暗暗下了决定，他日有机会，一定要来这座“灵山”走一走。

而这次正好找到机会，我又发现就在山顶不远处，另有一座“羽黑国民休暇村”的存在，这对我来说是太好的消息，早早就把休暇村的房间订好了。

我们从鹤冈搭乘巴士上山，巴士几乎没有其他乘客，而路上的积雪也还没融化呢。来到休暇村时还不到下午两点，住房登记的柜台还是空无一人，连电灯都还没打开（休暇村正常的入住时间是从下午三点开始），等我提着行李来到柜台前，办公室里一位高胖的年轻人急忙走出来开灯，一面点头致歉。亲切地帮忙办完住房手续后，他又帮我提着行李进房“案内”，并且说明晚餐时间如需铺床服务，可把牌子挂在门外，会有工作人员把床铺好。这倒是新的服务，从前我住国民休暇村的经验，都是要自己铺床的。

等到收拾停当，我急着想上山顶去走走，再度来到柜台询问，这回柜台里是另一位瘦黑的年轻人，我告诉他想到附近散步，休暇村是否有步道的地图提供？瘦黑年轻人似乎有点惊讶，他迟疑不决地给了我地图，并且打开地图建议我只在停车场附近的湿地走走，他说：“这一带已经除雪完成，比较安全，走路还是要小心滑倒；其他地方积雪未除，最好不要去……”

“我想到山顶上走一走……”

“但这一带的步道都被雪淹没了，前一阵子有大雨，森林里几乎不能走。”年轻工作人员诚惶诚恐地说：“森林里的参道倒是整理好的，明天早上我们有专车送客人到随神门入口，再到山顶去迎接，您可以考虑参加。”

“好，我考虑看看。”我虽然听到这个选项，却心里有点疑惑，山顶不是已经近在咫尺吗，为什么上不去？

等我带着地图来到森林步道的入口，只见入口拉起了红绳，挂着牌子说，由于大雨冲刷，步道地基流失，请游客不要冒险进入……我越过绳子，走了几步，只见步道处处泥泞，有许多倒下的大树横亘去路，这样的山路的确是不好走了，看来是又得放弃了。

但休暇村位于山腰空旷之处，我们在四周散步倒也心旷神怡，路上虽有积雪未化，气温却已经舒适怡人，远眺白头山顶，山岚袅袅，灵气满溢，令人心生崇敬之意，难怪是个宗教圣地。

只是我像《茵梦湖》那位失意的莱因哈德 Reinhard，游不到湖心、触不到那虽近实远的水中睡莲；两度我来到羽黑山，却还进不了两旁参天杉木的参道。第二天，我还是坐上休暇村的便车来到入山口的“随神门”，我只走了一小段崎岖的山路，看到五层的国宝木造古塔“五重塔”，然后我就得离开了。受限于稀少的班车，我必须赶着上路。远方有一班火车我必须赶上，才能依约定时间到达另一个陌生而古老的温泉，那里，将有另一位工作人员等着迎接我，带领我到达另一家旅馆，而这样一程赶过一程，我的东北之行也即将要告一段落了……

小野二郎的寿司旋律

言谈热烈的会议突然间“有天使走过”，出现一段静默空白，大家都不知说什么好，这时候，坐在身旁的May低下声音悄悄说：“如果有小野二郎寿司的空位，你有没有兴趣？”

我吓了一跳：“你是说，东京小野二郎老师傅的数寄屋桥寿司店？”

“对，”May淡定地接下去：“位子超难订，我们好几个月前订的，结果他临时有事，去不了了，取消掉太可惜……”May的先生是大银行家，事业繁忙，意外的工作行程显然也是常发生的。

我一下子完全听懂了她的意思，脑筋也跟着急忙搜寻转动。

小野二郎一九二五年出生，今年八十七岁了。他从七岁进割烹餐厅习艺，二十五岁开始修习寿司，三十九岁就在银座自立门户，开了这家名闻世界的“数寄屋桥次郎寿司店”（すきやばし次郎）；算一算，从学厨艺起已经八十年，手握寿司的经历已经六十二年，自己开店也已经都快五十年，每一项都可说是现役厨师的世界记录。

二〇〇七年法国知名的美食导览《米其林指南》（Michelin Guide）初次出版亚洲城市的评论，第一站就是日本东京，那一年，米其林一共给了东京的餐厅一百九十一颗星，其中，三颗星的餐厅共有八家，“数寄屋桥次郎寿司”是其中一家，这当然更创造了小野师傅的传奇性，因为他又多了两项世界记录，一是最老的三星餐厅主厨（那一年他八十二岁），另一则是全世界唯一一家店内没有厕所的三星餐厅……

厨师的传奇有时候只是故事性浓厚，未必与好吃划上等号，但小野二郎显然享有比传奇更高的荣誉。日本料理评论家山本益博称他是“世界第一的握寿司”，把老先生高抬至“厨坛祭酒”的地位；法国天才大厨乔·卢布松（Joel Robuchon，1945— ）也欣赏老师傅的手艺，每次来到东京必定拜访“数寄屋桥次郎寿司店”，并且指着吧台说过一句被传颂一时的名言：“这是全世界离天堂最近的位子。”（虽然乔·卢布松似乎是“变心”了，在最近一本杂志刊出的一篇名叫《世界顶尖主厨所爱的日本名店》的文章里，乔·卢布松不推荐小野，改称在赤坂的“鮨さいとう”是他最爱的日本餐厅。）

我知道小野二郎的故事也超过十几年了，八〇年代末期当时我刚开始学会在日本自助旅行，渴望找到更多的资料，其中当然也包括各种美食导览的书刊，我买到一本由山本益博监修的杂志书《东京食走指南》；たべあるき在这里被我粗糙地译作“食走”，当然有点不雅驯，但它是一种按地理分区详述餐厅特色的美食导览，宜乎使用者边走边吃，或者为觅食奔走，强调身体力行的“步”（走路），这对旅行者而言，显然也是很实用的随身一册。

但这本杂志书在正文介绍各区餐厅之前，还有几个饶富趣味的主题文章，第一篇就是报导“最老的”和“最年轻的”寿司师傅，最老的当然就是小野二郎，当年“才”七十一岁，而最年轻的寿司师傅则只有十七岁，两人相差五十四岁，江山代有才人出的世代交替意味不言而喻。

这是我初次读到关于寿司人瑞的故事，印象深刻的是书中说老师傅每天清晨骑脚踏车亲赴筑地采买渔获，他眼光锐利，更兼狠准，每遇上等食材（特别是鲔鱼大腹），不顾高价，非抢到手不可；他更解释这是他在银座开店的原因，因为银座离筑地很近，采买鲜鱼之后可以立即处理，不会蹉跎于车程路途，离鱼太远的地方不适合开寿司店。

读完小野师傅故事后心也跟着动了一下，但那个时候我旅行日本不久，对当地的“高物价”还颇不适应，对动辄上万日元的高级料理颇有心理障碍；大部分的饮食经验仅限于“庶民美食”的拉面、猪排饭或一些便宜大碗的海鲜刺身等，看到银座高级寿司店总是有双重畏惧，一方面害怕荷包失血，另一方面则害怕坐吧台讲日文，结果心动归心动，始终没有真正行动。

但后来我的日本旅行渐渐起了变化，一方面，大概是我对自己的三脚猫日文略微有了信心，觉得拿来用于旅行上的应对，似乎是“可以用”了；另一方面，则是随着年纪心态上起了大变化，觉得“人生只是走一次的旅程”，什么东西都得试试，金银钱财生不带来，死不带去，有时候“放手一搏”，买到人生独特经验也是值得的。这样把心一横，就发现没有什么价格是不能付的了。

这几年，利用工作出差或家庭旅游，我开始在东京尝试高级寿司，几家名店因而都有机会一试，像“青木”、“久兵卫”、“からく”等名餐厅，都亲履胜地去试了，有的名不虚传，有的大失所望，大概是因缘相异，有时候遇见大厨亲自服务，有时候只分到小徒弟，或者当天渔获不同，所见也不同吧？

唯独老师傅的“数寄屋桥次郎寿司店”始终无缘相识，大概我的旅行计划太随兴，总是到了东京才想到要去订个位子，但“数寄屋桥次郎寿司”是没能够让你这么随便的，一直订不到；有一次，我请旅馆的门房经理代订餐厅，他一看餐厅名字就说：“订不到的，没有一个月以上是订不到这家餐厅的。”说完竟然就把纸条交还给我，连试一下都不愿意。

后来知道小野二郎的次子在青山开了另一家分店，也拿到了米其林两颗星，我想试试同一“家学”也好，竟然也订不到位，所以“知易行难”，耳闻老师傅的故事已经近二十年，书籍和报道也不知道读过多少回了，始终缺乏真实体验。

现在，奇特的因缘发生，May 和先生订好了位，却因故不能成行，突然在席间问起来："如果有小野二郎寿司的空位，你有没有兴趣？"

"啊，当然有兴趣，我回去马上看看我的时间，只是机会难得，你确定真的不要了吗……"我还有点不好意思拿走他们的订位。

"我们几个月前就订了，当时还再三确定他的时间，现在突然间又不行了，有客人从海外来，他得要接待……"May 的口气里也充满惋惜。

她又接着说："你回去看看时间，如果你可以去，我就不取消订位了；下周一你给我一个电话，我再把订位数据传给你。"

下周一我看了时间，发现我是有空的，正巧日本也有一些工作要做，我就回话说："我可以去，请把订位留给我吧……"

* * *

但是留给我的订位是三个人的，我们只有两个人，好像也不应该浪费剩下的一个座位。可是邀请别人，礼貌上多半总是要邀请两位，邀一位有点奇怪。一开始，我试着努力游说一位还在学的研究生，我和他的父母很熟，常在一起吃饭，发现这位年轻人不仅见多识广，而且也确有美食热忱，未来显然有成为美食评论家的潜力，既然还单身，只邀一位也不唐突；但年轻人有课要上，不敢造次，几经挣扎，就放弃了。我蹉跎时光，转眼就来到出发的日子，另一个座位的客人竟然还没有着落……

当然，今天写这篇文章，可以想见诸多老友读到这里，一定咬牙切齿："我们根本没有事呀，我就是一个人呀，为什么没有想到我？"

但是，吃饭和旅行，都是很"个人口味"，英文俗谚岂不是说："一个人的肉是另一个人的毒药。"（One man's meat is another man's poison.）可见"酒肉朋友"的形成也不容易。平日应酬，固然有时候要与陌生人把酒言欢；但如果是吃饭品酒，却非必须有固定"饭团团员"不行，贸然邀请习惯和性情不同的人一起吃饭，常常是危险的事。

到了出发前一天，为了那一个珍贵的空位，我不得不写电邮给一位日本的工作朋友，委婉解释空位的由来，以及只能邀请一位的失礼，希望他能接受我的邀约，一起去尝尝这号称"世界第一的握寿司"。日本朋友的回信很快就到了，信上劈头就说："Thank you very much for your kind invitation！"，紧接着又说："星期五晚上我当然有空！"事后，这位朋友对我说，他觉得，没有任何日本人能够拒绝一个"次郎寿司"的邀请……

我把旅馆订在银座地区，以便徒步专心去尝试小野二郎的手艺；当天晚上，日本朋友今川先生依约前来旅馆会合，神情至为愉快。他说："说实在的，我在东京四十几年，这还是第一次要去吃次郎的寿司呢，真是托您的福。"

我们沿着银座明亮的道路散步走去，"数寄屋桥次郎寿司"位于银座四丁目的西端，已经接近有乐町了。餐厅位于一间旧大楼的地下室，并且与地下铁相通，场所低调到有点寒酸，但店内店外都有一种不可轻慢的清洁感，料理工作台是白色桧木，顾客用餐的吧台是漆成暗红色，配上黑色皮垫的座椅，风格是保守的传统风。据食评家山本益博的说法，标准的传统寿司吧台设计，顾客端的桌面应为两只筷子的长度（相当于日本尺一尺五寸），寿司师傅的工作台也是一尺五寸，合计为三尺的宽度，次郎寿司的设计，正是秉持古法。

我们抵达店面时稍早于预定时间，店中空无一人，我们看见老师傅背着手在店中踱步，吓了一跳；就在我们被服务生招呼坐上来喝茶时，转眼间，客人突然间全部上门了，好像约好的一样。七时一到，我们全部被请上吧台，吧台一共十四个位子，坐满了十三个人，只有一个位子是空的。

座位前方桌面上已经摆好筷子，热毛巾，以及一张平台式黑色木漆器，那是用来放置寿司的托盘，旁边有一撮捏紧的嫩姜片；此刻，座位前方并摆好一份当日英日文对照的印制菜单。

"次郎寿司"并不提供酒肴，全部都是"主厨调度"（おまかせ）的菜单，视当日食材情况提供十九贯或二十贯的寿司。

我们当日的菜单是冬令旬物（时间是刚过旧历年的二月份），依序如下：

1. 比目鱼（ひらめ）
2. 墨乌贼（すみいか）
3. 鰤鱼（ぶり）
4. 鲔鱼赤身（あかみ）
5. 鲔鱼中腹（ちゅうとろ）
6. 鲔鱼大腹（おおとろ）
7. 小肌（こはだ）
8. 赤贝（あかがい）
9. 章鱼（たこ）
10. 鲹鱼（あじ）
11. 车海老（くるまえび）
12. 水针鱼（さより）
13. 文蛤（はまぐり）
14. 鲭鱼（さば）
15. 海胆（うに）
16. 小贝柱（こばしら）
17. 鲑鱼子（いくら）
18. 穴子（あなご）
19. 玉子烧（たまご）

客人坐定，寿司台上的师傅们也全部就定位，小野二郎老先生站左侧，他的长子站右侧，两旁各有两名助手肃立。老师傅面容严肃，锐利的眼神扫过全体就座的客人，微微颔首，算是打了招呼，一句话也不多说，突然间就开始动手捏起寿司来了。

这一动手，吧台内就骚动起来；吧台内的助手有人取食材，小野二郎的儿子则负责切鱼，老师傅则动手捏握寿司，捏好后助手立刻跑步送到面前来，并且低声说："请立即食用，无需蘸任何酱油。"气氛紧张，打仗一般。

第一颗送上面前的寿司，是晶莹剔透的比目鱼，鱼肉切得方正厚实，肌理分明，先不管好不好吃，光是寿司的造型也叫人惊叹；日本人称寿司上的那块鱼肉为"鮨种"（すしだね），"次郎寿司"的鮨种是我所见过最端正优美，从前读书看到孔子说："割不正不食。"不太能完全体会这个意思，但在小野二郎师傅的手中，你可以重新感受到"刀工"在食物上的重要性，刀工在这里指的不是能把豆腐细切一千刀的那种"技术"，而是一种理解食材，通过对食材最合适的剖解，加上一种端庄大方的"美学意识"，才能造就这样美型的寿司。

但到目前为止还只是视觉的，这名闻遐迩的握寿司，味道究竟又如何呢？全场顾客也没有人敢耽搁（预约时都已经被反复交代千万不要迟到，寿司做好要立刻吃），我也紧跟着拿起寿司，送入口中……

第一颗寿司送入口中，滋味在嘴里散化开来之际，脑中无数的感受、念头也同时都冒出来了……

其中一个感受当然就是："啊，原来如此……"

原来"次郎寿司"的滋味是这样的啊，这是你读过多少次报道评论，看过多少张绝美照片，做过多少回揣摩幻想，完全都无法替代分毫的。此刻，想象遇见真相，你内心轻轻喟叹："啊，啊，啊，原来如此，原来滋味是这样的。"

但这样也许还不够，你还要快速搜索枯肠，试着比较过去经验，描述这样的滋味究竟是怎样的？首先，醋饭的味道非常明显，比过去熟悉的握寿司的醋味都要来得浓厚一些（虽然很温和，并不至于抢了鮨种的味道）；其次，米饭煮得比较硬，水分比较少，吃在口中粒粒分明，也和过去吃到的日本寿司那种水分饱满、口感柔软的米饭，印象截然不同。最后的感受才是来自作为鮨种的比目鱼，比目鱼肉结实厚重，软中带脆，淡泊清雅，愈嚼愈有味。鱼肉上一抹轻轻的酱油，带给整颗寿司恰巧足够的咸味，这咸味优雅圆润，隐约有一丝甘甜，酱油显然是处理过的，里面有什么？可能有柴鱼高汤和清酒、米醂之类，但酱油抹得极轻，刚好用来衬托鱼肉的鲜甜，一点不抢戏。

但好吃吗？每一位知道我跑去"数寄屋桥次郎寿司"的朋友忍不住都在这里打岔，急急忙忙问道："好吃吗？"事实上，第一颗寿司入口时，我的内心千回百转，最后不免也要问自己：“好吃吗？”

很奇怪的，我发现自己答不上来。我第一次造访东京寿司名店“青木”的时候，去的并不是银座本店，而是他的青山分店；当时也是临时起意，怕银座本店太难订位，改订青山店，不料当晚却幸运地得见身高一米八的美男子老板青木利胜的亲自服务（传说他多半在银座本店服务，只有熟客点名时才来到青山店，当晚显然有重量级熟客登门）。青木利胜的手指像钢琴家一样修长灵动，动作快捷优美，更兼谈笑风生，完全不费力气，不像“一生悬命”的模样。他的第一颗寿司是“鸟贝”，入口时，贝肉的鲜脆感，醋饭的柔和感交织成协调的乐音，内心不免暗暗叫了一声“好吃”。

而我第一次在札幌造访寿司名店“寿司善”时，服务我们的是一位年轻的师傅佐藤聪（当时刚得到北海道寿司职人大赛的第一名，现在则在香港中环拥有自己的舞台了），当他的鲔鱼大腹寿司送到面前来时，入口之际，我内心也曾暗暗称道：“好吃。”

但小野二郎师傅送上来的第一颗比目鱼寿司，激起我内心无数念头想法，却对“好不好吃”一问感到难以回答（不像其他寿司店会让我暗叫一声“好吃”）。也许应该说，这颗寿司太“个性鲜明”了，挑战我过去对寿司的认识，“震撼”可能还超过美味的感受……

小野老师傅锐利的眼神扫过吧台所有的客人，确定大家都已入口，立刻动手捏第二颗寿司，服务生快步奔走，迅速将第二颗寿司置于面前，那是洁白发亮的墨乌贼。作为鮨种的墨乌贼一样切得简洁方正，抹过一层薄酱油并没有改变它纯白的色泽，它没有其他寿司师傅所做的装饰功夫，譬如在乌贼肉上刻花，或束上一条黑海苔腰带，它干干净净，“一无所有”。入口之后，感觉到乌贼肉厚实却柔软，对牙齿毫无抵抗，味道则清淡雅致，但愈嚼愈能体会乌贼本来的鲜甜味道，这时候我开始觉得较重的醋饭有点道理，不然连续两颗这么清淡的寿司，要如何让你察觉它的“存在”？据说法国大厨乔·卢布松对小野二郎的“墨乌贼寿司”最为心仪，曾经赞美说：“简单到了极致就是纯粹。”

小野二郎师傅面无表情，确定客人用完墨乌贼寿司后，继续从木盒中取出大块鱼肉，大儿子在一旁埋首切割，老师傅则动手捏起寿司，像军事行动一样，服务生快跑把寿司送到面前，这颗是冬天来自富山的鰤鱼，不同于前面两颗寿司的洁净淡雅，鰤鱼肉上泛着油光，是脂肪饱满的写照，鱼肉色泽偏于黄白，边上带着一抹鲜红，侧面则有青皮撕去后留下像新铸银币般的耀眼光泽。我，和其他座上的客人一样，不敢迟疑等待，赶紧一口塞入嘴中。送入口后，鱼肉极软，几乎是到口即化，鰤鱼的脂香甘甜逐渐在口中散发开来，味道开始变得浓郁，醋饭的醋味开始隐没不显，情绪也开始升高了。

好像经由鰤鱼敲响序幕，紧接下来是一连三颗的鲔鱼寿司。第一颗是酱油浅渍的“鲔鱼赤身”，鲔鱼红肉部分因为富含铁质，本来带有一点微微酸味，经过酱油浅渍之后，咸味则与酸味中和，带出了没有脂肪的赤身的甜味。据说小野二郎对赤身腌渍时间极其严格，根据天候与当日鱼肉情况，调节的时间甚至以分钟差异来计算，这也是他严格要求食客准时的原因……

才说到“准时”，这时候一位客人匆忙走进来，奋力坐进了吧台上本来仅有的空位；他嘟囔地不知道跟寿司师傅说了句什么，显然是个熟客，小野二郎微微颔首，也不答话，冰橱中再度拿出木盒子，很快地又捏了几个寿司，到了第五颗寿司上桌时，我们和新来客人的速度又变得完全同步了。

第五颗寿司是“鲔鱼中腹”，“次郎寿司”向来以舍得出高价抢购最好鲔鱼而闻名，这时候就看出端倪，鲔鱼中腹肉脂肪的丰美，几乎已经是别家声称的“大腹”了，入口时立即消融，不记得有没有吞咽的动作，但事后口中觉得柔软香甜，余韵无穷，真的是上等的鲔鱼腹肉。第五颗之后立刻又上了第六颗的“鲔鱼大腹”，比起肥美无比的中腹肉，这颗大腹肉寿司更是丰润满口，却又瞬间消融，你想要抓住一点什么具体的感受都不容易。

从赤身到中腹到大腹，同样来自鲔鱼的鱼肉，却有三种截然不同的风情，而且曲调节节高升，到了大腹肉登场，简直像是交响乐团全部乐器齐响，连定音鼓都用力敲击起来，气氛来到最高潮……

但第七颗寿司上场，情绪急转弯，仿佛否定了前面的所有情节安排。这颗寿司是“次郎寿司”的“名物”，也就是被称为“小肌”的鰶鱼。小肌是“江户前寿司”的代表性鮨种，它是容易腐坏的青皮鱼的一种，传统做法要趁新鲜用醋腌，时间拿捏是关键，要略微带酸味却又不减鱼肉鲜美；小野二郎醋腌的功力闻名遐迩，但上桌时最让我印象深刻的却是它的“造型”。小肌虽经腌渍却仍然保持闪闪发光的金属色泽，整条小鱼捏成修长的模样，尾部却多了一个转弯，变得优雅灵动，被称为是“女子的坐姿”，好像是个淑女双手贴着膝盖，小腿侧弯端坐的模样……

一连三贯肥美的鲔鱼寿司之后，仿佛音调突然一转，从鲔鱼大腹的油甘脂美急转至青皮小肌的微妙醋酸，口腔中重新变得干净清爽，效果好像法国料理在中场要用雪贝冰沙（Sorbet）来清洗并转换嘴里的味觉一样。按照食评家山本益博的说法，前七个寿司是“第一乐章”，用的都是传统“江户前寿司”的正宗鮨种，到了醋腌的鰶鱼之后，寿司师傅就有较多材料可以“变奏”发挥。

第二乐章是当令食材的表演，也是“数寄屋桥次郎寿司”的季节菜色真正变化之处（前后则各季大同小异）。起头领军的是颜色橘艳的赤贝，咬起来柔中带脆，赤贝上那一抹轻淡不抢戏的酱油则发挥画龙点睛的功效，它让赤贝有一点自然咸味，就又让你没感觉到有调味。第二颗上来的寿司则是卤煮成深紫色的章鱼，“次郎寿司”的做法是让章鱼软中带脆，味道也轻淡；相比之下，“青木”的著名酒肴“章鱼樱煮”反而太软烂也太重咸，也许青木的卤煮章鱼目的是用来下酒，而非当作寿司的鮨种。

然后是肥美的冬天岛鲹（しまあじ），属于青皮鱼的鲹鱼本来很容易有点腥味，但“次郎寿司”采买的鲹鱼极大极肥，带着浓厚的脂肪香气，毫无腥气，如果不是菜单放在面前，我一定误以为这是红鲋或青鲋之类的大鱼。

岛鲹之后是“车海老”，木盒取出艳红的大明虾，体型的巨大同样让我吃了一惊，那比较像是在吃天妇罗或洋食的炸虾会看到的体型，而不像是寿司店里会用的鮨种。助手们迅速地为明虾去壳，小野师傅面无表情继续捏着寿司，捏完之后横切一刀，一颗寿司剖成两半；助手送到面前时还交代：“请先吃头，再吃尾。”入口之后，我才有点体会小野师傅的用意；大概这明虾是太大了，不宜像其他寿司一样，一口一颗，既不舒适也不雅观，分成两段之后，虾肉与米饭正好可以一口送入，符合寿司每一口都要结合鱼鲜与醋饭的原意。

但何以先吃头后吃尾？吃虾头时，虾膏在其中，口中充满香气，第二口虾饭仍可持续，如果先吃尾，则尾段完全没有虾膏，这应该是师傅的用意吧？事实上明虾虽经水煮，但刚刚断生，吃来仍有沙西米的甜味，水煮过的虾身则饱含弹性，带着微妙的温度，是我吃过的极少数好吃的明虾（大部分我都嫌明虾太大，肉身容易过老，江浙人的炒虾如龙井虾仁，用的都是细小的河虾，味道就比纤维较粗的明虾高明很多)。

陆续再上的是水针。水针寿司用一整尾水针做成，剥了皮的水针鱼肉晶莹透明却仍有边缘的细皮留着，银亮闪闪好像是涂了荧光一般，可以想见它的新鲜；最令人惊叹的还是它的造型，水针身体细长，老师傅把它盘来绕去，使水针发亮的银线绕成一周，好像特别把寿司镶了银边。入口时，鱼肉软中有脆，符合我平日对水针的印象；但也只是如此，寿司美则美矣，水针的味道却很难与其他寿司店有什么不同。

然后登场的是淡酱油炖煮的“文蛤”，当助手们从木盒取出带壳的巨大蛤蜊时，着实有点让我吃了一惊，那文蛤可能比拳头还大，助手取出文蛤肉交由老师傅捏成寿司，再迅速送到我们面前。我用手轻轻举起文蛤寿司，看着文蛤肉完全包住米饭，双边还微微下垂，几乎超过六厘米，这么大的文蛤的确少见，材料的取得恐怕也不容易。文蛤卤煮得十分柔软入味，味道亦淡雅，酱油味很清淡，多的反而是昆布的甜味。

文蛤之后令我意外的上的竟是鲭鱼，和前面几种寿司看不出概念上的联结，也许是着眼寒冬鲭鱼特别肥美的缘故吧。但鲭鱼的确选得高明，切得方方正正厚厚一片，银亮薄皮粉红肉身，加上一抹暗红血色，看起来就很诱人，入口即化，满口脂香，是令人印象深刻的一品。

这是充满多样变化并与前一乐章相互抗撷的第二乐章（一

共七贯寿司），然后就来到最后一个段落，小野师傅再度回到“江户前寿司”的传统曲调，只是这一段却从“军舰”开始。用于海苔片卷起圈住鮨种的寿司就是所谓的“军舰卷”，海苔片用备长炭火炉轻微炙烤，增加脆感与香气，卷住醋饭，再在上头放上容易松散的鱼鲜，这也是“数寄屋桥次郎寿司”令人称道的传统技艺。

第一颗上场的握寿司是“海胆寿司”，鲜黄色海胆固然糅糯滑顺，充满潮水味道，当然是上等货色，更令人惊艳的则是海苔，厚而脆，芳香扑鼻，海胆上已经轻轻点上酱油，无需蘸酱已经滋味十足。

再上来的是独特的“小贝柱”，黑色海苔包住的醋饭上满满放着小粒新鲜干贝（恐怕有七八颗之多，但它并不是颗粒小，而是不同品种的干贝，事实上小野师傅用的小贝柱比一般用在天妇罗かき扬げ里的要大很多，据说这种野生珍味已经快要绝种，未来只能吃到养殖的了），口感柔软清甜，加上香气明显，是当晚菜单中令人印象深刻的一道。

然后再上的是“鲑鱼子”，这时候我才注意到小野师傅做的“军舰卷”比多数寿司店做的较大，形状椭圆大方，海苔筑成高墙，因此放料较多。这颗鲑鱼子寿司就做得饱满而不拥挤，十分端庄美观。鲑鱼子本身当然也艳红肥美，一见知道是高级品，最难得是酱油轻轻腌过，时间可能极短，只有一丝咸味，更多的是鱼子本身的鲜味，调味算是很高明的。

菜单上最后一颗寿司就是“穴子”了，穴子就是星鳗，是江户前寿司的“考师傅”之作，星鳗事先需经薄酱油卤煮，目标要入味松化，火候和时间拿捏是一大考验。“数寄屋桥次郎寿司”的穴子寿司当然是出名的，穴子切成大片，尾端垂到桌面，形状仍然无懈可击。难得的是酱油用得淡雅，没有其他寿司店的黑酱色，味道恰到好处，也真的是入口即化，好像打进了空气一般。

穴子是最后一颗“寿司”，却不是最后一道，因为还有一道“玉子烧”，既作为寿司餐的总结，又有西式料理“甜点”的功能，因为“玉子烧”多半做得带甜味。“次郎寿司”的玉子烧颜色绝美，外层是均匀的棕色，内里是金黄色，上桌时还是热的，我尤其喜欢它表皮的焦香味。

短短三十分钟，将军赶路一般，一场全球最老现役三星主厨的“寿司秀”就做完了，我自己还觉得意犹未尽。“主厨调度菜单”（おまかせ）结束之后，老师傅还问座上客人要不要再点一点什么，有的客人点了也是店中名物的“干瓢卷”（かんぴょうまき），有的客人则重复点了刚才吃的喜欢之物（例如鲔鱼大腹），我和两位同伴相望一下，觉得并没有要再增点的意义……

当我们表明已经吃饱，服务生随即把我们请下吧台，改坐在座椅上，奉上毛巾擦脸，再奉上甜点水果与热茶。不一会儿，其他食客也纷纷下了吧台，都坐到座椅上来，也有一些客人开始结账，穿上大衣围巾离开了。

同伴今川先生趋前向小野二郎老师傅说了几句话，隐约听到是说明我们从台湾专程前来。老师傅走出吧台，亲自来到我们座位前和我们握手致意，那双捏握寿司超过七十年的手又厚又软，也有温润之感，看来身体非常健康，恐怕再做五年十年也不成问题。我们趁机也露出天真观光客之貌，邀请小野二郎与我们在店招前合照留影，老师傅一改吧台内工作时的严肃冷面，变得笑脸迎人，对合照之请也来者不拒。最后，就在小野老师傅不断鞠躬的礼数之下，我们告别而去。

走出大楼地下室，银座的冷空气一下子扑在脸上，我感到精神为之一振，可是好像也有一点怅然，一场想象多年又期待多时的“盛宴”怎么忽焉就消逝了，此刻根本还不到晚上八点呢。我忍不住问今川说：“今川様对今晚的寿司觉得如何呢？”

今川歪着头沉吟半晌，好像正在盘算合宜的答案，但回给我的并不是答案，而是另一个问句：“詹様知道末广鮨吗？”

“您是说静冈清水的末广鮨？”我问。

今川点点头，我接下去说：“知道，与数寄屋桥次郎齐名的寿司店，至少在鲔鱼的顶级程度上齐名，我听说了很多年，还从来没有真正成行。”

今川说：“比起来，我还是比较喜欢，或者说是习惯，末广鮨的寿司做法。家父和末广鮨主人是好朋友，我因而有多次机会去末广鮨。也许下一次詹様来，我们一起去末广鮨，当然要改由我做东，您可以比较看看……”

时间也实在太早，如果就这样结束一个夜晚，未免有点虎头蛇尾。今川先生建议再找一处喝一摊，我当然也赞成，夜还太年轻呀！

口里说着“银座这一带我不熟”的今川熟门熟路地把我们带到一家高级服饰店的顶楼，顶楼赫然是一家与服饰品牌同名的“葡萄酒吧”（Wine Bar）。酒吧装潢富丽时髦，大量的金属与玻璃，规模不小，上下共两层，中央有旋转楼梯相通，店中人声鼎沸，各色人种穿梭不息，十足的国际都会感。肤色黝黑的门口接待服务生似乎不太通日文，弄了好久才为我们带位，在角落里给了我们低矮沙发的位子。

配着黑色蝴蝶结的侍酒师前来致意，看起来和今川是熟人，两人热络打招呼交谈后，侍酒师为我们推荐了一瓶名为“一千零一夜”的意大利红酒。我从来没有听说过这个托斯卡纳的酒款，但送来之后却意外的美味，酒体淡雅柔顺，还有一点酸度，接近勃艮第酒而不类波尔多。酒的好坏或许不是重点，重点是喝酒所打开来的谈话氛围，举杯之后，轮到今川先生质问我了：“那么，詹様觉得今晚的寿司如何呢？”

“与我的想象完全不同……”我像是叹了气地回答，事实上，整个晚上我都在问自己同一个问题，也还找不到合适的答案。

紧接下来，就是我的“长篇大论”了。我的朋友们当然熟悉我的长篇大论，现在我的专栏读者当然也得忍受我的“下笔难休”。长篇大论其实反映的是说话者的“沟通焦虑”，生怕他自己的解释不够周全，让别人把他的意见理解成另一种面貌，只好加注再加注，补充再补充，最后就变成了“长篇大论”。

“我本来预期这是一个美食经验，不料却发现它变成了一场教育之旅。”我接下来说：“美食经验本来容易，它只要让我直觉好吃就行，它诉诸我未经反省的感官，让我觉得愉悦，也因此美食经验通常就是一种重复已知的经验……”

“但有些食物或烹调挑战你既有的认知，它不是你已知的，它逼迫你去想它的原理，今天晚上的寿司对于我好像就是这种东西，它不是美食经验，而是拓展你的经验边界，逼迫我去想，什么是真正的江户前寿司……”

“原来如此，”今川先是颔首若有所思，然后就转为顽皮的调侃，“詹樣不但是美食家，其实也是哲学家呢。”

我被说得又窘又急：“真的，今川樣，这是我今晚的感觉。我没有办法立刻说它好吃，因为它和我原来知道的好吃寿司不一样；可是我又说不出它有任何地方不好吃，我好像需要更多时间来想清楚……”

但这真是一场“教育之旅”，从小野二郎老师傅切割鮨种的端庄方正，捏握寿司的完美造型，已经给了我一堂视觉上的震撼教育；到它醋饭的突出酸味与饭粒的坚实口感，再到它每一颗寿司带来的鲜明滋味，以及每一种食材处理的落落大气，它的每一个过程都给了我难以磨灭的印象，从这个角度来说，我的专程前来也显得不虚此行了。

今川先生也同意我这个想法，他说：“我们日本人常吃寿司，但对寿司究竟本意如何也很少深究，小野先生的寿司的确会提醒我们寿司的深奥……”

八个月后，我在巴黎和朋友谢忠道吃饭，这位真正的美食家告诉我这位“冒牌美食家”一个故事，他说他有一次在伦敦三星主厨 Gordon Ramsay 的餐厅吃饭，邻座有一群人围着一位老太太吃饭，他注意到老太太吃的是“主厨浑身解数套餐”（tasting menu），老太太津津有味用完十几道菜，还喝完所有的搭配酒款，最后服务生唱着生日快乐歌推着一只小蛋糕出来，原来那是老太太一百岁生日。谢忠道感叹说：“我希望我一百岁还能像她那样吃饭。”席间所有人都跟着感慨，不料谢忠道突然发难：“如果你到了一百岁生日，你要在哪个餐厅用餐？”

我立刻莫名地想起小野二郎老师傅用左撇子姿势捏着寿司的画面来，我说：“如果我活到一百岁生日，我想到最老的师傅那里用餐，虽然他得要活到一百三十岁才行……”

时间又飞驰了一段，我向今川先生说的“需要更多时间来想清楚”的事到现在也没想清楚，我也还是说不出“次郎寿司”究竟是好吃还是不好吃，但它令我常常想到它，可能是它的滋味，也可能是滋味背后的文化传承，更可能是老寿司师傅那种专注神情带给我的感动。被很多人认为是日本天妇罗第一把交椅的天妇罗师傅早乙女哲哉据说从二〇〇三年起，每天中饭都在“次郎寿司”用餐，他显然是用此来给自己斗志的，他还说：“只要八十岁的老先生还在做，我就不会退休。”的确，小野二郎的寿司之所以难以一言而决，正是因为混合了太多滋味……

两个羊头

“伊斯坦布尔人为两个羊头哪个比较好吃而争论不休……”书上这么说。

这本书是两位年轻的伊斯坦布尔人写的，他们一位叫 Ansel Mullins，另一位叫 Yigal Schleifer，两个人在土耳其的伊斯坦布尔经营旅游导览，其中一个非常受欢迎的导览项目，是带领观光客以徒步方式品尝伊斯坦布尔的“街头小吃”，这个 Guided Tour 就命名为“伊斯坦布尔街头小吃步行导览”（Istanbul Eats Walks）。

我在网络上读到这则讯息时，心中怦然一动，觉得有机会到伊斯坦布尔旅游时，应该试试这个街头导览；但转眼一看网站中的其他信息，发现他们两人写有一本书，书名叫作《吃在伊斯坦布尔：探寻巷弄中的美食》（*Istanbul Eats：Exploring the Culinary Backstreets*，2009）。这对我来说，是更好的消息；来到异乡城市，如果有当地人带领寻访街坊美食当然再好不过，但如果有书本能让我按图索骥，自由选择，不劳烦他人，那就加倍符合我的心意。

没想到机会真的来了，朋友相约，几家人一起到伊斯坦布尔旅行，我虽然困于繁忙的工作行程与牵肠挂肚的诸多纠结，最后还是在忐忑不安的心情下成行了。朋友都是事业有成的人士，行程的前半段都住在博斯普鲁斯海峡沿岸景观绝佳的豪华旅馆里，探访的也比较多是当地的高级餐厅，只有几次拿着旅外土耳其人的推荐名单，找到显然是当地人才去的大众食堂，其中有一家位于亚洲一侧 Uskudar 的餐厅，店中有几道正宗"地方土菜"让我们直呼过瘾。

几天之后，我们共同旅行的几家人各有行程，就分手道别了；我和家人搬到市区的旅馆，准备改用慢调步行，用自己的身体与脚程"丈量"这个文明古城的大街小巷了。

第一天我就找到知名书店"鲁滨孙漂流记"（Robinson Crusoe Bookstore），果然店中有大量关于土耳其历史、文化的书籍，我挑了几本涉及旅行史的书前去结账，不料竟在柜台看到魂萦梦牵的《吃在伊斯坦布尔》一书，急忙也取来一并买单，这本书因此进入了行囊。

漫步伊斯坦布尔街头时，我看到路标有"纯真博物馆"的标识，兴起一探究竟的念头。《纯真博物馆》（*Masumiyet Muzesi*，2008，中文版麦田，2012）本是诺贝尔奖得主土耳其作家奥尔罕·帕慕克（Orhan Pamuk）的小说书名；但小说所叙述的人生就已经有了“博物馆”的意象与概念，特别是人生与各种世俗对象的关系，小说出版之后，伊斯坦布尔也据此打造了一座与小说相互呼应的博物馆，从诺贝尔奖的文创或观光效应来看，这也是极其自然的事。但我在我的观光导游书中读到一篇酸溜溜介绍这座博物馆的文章，大意是说这座博物馆是由得奖作家的作品“启发”（inspired）而来，害得我有一点觉得无趣，总觉得追逐这样的流行有点可耻，也就没有把它列入行程，现在既然在路上看见它的路标，不妨也绕过去看看。

几个转弯之后，加上我并没有用心寻找这座博物馆，路标就失去下文，我们也连带就迷了路，在上坡下坡的弯曲巷道里不知身在何处，连地图也看不出所以然来。但我们也不特别挂心，我并没有非要找到那家博物馆不可的念头，在小巷里胡乱穿行，常常窥见别人的后院，看到各种寻常百姓的生活，倒也让我感到兴味盎然。我们无意中来到一个巷弄，正巧看到一个饼店，一个面包师傅正用木柄从砖窑里把一大堆冒着白烟的扁饼（Pide）拿出来；我们正看得起劲，这时店里来了一个包着头巾的老妇人要买饼，面包师傅和她亲切交谈数句之后，用白纸包起两落扁饼（大约有二十张或四十张）交给老妇人……

这太诱人了，以妇人买饼的数量来看，这显然就是土耳其人的日常主食，而且才刚出炉。我忍不住上前去，比手画脚向听不懂英文的年轻面包师傅请求买饼，他瞪着眼问了一句什么，我比出一个手指头："只要一张饼。"他点点头，从木托盘上拿了一张饼，用一张白纸包起来，再放进一个塑料袋，嘴里嘟囔说了一句话，应该是价钱吧？我掏了一里拉给他，他转身又找给我三毛钱，所以一个饼是七毛钱（约合新台币十元[1]）。我们拿着这热腾腾的饼，找到街边一个茶摊子，效仿当地人叫了两杯土耳其茶，坐下来一面喝茶，一面撕开饼来吃。

扁饼本来是配各色前菜（mezes）或烤肉（kebabs）吃的，本身没有任何调味，只有炭烤的焦香和慢慢嚼出的淡泊面香；这个时候，我从背包中把《吃在伊斯坦布尔》一书拿出来翻阅，发现书中写的几乎都是街头小摊贩或巷弄中的小店，读起来津津有味，忍不住觉得饥肠辘辘起来……

书中一篇文章引起我的注意，文章劈头就说："伊斯坦布尔人为两个羊头哪个比较好吃而争论不休……"

它说，两个羊头做法不同，一种是烤的羊头，叫 Kelle Tandir，另一种是水煮羊头，叫 Kelle Sogus，烤羊头是"热吃"，水煮羊头是"冷吃"。伊斯坦布尔两家卖羊头的名店正巧是一冷一热，各有各的拥护者，两个羊头哪个比较好吃也因此变成伊斯坦布尔人争辩不休的话题。文章并有两张彩色照片，那是两位师傅持刀处理羊头的景象，一位笑容可掬，另一位则专注严肃，

[1] 新台币十元，约合人民币二元。

连工作风格都形成对比。

我看了两家店的位置，发现都位在新城 Beyoglu 区的大马路巷内，都在鱼市场（Balik Pazari）附近；离我们此刻歇脚的茶摊约莫也只有两三公里，散散步也是走得到的，我们就兴起来去寻觅的念头。

一路走去并没有想象中顺利，一方面好几个地方正在大兴土木，路途不通必须改道，另一方面则因为道路弯曲多歧，稍不注意就走错了路，必须重新找到定点来查看地图。一趟路找得我精疲力尽，好不容易才来到鱼市场；再按地图走进市场一带的曲折巷弄，市场附近各种餐厅、酒吧加上蔬果花卉与鱼肉卖店，无不争奇斗妍、大声叫卖，颜色五花八门、气味也错综复杂……

同一条路已经走过多回，但我要找的两家羊头店却遍寻不着。伊斯坦布尔古老巷弄的路牌并不清楚，常常不容易搞明白自己身在何处，我不断地停下来重新寻找地标定位，希望更准确地找到相对位置，但没有几分钟我就再度被新出现的街道所迷惑，原来的定位又乱了，不得不再找一个位置重新来过。

正当我挫折到无以复加、想要放弃的时候，突然间我发现眼前有一家卖羊肉、牛肉的店铺，门口有一只木造橱柜，柜子内整整齐齐摆了几十个煮熟的羊头。我心头一震，难道我要寻找的并不是食堂餐厅，而是肉店里兼卖的熟食吗？

*　　*　　*

那家肉店生意兴隆，架上挂着各种部位的肉品，店内一群顾客排队等着接受师傅的服务。我看到队伍旁有一位中年男子没有排队，却和每位顾客嬉闹着，我疑心他是店中的老板或什么，遂推开玻璃门，探头招呼，打断店中的热络谈话："伊斯巧斯米（Excuse me）！"

穿着蓝色V领毛背心的中年男子闻声抬头，一张笑脸迎了过来，但不无问号写在他脸上，我指着店外孤零零的木柜又问："请问这里就是卖烤羊头的地方吗？"

我真的是走运了，脸上法令纹很深的中年男子竟然会说英文："没错。"

我扬一扬手上的书，说："书上说你们卖伊斯坦布尔最好吃的烤羊头，是不是就是这里？"

瘦削的中年男子这时候走出门外，笑得更开怀了："当然是，我们在这里卖羊头超过五十个年头了……"

但我看着左右，一张桌子也没有，有点烦恼："可是我没想到你们不是餐厅，我们又在路上旅行，我要怎么买，又怎么吃呢？"

"你买了羊头，我们会为你打开、处理，干干净净，装在盒子里，你可以带回旅馆，或者你找个酒吧，买杯酒坐下来，这里或那里……”中年男子用手指着两旁，我顺着看过去，旁边的确是一家又一家的餐厅、咖啡店、啤酒吧。

“但羊头要怎么买呢？我是一次买一整个吗？”

“没错，我们是一个一个卖的。”

我狠下心来，指着柜中堆栈如山的烤羊头：“那就给我来一个。”

V领的中年男子大声吆喝了一声，里面卖肉的矮胖师傅立刻放下店里的客人，走了出来，我一下子认出他是书中照片里的人物，叫许纳喜师傅（Şinasi Usta，usta就是master的意思），也就是那位戴着圆边眼镜、满脸严肃的“砍头”师傅。

许纳喜师傅似乎没有和我打招呼的意思，柜中取出一个热腾腾的羊头，用的是绵羊，羊皮已经剥去，羊肉烤成焦香的金黄色。师傅拿着一把厚重的剁刀，一刀就往羊头盖劈去，但手劲恰到好处，头盖骨应声裂开，刀就停在头骨上，里面的东西却一点也没动到；羊头师傅旋转剁刀，轻轻把头盖骨掀开，就露出白中透黄的羊脑来。许纳喜师傅再用刀尖做几个动作，头骨就被他卸了下来，他拿出一个纸便当盒，用汤匙轻轻把羊脑刮起来放入盒中一边。

师傅再用剁刀切下羊头的侧面，迅速刀手并用，剥下两颊的肉；那羊颊肉呈丸状，看起来结实富弹性，剥下的两大垛羊颊肉放在砧板上，再用刀剁碎，也放置盒中。然后羊头被整个劈开，师傅用手一剥，取下了整根舌头，舌根处看来像是颊肉，舌尖则是不同的肌理，师傅一一用剁刀切成细片，也放入纸盒另一边。最后，师傅用手伸入头骨眼眶，摘下两只羊眼睛，拿刀来切开除去眼中杂物，只取周围肌肉处，也用刀切碎了，看不出形状，通通放入纸盒之中。

羊头师傅再在盒子上撒上孜然粉和辣椒粉，再摆上几支芫荽，一盒羊头肉乃大功告成。盒子置入塑料袋中，捧在手中热乎乎的，结账下来，一个烤羊头是十五里拉，约合新台币二百二十元[1]。

买到了烤羊头，信心大增，心里也因此有数，另一个要找的“冷羊头”可能也不是餐厅，而是另一个木头橱柜。

回头走，果然不久之后，就在刚才走过好几遍的路口，有一个小摊贩，摊贩有一个木头橱柜，橱柜里放了十来个大羊头（几乎比烤羊头的羊头大了快百分之五十，可能根本是不同种的羊），一位师傅正埋头苦干，砧板上正处理着一个羊头，不同的是，这摊贩是个一人小店，除了羊头不卖任何其他东西，他处于一家酒吧的门口屋柱旁，柜子不过六十厘米宽，非常局促的小空间，但摊贩后方有张矮桌，桌旁有两张凳子，此刻正坐着一位工人模样的顾客，身旁放了一个大包袱，发呆似的等着他的午餐。

我大胆走向前，向埋首砧板挥刀片肉的羊头师傅致意，这

[1] 新台币二百二十元，约合人民币四十四元。

位师傅显然不谙英文，困惑地看着我，我指一指柜子里的羊头，说：“我要一个羊头？”

瘦削的师傅茫然看着我，伸手到柜子取出一个面包卷，在空中摇一摇，我摇摇头，大声说：“我不要面包，我要一个羊头。”说完再度指着柜中的羊头，羊头师傅咧嘴一笑，露出一个金牙，我也认出他正是书中照片开口微笑的另一位羊头师傅，名叫穆阿玛师傅（Muammer Usta）。穆阿玛师傅露出金牙，笑容可掬，猛力点头，好像是听懂了。

我又指一指隔壁的酒吧，说：“我要坐在隔壁，你可以待会儿把羊头送过来给我吗？”穆阿玛又是开口无声地笑着，用力点点头。

我们走进一根柱子间隔的酒吧，坐在最外边可以看见来往行人以及对面市场动态的座位，我先走到吧台点了两杯土耳其 Efes 生榨啤酒，才回到座位打开那盒处理好的温热的羊头肉，盒子里已经贴心地放了纸巾、纸盘和塑料刀叉。

不一会儿，冰冷的啤酒送到桌上，第一口啤酒沁入脾胃，说不出的痛快舒服，特别是我们已经走了快两个小时的道路。我再用叉子叉起一串切碎的羊颊肉，送入口中，羊肉香气四溢，又柔软多汁，大概羊颊是运动极多的部位，虽然烤得柔软却仍有嚼劲，一点没有水分流失变柴的迹象，加上一点辣椒的刺激，以及孜然和芫荽的香气，这羊头真是太好吃了……

我再试一口羊舌的滋味，羊舌的口感与羊颊不同，它硬一些，但质地也密实一些，咬在齿间有坚强的抵抗，细嚼之后另有满足之感；然后试羊脑，烤过的羊脑有一种芬香，入口即化，仿佛脂肪，但更细滑；最后尝试羊眼睛，羊眼经过师傅刀工处理，事实上感受到的是眼睛周围的肌肉，它结实却又柔软，有咬口却又细致，好像是更高级、更精美的羊颊肉。没想到一轮试下来，羊眼睛最为甘美，和我原先的想象完全不同。

一面尝试烤羊头，我也没有停止观察隔壁穆阿玛师傅处理羊头的动作。和许纳喜师傅使用的剁刀不同，穆阿玛用的是一把薄片刀，薄刃运使如飞，把羊颊肉快速削下来，成为一张张如纸薄片；他正在为坐在摊位座位的客人做一个羊头肉三明治，把面包卷从中横切一刀，放进生洋葱丝、莴苣叶、番茄片，然后把一片片羊头肉包进面包，再撒上香料和辣椒，还有一大堆剁碎的芫荽，一点点羊肉汁，一个三明治就大功告成……

做完羊头肉三明治之后，穆阿玛师傅又从柜子里取出一个羊头，先用剁刀将羊头劈成两半，放回半个进柜中，然后他运用手上一把小刀，在羊头上又剜又削，不一会儿，附在头骨上的肉已经全部被取下，师傅运刀如飞，快速将取出的肉切成薄片，然后他取出一个盘子，铺上一张白纸，纸上铺一层生洋葱丝，再将切好的羊头肉置入盘中，他撒上几种香料，再撒上大量切碎的芫荽叶，最后，再在盘中放进一整个法国面包，这样才大功告成，穆阿玛师傅笑眯眯地把那一大盘端到隔壁的我的桌子上。

“多少钱？”我掏出钱包，准备付账。

穆阿玛师傅笑得腼腆，伸出手指，比了一个“八”的手势，所以这是八里拉，相当于新台币一百二十元，不过这是半个羊头，跟刚才那烤的羊头一整个要十五里拉似乎是差不多……

不，事实上是差很多，等我开始动叉子取出盘中的羊肉，发现这半个羊头肉的分量几乎和另一家整个羊头是差不多。一开始我用眼睛目测，也觉得穆阿玛师傅的羊头比许纳喜师傅的要大很多，两家用的都是绵羊，这羊头大小的差异不知道是因为品种不同还是羊龄不同？但看他们柜中的羊头倒都是一样大小，可见每一家做法和选材都有他们自己的考虑。

水煮羊头端上来之后，我看它的肉色比较暗淡，不像烤羊头有着一种焦黄或棕色的美丽颜色，香气也比较明显。这时候，我的烤羊头已经吃去了大半，我拿起叉子满满叉了一串羊肉，送入口中，稍一咀嚼，不禁觉得惊奇，因为它意外地好吃，口感更紧实，暗含隐隐香气，我甚至倾向于觉得它比烤羊头更好吃。

应该不是调味的缘故，我仔细翻看盘中的羊肉，发现它的调味料不过是黑胡椒粉、孜然粉、辣椒粉，可能有一点芫荽籽粉（coriander seed），它又放了很多碎芫荽，但基本上调味和烤羊头是差不多的。可能水煮的时候，汤汁中有若干香料，现在微妙的香气进入肉中；但水煮后放凉，肉质略略收缩，变得更为紧致，可能是更重要的原因。两种羊头肉火候都不俗，都没有煮过头，使肉质变柴的毛病，话说回来，这正是羊头的优点，它的肉不多，贴骨带筋，又都是运动量特别大的部位（譬如脸颊肉），可以久煮不柴。

这也让我想起台湾几个有卖“骨头肉”和“头骨肉”的地方，譬如三义地方有闻名的“赖新魁面馆”，除了有用猪大骨汤煮的切仔面和粄条以外，卖的小菜有“骨头肉”一样，也是他们的招牌，把煮熟的大骨肉从骨头上拆下来，连筋带肉，非常好吃，我们每次路过都忍不住要下交流道去吃一碗，从前的骨头肉用脸盆装成一整大盆，豪迈的模样总让我觉得比现在分好装盘自助餐式的方式要更好吃。我和朋友也偶尔早上跑到新店光明街去吃“勇伯米粉汤”，他有很多黑白切的白煮小菜，猪肠、猪肺、肝连等一应俱全，但我最喜欢的小菜是他的“头骨肉”，肉从猪头上拆下来，肥瘦相间，嚼起来变化多端，颇有滋味。不过这两家都是猪肉，此刻我在伊斯坦布尔街头品尝的是“羊头肉”，概念虽然相近，但羊只体型更小，肉质更嫩，相形之下，比猪只又更胜一筹。

尝完两种羊头之后，我对土耳其的街头小吃充满新的期待和信心，对我初次使用的《吃在伊斯坦布尔》一书更是印象大好，急着想要再试试书中其他的推荐。

另外有一篇文章的开头叙述引起我的注意，书中是这样说的：“要在伊斯坦布尔找一家烤肉餐厅不难，街头至少有几千家，但要找一家合适的场所却是出乎意料地困难……”

所谓的“烤肉餐厅”（kebab restaurant）的确是伊斯坦布尔街头的基本景观，说它有几千家恐怕并不夸张。烤肉有时候是用垂直的旋转炉来烤，有时候是用水平的旋转炉，有的肉是一层一层迭上去，有的是碎肉做成的丸子，也有的是串起来的肉块，肉的种类和口味也是多元多样，既有放在盘子里吃，也有包在饼里吃；既可当正餐，又能当快餐。

我们刚到土耳其时，在朋友的推荐下，我们也去了一家位于“香料市场”附近知名的餐厅 Hamdi Restaurant 去尝了烤肉的味道。那也是一家相当好吃的烤肉餐厅，美中不足的是已经观光化了，口味国际化，价位较高，多数是观光客的天下，本地人并不多。

但书中说的“要找一家合适的场所却是出乎意料地困难”这句话却是真的有点“出乎意料”。书中很快有解释，它说，有很多烤肉店味道很好，地方和服务却太简陋，你可不能拿它来当夜晚酬酢之用；可是有的烤肉店注重了场所的气派和高档的服务，你可以看到更丰盛的菜单菜色和相映的酒单，但多半又做过头，因为穿燕尾服的服务生在招呼斯文地用刀叉吃着粗犷的烤肉，并不是一个和谐的景观。你要怎么样恰到好处？

书中最后说，“祖贝义儿烤肉店”（Zubeyir Ocakbaşi）就是最佳答案，它既可以让你“欢度夜晚”（make a night out），又能让你保持非正式气氛，轻松自在不管礼仪地大吃你的烤肉……

这听起来是有趣的概念，也让我好奇起来，一家“恰如其分”的烤肉店究竟该长什么模样。夜晚时分到了，我们离开位于塔克西姆（Taksim）广场附近的旅馆，不特别抱什么期待的，徒步前往只需十几分钟脚程的Beyoglu区的“祖贝义儿烤肉店”。

走到邻近地区，发现一整区都是餐厅，大部分是烤肉店，每一家都摇曳着诱人的火光，喧嚣的人声，酒杯碰撞声，简直是个热闹的美食街。正当我们看得目不暇给的时候，我也看见了我正在寻找的祖贝义儿的招牌。餐厅位在一楼，从外头看进去，正中央就有一个巨大的烤肉炉，几乎有一张十人会议桌那么大，头上是一个黄铜打造的、古色古香的排油烟机，烤炉上是烧得红通通的木炭，旁边摆满了各种肉串，还有许多茄子、辣椒、番茄，色彩艳丽，令人垂涎欲滴，一位瘦削的烤肉师傅坐在当中，面容严肃地盯着炭火上的烤肉……炉子周围其实就是吧台，你可以像吃寿司一样指着食材点你要吃的东西，而烤肉师傅就当你的面调理你的食物。

就是它了，光是那个黄铜造的排油烟机已经够让我着迷了，何况炭火上的肉串还滋滋作响，冒出一阵一阵的香气……

*　　*　　*

在门口张望片刻，我们不再犹豫，推开玻璃门走了进去，穿着白衬衫黑背心的男性侍者立刻前来迎接，但他们似乎不太能说英文，对我寻求座位的问句无法响应；这时候，后方转出一位唇上蓄着灰色胡须、穿着黑色西装的中年男子，相貌堂堂，他走向前来打招呼，用的并不是英文，但神情笃定自若，颇有威仪，他直接把我带到离烤炉不远的铺着桌巾的座位，示意要我坐下，然后又大声用土耳其语对其他侍者交代了几句，旋即鞠躬退出。一位较年轻的俊男侍者手上拿着两瓶水，用简单的英文说："要饮料吗？"

我要了一瓶无气泡水，又要了一瓶当地啤酒，喝完第一大口冰啤酒之后，才请侍者送上菜单。送来的菜单倒是土、英双语对照的，清楚易懂，而此时我们已在伊斯坦布尔居停多日，即使是土耳其文的菜单也已经识得不少了。这份菜单则是容易理解的，因为它除了多种前菜之外，其他就是各式各样的烤肉了。

怎么点选这些看似相近，实则各有滋味的烤肉？书上其实有些建议，它推荐 Adana Kebap，那是一种把羊肉绞碎，混入各种香料（当然辣椒绝不可少），再揉搓成一大团来烤的经典烤肉；虽然听来诱人，但我在伊斯坦布尔已经多次尝试 Adana Kebap，此刻我更想试试别种烤肉。书上另外也推荐 Koc Yumurtaci，那是烤羊睪丸的意思；我曾在伦敦一家黎巴嫩餐厅试过炸的羊睪丸（不过那是出于一场误会，因为菜单上委婉地写成"羊肠"，而不会讲英文的服务生试图阻止我，我也没能听懂），口感近乎我们台菜中的鸡睪丸，也不特别吸引人。最后，我点了一份烤羊小排（Tarak，也就是 lamb spare ribs）和一份鸡肉串；前菜部分，我则选了一份南瓜泥和一份蔬菜色拉。

土耳其的前菜，和希腊或阿拉伯菜肴一样，有许多做成泥状的前菜，其中，用鹰嘴豆和茄子做成的泥糊更是当中两种经典菜肴。用土耳其饼蘸着这些泥糊状的前菜来吃，不只是口感滑顺，滋味复杂幽长，它们还是极有助于消化的润肠食物；我特别倾心于茄子泥，好的茄子泥先烤过后去皮，再打成丝绸一般柔滑的泥糊，内中暗藏蒜、优格、胡椒、柠檬等滋味（如果是阿拉伯人的做法，当中还有会加入芝麻酱），泥糊上常常再撒上甜椒粉（paprika），味道好到有时让人停不了口。

但书上说这家的前菜以南瓜泥最为出色，我们在伊斯坦布尔已经多次吃到好吃的茄子泥，我就点了南瓜泥来试试。前菜来了之后，南瓜泥果然滑顺可口，又带了一点香甜滋味，用来抹在扁饼上更是让人一口接一口，我们台湾人说某些菜肴很“下饭”，这些南瓜泥、茄子泥、豆泥则是非常“下饼”，我们在伊斯坦布尔常常一顿饭后来都觉得吃太饱，大部分的原因都是在前菜时吃了太多的饼，最后主菜上场，就有点悔不当初了。

不一会儿，两种烤肉也陆续登场了。带骨的羊小排烤到焦香扑鼻，边上都是焦黑的颜色，配上一些生菜、大黄瓜，以及烤过的半个番茄与一根青辣椒。烤鸡肉串则是大块切丁的鸡肉，大约是先用酱料腌过，再烤至橘红色（想必香料当中应有姜黄、优格和辣椒粉），方丁的鸡肉块的边上也有烧焦的痕迹，木炭香气强烈明显，令人食欲大振。

我先取了一块羊肋排来试，真的烤得是外焦酥内软嫩，火候恰到好处，滋味也极鲜美，口味有点偏重，既浓且咸，但都能衬托出羊肉的甜美多汁。我已经在伊斯坦布尔吃了不下七八家的烤肉，发现每家的调味都不太相同，对羊肉各有各的诠释，其中 Adana Kebap 最厉害，因为它像我们的狮子头一样，是切碎的羊肉混合而成，所以有肥肉和瘦肉的比例，加上调味是在肉丸之内，而不像肉块是在肉之外，味道当然更均匀深入。但除了 Adana Kebap 之外，在土耳其，不管是肉串、肉块，或者此刻我正在品尝的羊小排，它的调理都非常入味，烤得也都在最佳状态，并没有过头或不熟的问题。

也难怪，这是自古吃羊肉的游牧民族，在炭火上烤现宰的羊肉恐怕已经有千年的历史，当然是熟知烤肉滋味、熟谙烤肉技艺的民族。

赞叹烤羊小排的美味之后，我再取鸡肉串来试，鸡肉切成块丁，本来的风险是失去水分，变得太干，但这鸡块入口之后，软嫩多汁，完全没有过干的问题，烤肉师傅显然对火候掌握得极为老练。我忍不住再回头看了看那位坐在烤炉面前瘦削的烤肉师傅，看他全神贯注地盯着炭火上的肉串，一眼也不眨，斗大的汗珠从额头涔涔而下，我心中多了好几分敬意。这鸡肉外焦内软，可见炉中炭火的温度极高，才能快速把肉汁封在鸡肉里头，但那也意味着烤肉师傅得要冒着地狱般高温的辛苦。

有趣的是，烤肉盘中作为配菜的番茄和辣椒也烤得极为美味。辣椒是辣度颇高的青辣椒，烤到表皮略焦起泡，但内里仍然柔嫩多汁；入口之后先感觉到炭火香气，然后是带着甜味的柔滑口感，最后却从舌根传来劲道十足的辣味。番茄烤过之后，水分减少，变得既香且甜，番茄肉也变得口感结实，让我惊讶“火烤”本身能给食物带来的效果。

我们一面赞美土耳其烤肉的高明，一面享受烤肉美食，我也忍不住偷看其他客人点的食物。有一对中年男女坐在烤炉旁的吧台，点了一大堆食物，除了好几种前菜（更多的“泥糊”）、各形各色的烤肉之外，他们还点了一种炭火烤的“茄子镶肉”。我在进门之际，就看到烤肉师傅身旁的木柜中有一种特殊的肉串，那是把极肥大的茄子中央挖空，塞入满满的碎肉馅，看来极为抢眼。吧台旁的食客点了那道我觊觎已久的“茄子镶肉”，烤肉师傅就取出一串，放在炭火上，不一会儿，茄子皮的焦香味充满房间，师傅从火中取出，剥去茄子皮，再将整支“茄子镶肉”肉串在盘中切段，撒上香料与芫荽，整盘奉上，看来极其美味；可惜我们中午已经饱食一顿，有点力不从心，不敢多点，但也懊恼没有能够多试各种不同烤肉的滋味。

在伊斯坦布尔的最后三天，我靠着《吃在伊斯坦布尔：探寻巷弄中的美食》一书，一共吃了六家餐厅或路边摊，几乎无一不好吃。相形之下，反而在旅行前段吃的高级餐厅，包括奥图曼宫廷料理和海鲜餐厅，并没有让我感到那么满足以及印象深刻。也许对高级料理来说，我心中比较的对象是“法国料理”，或者香港和东京的高级海鲜餐厅，那我们并没有在伊斯坦布尔品尝到更高明的料理（当然也可能是我们情报搜集不够）。但从街头料理来说，我比较的是台湾的小馆、香港的大排档，这时候，土耳其的“两个羊头”就太有特色，太令人难忘了。

附 录

旅行穷尽处

旅行穷尽处，幻想启程时。

当真实世界探索已完，想象世界就要让我们继续前进，“科幻小说”的起点应作如是观，“想象地志学”（Topographia Phantasica）也应作如是观。因为，只有一个世界，是令人不满足的……

已经很长的时间，我一直觉得（或者说是“疑心”可能还精确一些），法国作家儒勒·凡尔纳（Jules Verne，1828—1905）把他的系列科幻小说作品统称为“不寻常的旅行”（Les voyages extraordinaires），名称当中其实是藏有深意与线索的（虽然这个名字可能是他的出版家 Pierre-Jules Hetzel 取的，但概念背景还是一样值得我们追究）。

当然，凡尔纳是后人所称的“科幻小说之父”，他的作品是现代科幻小说的起点，但科幻小说既然是当时前所未见的新创作类型，发明者自己有时候也不一定知道他的作品“将要变成”某一种创作的规范。就拿创造出“间谍小说”类型的爱尔兰作家厄斯金·柴德斯（R. Erskine Childers，1870—1922）来说吧，他在一九〇三年写出史上公认的第一部间谍小说《沙岸之谜》（*The Riddle of the Sands*）时，却以为自己写的是一部“帆船小说”（a yachting novel）……

凡尔纳的第一本小说是《气球上五星期》（*Five Weeks in a Balloon*，1863），那是一个用热气球探险非洲的故事，充满了科技上的想象（以热气球做空中旅行）和地理上的细节（他描写的地理细节总是从准确无比，但他在此之前从未出国旅行，他的地理知识全是书本上阅读得来的），这两个特征后来一再出现在凡尔纳的小说之中。

这部小说和后来的《八十天环游地球》（*Around the World in Eighty Days*，1872），都是凡尔纳心目中的“地理小说”，也就是有着“事实存在的世界”供小说中的角色去游历与探险，但他另外的小说所游历的，有的就是完全创作出来的。

我指的当然就是像凡尔纳最受欢迎的几部想象小说，像《地心历险记》（*Journey to the Center of the Earth*，1864）、《从地球到月球》（*From the Earth to the Moon*，1865）和《海底两万里》（*Twenty Thousand Leagues Under the Sea*，1869）之类最脍炙人口的作品，也是奠定现代科幻小说创作基础的作品。

这些故事里的地形地貌，或者所谓的“地志”（Topography），不管说的是地心世界、海底世界，或者是还未被人类探索过的月球环境，则完全是凭空虚构的。

想象不存在的“地理”，对创作者的意义究竟在哪里？而这些虚构故事一出版就洛阳纸贵，对读者的吸引力又是来自何者呢？人们为什么会对这些“乌有之乡”感到兴趣呢？

让我们跳开来，先回头想想“旅行文学”的魅力吧。

> 欧尔思克是乌拉尔河在亚洲这岸的小城镇，当马车驶离镇上最后一条街时，我心里想着：‘再会吧，欧洲！’我们接下来要穿越广漠的吉尔吉斯大草原，它的范围在里海、咸海、乌拉尔河和额尔齐斯河之间，草原上孕育许多野狼、狐狸、羚羊和野兔。吉尔吉斯的游牧民族赶着牲口在大草原上逐水草而居，他们搭建黑色如蜂巢状的毛毡帐篷，也在流入盐湖的众多小溪畔搭建芦苇帐篷。一个称得上富裕的吉尔吉斯人通常拥有三千头绵羊和五百匹马，一八五四年俄国人征服这部分大草原时曾兴建过一些碉堡，至今仍有少数军队戍守……

上面这段文字是我从瑞典籍大探险家斯文·赫定（Sven Hedin，1865—1952）的自传《我的探险生涯》（*My Life as an Explorer*，1925）里随手摘出来的，那是斯文·赫定中亚探险，从俄罗斯草原向南正要进入中国新疆的一段旅程，章名叫作

《两千里马车之旅》，它代表的是旅行文学中常见而近乎标准的一种叙述语气。它图像化的描述展开了一个充满“异国情调”的景致，又佐以一种带着知识权威的“科学语汇”（三千头羊和五百匹马，以及河流名称和历史年份），这些叙述建构了一个难以想象却又“真实的”世界。

这样的口气有时候会突然转为高度的惊悚性和戏剧性，譬如在同一本书里头的以下这一段：

> 车夫慌乱粗野地吼叫，马鞭舞得嘶嘶响，使劲催促马匹前进，只见马儿口溅白沫，前脚提起后直立地嘶鸣着，它们身上每一条肌肉都在抽搐，接着奋力往下坡直冲，直到一半身体浸在水中才停下来。我们来到河道转弯的地方，这时马车右边的两个轮子仍然在结冰的坡道上，而左侧的两轮却已滑入水里了。这一切都在瞬间发生，眼看马车横冲直撞，我死命把身体紧靠着车篷右侧，这当口马匹全速向右转，马车在三英尺深的河里颠簸，由于冲力太猛，车篷顿时摔裂成片；前导的两匹马跌倒，缰绳杂乱地缠绕在它们身上，差点惨遭溺毙。就在千钧一发之际，车夫纵身跳进河中帮跌倒的马匹解开缰绳，河水深达他的腰部；突然间，上尉从座位上被甩了下来，和一块冰块撞个正着而血流如注。我的行李箱在水里载浮载沉，只有箱子角露出水面……

对一位不曾身历其境的读者而言，这些紧张刺激的叙述足以让你读得血液沸腾，心跳狂飙，既恨不得参与其中的英雄行动，又庆幸不必身历其险境。但阅读本来就是一种“替代性”的经验，你读得心脏猛拍，又读得汗流浃背，感觉上好像已经亲身经历了大冒险的行动。

何况旅行文学偶尔还会出现平凡的真实人生做梦也难以想象的奇缘奇遇，让你心慕神往，譬如斯文·赫定书中也有一段，描述当他来到帖木儿家乡撒马尔罕附近的部落时的情形：

> 酋长拨出一栋堂皇富丽的宫殿供我使用，在为我接风的餐宴上足足摆上三十一个硕大的盘子，里面装满了丰盛的食物。我的卧床铺着红色丝缎，地板上铺的则是大张美丽的布卡拉地毯。真希望他们能让我带一两张这样的地毯回家！

一切情节都像是刻意设计，来满足我们对异国、富裕、刺激又不受伤的幻想与愿望，但这些故事出自真实的旅行家之口，它不是梦中之物，它是梦想成真，只是由别人“实现”，我们在一旁窥看而已。

但这就是“探险与旅行”文类受读者大众接受的“心理基础”了……

*　　　*　　　*

“一八八〇年四月二十四日，‘维加号’（Vega）的汽笛声响彻斯德哥尔摩港，整个城市弥漫欢腾的气氛。沿岸的楼房点缀着无数的灯笼和火炬，皇宫前用煤气灯点亮装饰成的‘维加’两字如同一颗闪亮的星，就在一片令人炫目的灯海中，这艘名闻遐迩的探险船轻缓地滑入港湾……”

这艘英雄式返航的“维加号”，其实是一艘“探险失败的受难船”，船上领军的是瑞典著名探险家诺登舍尔德（Adolf Nordenskiold，1832—1901），他率船出发，沿着欧洲海岸，直达最北端的北冰洋，试图穿越北极找到直通亚洲的航道，那也就是当时航海界与探险界热中想要寻找的“北方海路”（Northern Seaway）或“北方通道”（Northern Passage）。他的船只在接近白令海峡之处被冰流冻住了，整整在北极圈内被困了十个月。那时全世界发动了几个救援行动，其中包括一艘撞上冰山、折损大量船员生命的美国救难船。但“维加号”却在第二年的冰融之际自动解困，因而穿越了北方通路，来到日本横滨靠港。消息传来，举世称幸，斯德哥尔摩全城更是洋溢着疯狂欢欣的热闹气氛。

“维加号”返航，成了斯德哥尔摩的大事，市民挤在港口等待船只入港。人群当中包括了一位年仅十五岁的青少年，目睹此情此景让他大受感动，四十五年后他在回忆录里还说："当时，我和父母亲、兄弟姊妹们一起站在斯德哥尔摩南边的高地上，饱览这场盛大的欢迎仪式。霎时，我被那股剧烈的狂喜和兴奋俘虏了——终此一生，我未曾遗忘那一天的盛况，因为它决定了我未来的志业。听着码头上、大街上、窗户旁、屋顶上响起的热情以及如雷的欢呼声，我暗自立定了志向：'有朝一日，我也要像这样的衣锦荣归。'"

这位青少年长大，如愿以偿成了世界知名的大探险家，他的回乡也同样受到盛大热烈的欢迎。他就是以中亚腹地探险、发现楼兰遗址、并发明"丝路"一词的瑞典探险家斯文·赫定，而上面的引文也都来自他的全球畅销自传《我的探险生涯》。

"旅行与探险"的各种书写在十九世纪后叶受到广大的欢迎，这个现象一直持续到至少第一次世界大战之前。而旅行家与探险家的超高人气，使他们看起来几乎就像是今日的摇滚乐歌手或运动明星，斯文·赫定正是最后一代的这种文化明星。美国总统罗斯福第一次被别人介绍到斯文·赫定面前时，曾经激动地说："你该不是说，这就是那位赫定吧？"反应和今日一位中学少女上车发现邻座的乘客是周杰伦没有两样。

但我说那是"最后一代"家喻户晓、广受欢迎的探险家，在他之后，特别是二次大战以后，探险家慢慢变成一种"专家事业"，他们的行踪慢慢隐没了，偶尔有些报纸的头条新闻，提到某几个特别的成就，但引发的已经不再是那种颠倒众生、风靡大众的激情反应。就连我们当代最伟大的一位探险家埃德蒙·希拉里（Edmund Hillary，1919—2008）最近逝世，我看所有的媒体只有“国家地理频道”显得有点激动（一连播了好几个他生平事迹的纪录片），其他的报纸、电视台大多只是念念稿子、虚应故事而已，念稿子的明眸皓齿女主播，恐怕根本不知道稿子里的这个人是谁呢（无独有偶，不久前我向一位搞电信的瑞典朋友提起我的偶像斯文·赫定，他也不知道赫定是谁）。

这也怪不得女主播或瑞典青年，谁叫他们生得晚，整个“探险时代”已经落幕，他们是错过许多好戏了。

“探险时代”是何时结束的？英国探险家兼旅行史家珀西·塞克斯（Sir Percy Sykes，1867—1945）写下他著名的《探险史》（*A History of Exploration*，1934）时，在他心目中，探险时代早已经结束了。因为在到达北极、南极之后，地球上已经再没有更高价值的“地理目标”让探险家去追寻了，从此之后，只有地表上的细节可供专家们去测量、描绘，那种让探险家冒险驰骋、犯难摸索的空白之地已经是不存在了。

但对欧洲人而言，“大航海时代”带来的“大发现时代”，是一场又一场的地理惊奇，也是一幕又一幕世界观扩大重写的过程。一四九二年，哥伦布（Christopher Columbus，1451—1506）“发现”新大陆（这当然是针对欧洲中心来说的，对北美洲的原住民而言，你怎么可能把他的家园当作人类发现？）；然后有第一位绕行环航整个地球的麦哲伦（Ferdinand Magellen，1480—1521），然后又有几乎测量了全球海洋道路的库克船长（Captain James Cook，1728—1779）。陆地上的探险家也出发了，他们的足迹走遍了非洲大陆与中部亚洲，这原都是欧洲不知道的地方。每一位航海家或探险家的旅程，几乎就是欧洲人眼光的延伸。

虽然大诗人丁尼生（Lord Alfred Tennyson，1809—1892）有诗句说："世界苦多，人生苦短。"（too many worlds，too little time.）然而对探险家而言，恐怕有"世界苦少"之叹。特别是经过群雄并起的十八、十九世纪，探险活动已经难以找到有意义的标地，所剩的几个显著目标像北极、南极和喜马拉雅山，已经演变成"国际竞赛"了，不再是心智与毅力的自我考验。

在凡尔纳的科幻小说出现以前，这个处境已经愈来愈明显了。大体上，世界的基本面貌，已经在人类知识的掌握之中。想想看，如果不是大致上已经知道地球上的地理分布与各国风情，你又怎么写得出《八十天环游地球》呢？而如果这些知识不是已经普遍为一般人所熟知，你又怎么能把小说读得津津有味呢？

《八十天环游地球》的故事尽管是虚构的，但地理分布与交通条件全部是有所本、与事实相近的，不然它就失去八十天日程的真实紧迫性，也就失去了让你感到紧张刺激的乐趣。

如果《八十天环游地球》小说的出现，代表了"世界地理知识”已经在作者与读者之间成为一种沟通基础，这可以倒过来说明了真实世界探索的终结，旅行是已经来到穷尽之处了。

但旅行穷尽处，正是幻想启程之时。真实的探险游记，对我们这些未曾启程的阅读者，不也是提供了幻想与做梦的灵感吗？

是的，当世界混沌未明，充满神秘，勇敢的探索者为我们“发现”更多的世界；但当世界已经明朗苦少，仍然有勇敢的书房梦游者为我们“创造”更多的世界。这也许就是科幻小说的由来吧？

我这些听来有点离奇乖谬的主张，也许让人一下子摸不着头脑，但让我们试着来看看文学史上最早的科幻小说，看看它们的叙述体例与游记写作的关系，也许当中就藏有足够的线索与证据。要从哪里开始呢？就让我们先来读一读凡尔纳的《地心历险记》吧……

*　　　*　　　*

地心如何旅行？

首先，当然，地面下必须有容身之处，也要有可游历之地。如果只是挖个地道深入地下，我们只是囚在封闭空间之中，那也不叫什么旅行了。如果旅行所见，只有岩壁，那还不如让一具地钻钻入地面，最多再在钻头上加装镜头，对研究者来说，也就已经是“惊异奇航”了。

如果地球是空心的，地球中心别有洞天，那又如何？那当然多了周游其中的物理空间。但另一个问题，如果地球表面之下充满的是燃烧的岩浆，每下挖七十英尺温度就升高一度，那么到了地球的中心（四千英里或六千公里的半径），地心的温度就会高达二百万度，就算只是到了薄薄一层的外层地壳（六十公里厚），温度也已经是几千度，不但旅行者很快就会成了烤鸡灰烬，连随身携带的金属用具也都早就融化了，你还能怎样旅行呢？

但“科幻小说之父”法国作家儒勒·凡尔纳在写《地心历险记》时，并不是没有考虑过这些问题的。

首先，他相信（或者有目的地相信）地球是中空的。地球中空理论由来已久，远的神话不说（很多古人相信地底另有世界，不然怎么会有“十八层地狱”这一类的概念？），近代科学家当中最早提出地球中空理论的，是英国的数学家兼天文学家哈雷（Edmond Halley，1656—1742），也就是利用历史数据准确预测“哈雷彗星”出现时间的那位哈雷。他提出地球中空的理论，估计外部地壳的厚度约为八百公里，地球内部另有两层同心表层，并有一个核心。地球内部层自有两个磁极，与地表以不同方向运转（这解释了罗盘有时候会异常的原因）。他又认为地球内部的大气层能发光，内部或许能居住，而“极光”（Aurora Borealis）可能就是内部发亮大气外泄的现象。

主张地球中空论的著名科学家还有瑞士数学家欧拉（Leonhard Euler，1707—1783）和宣传最力、拥有最多追随者的美国理论家小约翰·克里夫·西蒙（John Cleves Symmes Jr.，1779—1829）；两人的理论都与哈雷略有不同，这里不多描述了，最重要的是他们都相信地球南北极有裂口可通地心，小约翰·克里夫·西蒙还提出组织探险队前往北极，寻找通向地心的通道，后来为美国总统杰克逊（Andrew Jackson，1767—1845）所阻。

这些背景，反映了凡尔纳写作《地心历险记》时期所能掌握的知识。以我们今天的地球科学知识，当然可以指出这些理论假说都是错的，但那个时代的知识界却不能够。

凡尔纳的小说写作一向试图找到真实的科学基础，在这一点上他是绝顶认真的。另外一位"科幻小说之父"英国作家威尔斯（H. G. Wells，1866—1948）在这件事上态度就不一样，虽然对后代科幻小说的影响同等深远。有一次，凡尔纳读到威尔斯写的《月球上最早的人类》（*The First Men in the Moon*，1901），大感愤怒不平，和朋友抱怨说："我应用了物理原则。他却随手创造。……我用炮弹原理上月球，用大炮来发射。他却想象一艘宇宙飞船，用了一种可以不管引力原则的金属。我倒要看看这种金属，让他变出来呀！"

的确，凡尔纳的科学幻想小说走的是"硬派"路数，样样有科学根据，他的《从地球到月球》比威尔斯早了三十六年，通篇几乎在解决登陆月球的技术问题，事实上后来人类登陆月球用的也真的是大炮和弹道相似的原理（用火箭推送）。但在威尔斯的例子，他没费什么力气，只说有一种反引力的物质叫Cavorite，轻轻松松就把人类送上月球。问题是，威尔斯感兴趣的是社会问题，他的科幻小说都是极端的处境想象，再用它来阐释他的社会主张。譬如他的名作《隐形人》（*The Invisible Man*，1897），他也不曾解释使人隐形的科技基础是什么，但他却用这个故事深刻地讲出了科技应用的道德风险。

可能是凡尔纳应用的科学知识都有当时的知识根据，这也使得他的科学性衰退得特别快，就像《地心历险记》的地球中空理论。但也因为凡尔纳事事有现时现地的基础，因而也就帮我们留住某些思想和态度的时代氛围来。

《地心历险记》以一位博学而急躁的德国科学家李登布罗克（Lidenbrock）为中心主角（好莱坞电影《回到未来》里的疯狂科学家就是从这个角色得来的灵感），通过他的侄子兼助手阿克塞尔（Axel）的叙述。先是科学家在古书中发现一张写着密码的羊皮纸，解开秘密后发现是古代冰岛人提到前往地心旅行的信道位置，他们立刻前往冰岛寻找那个可以进入地心的火山口。

当然，地底温度一事刚才我们还没解决，科学家的侄子也和我们一样担忧，他忍不住问："地球里面的物质都是白热化的气体，因为金属、黄金、白金和最硬的岩石都无法抵挡那样的高温。因此我完全有权提出这样的疑问：有可能进入到那种地方去吗？”

科学家李登布罗克开始使出浑身解数，旁征博引，从法国数学家兼物理学家泊松（Siméon-Danis Poisson，1781—1840）讲到英国化学家汉弗莱·戴维（Humphry Davy，1778—1829），从地球内部何以不可能是二百万度高温讲到何以地球内部不可能全是气体或液体或重矿石。年轻侄子被他的博学和研究激情感染了，他热切地响应说：“我们会看到的，如果是在那里真能看到东西的话。”科学家叔叔豪情万丈地说：“为什么不呢？我们还可以期望在那里有电的现象，给我们照明；甚至在接近地心的时候，还有大气压力，使它发出光亮。”

而李登布罗克的这段话（或者说凡尔纳的话），现在我们完全明白那是从天文学家哈雷的理论来的。

出发的日子到了，我在这里一方面指的是科学家和他侄子的旅程，一方面要提醒自己我正试图把科幻小说的起源和旅行文学结合起来。是的，如果你读《地心历险记》，你会看见一种熟悉的叙事体例，那是达尔文（Charles Darwin，1809—1882）的《小猎犬号航海记》（*The Voyage of the Beagle*，1839）或者华莱士（Alfred Russel Wallace，1823—1913）的《马来群岛自然考察记》（*Malay Archipelago*，1869），或者其他维多利亚时期科学考察游记典型的写作风格。

写作者详细记录沿途所见，包括车次、航班、日期、天气，并叙述他对景物、自然环境、人文风俗等的观察与感受。是的，

《地心历险记》也是这样启程的，他们从德国汉堡出发，穿越德国北部，进入丹麦，一路直往冰岛的雷克雅未克（Reykjavik），途中所记录的铁路时刻表、航线航班表全部是真的，冰岛的地理、人文的描述也完全是准确的，连经度、纬度、温度都正确无误，作者甚至提供了冰岛的独特风情：冰河、难以下咽的怪食物（放了二十年的酸牛油和鱼干）、暴风雪、麻风村和日不落的永昼。

可以说，一直到火山口之前，凡尔纳的描绘简直就是一流的游记。不，我这样说是不对的，进了火山口之后，也就是我们的主人翁开始他们的地心之旅，他的叙述语调也没变，他一路还要记录更多的景观、新发现的动物、植物以及旅行的意外与遭遇，我们读到的仍然是一流的“旅行叙述”（travel narrative），只是，这些地景地物是真实人生找不到的了……

* * *

一月十五日，他带密勒斯和一支狗队出发去小屋岬，那是在此去南面十五英里处。他们越过冰河舌，在那里发现一袋压缩草料和玉米，是沙克尔顿遗留的。西南的未冻海水几乎漫及冰河舌。

抵达小屋，斯科特惊骇地发现屋里全是雪与冰。这很严重，而且后来我们才知道，飘来的雪向下渗漏成冰，屋子里整个变成大冰块。冰中有一排箱子，是‘发现号’留下作补给品的。我们知道里面全是饼干……

熟悉探险史的朋友，读到引文中有“斯科特”之名，又看到冰封雪冻的场景，应该已经猜到这指的是前往南极探险的悲剧英雄英国探险家罗伯特·斯科特（Robert Falcon Scott，1868—1912）。没有错，上述引文是从阿普斯利·彻里–加勒德（Apsley Cherry-Garrard，1886—1959）所写的探险经典《世界上最糟糕的旅行》（*The Worst Journey In the World*，1922）书中摘出的。但我的原意并不是要在这里介绍这场悲壮动人的极地探险故事，也不是要介绍这位史考特探险队中年轻队员作家和他的作品，我只是要展示一段常见的“旅行叙述”（travel narrative）文体。

因为我们还可以再看看下面的一段文字：

六月十九日，约有一英里路，一冰岛英里，我们完全走在火山熔岩地面，这种地面在当地被称作‘贺伦’（hraun）。溶岩上的皱折像绳索一样，有时舒展，有时卷曲，还有好大一片熔岩就垂挂在附近的山上，见证了这些熄火山昔日的猛烈。即使是现在，我们也还随处看得到地底热泉冒出的蒸汽。

我们没有时间检视这些地理现象，我们必须赶路。不久，我们骑下的牲口又再度踩入沼泽地中，四处散见大大小小的湖泊。我们向西前进，绕过了法赫萨（Faxa）大海湾，斯奈菲尔山披着白雪的顶峰出现在云间，距离已经不到五英里路了……

这段口气、结构、风格都与“旅行叙述”相似的文字，实际上是来自法国作家儒勒·凡尔纳的《地心历险记》，一部所谓的“科幻小说”作品，也就是“纯属虚构”的意思，但为什么它的叙述文体和旅行探险文学如此相像？

事实上，这一段文字所记录的景观现象，全部都是事实。我在上次已经说过，《地心历险记》里的故事在主角们进入火山口以前，“途中所记录的铁路时刻表、航线航班表全部是真的，冰岛的地理、人文的描述也完全是准确的，连经度、纬度、温度都正确无误”。我们还要再看一段文字，才能完全明白凡尔纳在创作上的某种“设计”：

> 五百码外，在陡峭的悬崖尽头，一片高大茂盛的树林出现了。树林长满中等高度的树木，树形呈规则伞形，有着清晰的几何轮廓。风势似乎对树叶没有影响，尽管大风劲吹，那些树木仍然如坚硬的杉木一般，屹立不摇。
>
> 我快步向前，想要指认这些奇特物体的名称。它们是在世界已知的二十万种植物之外的物种吗？或者它们是属于某种特别的湖沼类植物？不，都不是。等我走到它们的树荫之下，我的惊讶已经转为赞叹。事实上，我发现我其实是面对着一种地球上的作物，只是体形巨大得多，我的叔叔立刻就叫出了它

们的名字……

那是一片蘑菇林，只是这些白蘑菇都像树木那么高大，高到十几米。这当然是虚构想象的奇观，但作者还在书中引经据典说，根据布雅德（Bulliard）的研究，有一种学名叫 Lycopodon giganteum 的大型菇类，菇伞圆周可达三四米，好像要证明更大的菇类并非不可能。书中提到的布雅德也真有其人，全名是皮埃尔·布雅德（Pierre Bulliard，1742—1793），是有点冷门的法国植物学家，专长就是菇类。

但是，这就是凡尔纳创作上的精巧之处了。小说大部分用旅行叙述的文体写成（除了开场发现古老羊皮纸秘密的部分，那是用类似推理小说的叙述方法写成），并且加注了日期，虽然通过某一位主角的主观观点写成，口气却倾向于科学观察般的冷静客观。旅行的前半段（从德国汉堡经丹麦到冰岛，一直到了位于北纬六十五度、高度一千五百米的斯耐弗火山），完全是“真的”（都有真实的依据）；但从火山口往下，前往地心的路上，想象的成分逐步增加（一开始关于地层的描述，也都是有地质学依据的），直到穿过岩层，来到完全想象的地域……

从火山口前往地心的路程，也真的是“初极狭，才通人”，走了一段时间，就“豁然开朗”。博学而急躁的德国科学家李登布罗克和侄子助手阿克塞尔、向导汉斯深入到了地心世界，那里不但空间广大，上有天空（或者一种天花板式的圆顶盖，毕竟他们是在地底呀），下有芳草地，还有各种珍稀动物和植物。他们还撞见一片一望无际的大海（这真是名符其实的“地中海”了），做了一艘木筏之后，他们就“乘桴浮于海”了……

他们当然还要历经许多冒险，看见许多不可思议的景观，才要以奇特的方式回到地球表面，我在这里不能细说了。但也许我们已经都看出来，凡尔纳使“幻想”变得可信的方法，是让它“真幻交糅”。前面的描述都是真的，像个科学考察者的日记一样，在某月某日之后，小说就走出真实地理的边境，走进幻想的伟大世界。那一条边境线隐而不显，读者是不易察觉的，由真入幻的过程自然流畅，或者我可以说，你是在真实的“催眠”之下缓缓进入幻想的甜美“梦乡”。利用真实细节堆砌起信赖感，最后要你不知不觉相信掺入的虚构成分，这种写作技巧从《鲁滨孙漂流记》以来，就是很多作家擅长的了。

这种“假的旅行文学”延续了“旅行文学”的阅读兴趣与热情，也正是因为真实的旅行探险已经来到“山穷水尽疑无路”的地步，作家笔锋一转，把你带进“初极狭，才通人”的地底通道，你才发现原来地底下“柳暗花明又一村”，真实世界苦少，幻想世界的探索却还没真正开始呢。

我想，也正因为作家是在寻找“另一种旅行”，想寻找新的旅行来替代已经青黄不接的“旅行文学”，作家才会把他一系列想象小说定名为“不寻常的旅行”；凡尔纳本来想延伸旅行文学的生命，想延续探险家的冒险精神，想为世人继续寻找更多我们还未知悉的世界，但旅行穷尽的世界毕竟是穷尽了，作家只好向更空旷的地方追寻，他为我们找到地心，他为我们找到海底，他为我们找到月球……后来的作者接续下去，他们就会找到外层空间，找到意识世界或者计算机的数码世界，这些新开发的世界之旅，后来我们熟知的形式就是所谓的“科幻小说”了……

* * *

旅行就是想象，想象就是旅行。

旅行与探险叙述之所以迷人，正因为它所叙及的地理面貌与风土人情是如此的遥远、怪异、不像真实；或者应该说，它太不像聆听者自己熟悉的世界，阅读经验本身就洋溢着想象（或不可想象）的色彩，更能激发阅读者对自身世界无限可能的想象。因为，阅读者一面对新奇事物啧啧称奇，一面也不免陷入思索，世上如果真有奇特的人种、文化或文明如斯者，那就意味着我们人生的另一种可能也就像这样。异文化有时候就是新选择（不然为什么有考察或观摩的旅行呢），一种与我们自身世界的“对照性”，我们的人生也因而就隐藏了一种新选择（显然我们既有的人生并不是唯一的选择）。

当然，异地理与异文化之所以为“异”，就像东晋郭璞注《山海经》时所说的：“物不自异，待我而后异，异果在我，非物异也。”但物又为什么会因我而异？那是因为“人之所知，莫若其所不知”（我们不知道的事比知道的大得太多了，这是庄子的话）；而人所不知之事，有时也有身处地理的限制，北方游牧民族看到粗麻，不知道可以织布；南方越人看到羊毛，不知道可以织毯（“夫胡人见黂，不知其可以为布也；越人见毳，不知其可以为旃也”），都是缺乏“在地经验”的缘故；“夫翫所习见而奇所希闻，此人情之常蔽也”，又有什么奇怪呢？

“想象的旅行”也完全具备这种特质，它有时候还更遥远，也更怪异，与我们自身世界的对比更强烈。它虽是想象与虚构，但从旅行文学的阅读经验延伸来看，它只不过更像是“行走到更遥远的地方”。和真实的旅行文学一样，它也提供了另一个世界的经验、另一种文明样态、另一套文化价值、另一种生活方式，甚至是另一组全然更新的视觉经验（眼前的风景与生态是不同的，相处的民族服饰与风俗是不同的，建筑是不同的，连庙宇的形式与崇拜的神祇都是不同的……），和旅行所见一样，它也提供了我们人生的另一种新选择。

科幻小说就是一种这样类似行走到更远地方的“情感重演”，科幻创作者显然也是从旅行文学里得到启发，进而“复制”了一场旅行。我们不光是从还在旅行与科幻的边界摸索的科幻小说之父儒勒·凡尔纳身上看到这样的例子，甚至到了一九六六年初次面世、至今重拍多次、历久不衰的科幻电视系列《星际争霸战》（*Star Trek*，香港又译《星空奇遇记》），故事中不断地“旅行”（并佐以舰长的旅行日记），不断地遇见异种族与异文化，仍然是科幻文本的基本叙述形式，即使科幻文类已经诞生一百年，它的面貌已经多元发展，变化到难以辨认的地步，但这些例子还是让我们再一次察觉到科幻小说与旅行文学之间难分难解的“血缘关系”。

从旅行文学得到启发的创作不限于“科幻小说”，另一些无意于“科”、只在意“幻”的作品，也值得一提。譬如就拿每个小孩都爱读的《鲁滨孙漂流记》（*The Life and Adventures of Robinson Crusoe*，1719）来说吧，这是英国作家笛福（Daniel Defoe，1661—1731）初试小说创作的经典之作（他写第一部小说时已经五十八岁了），这当然也是“想象的旅行”的代表作。

笛福的写作策略是使故事尽可能像是真的，甚至初次出版时书本上的作者也署名“由鲁滨孙·克鲁索本人所撰写”（written by Robinson Crusoe himself）；书中所述是第一人称口吻，句子浅白晓易，加上许多描绘细节真实无比，是史上第一部发展出“写实”技巧的小说。小说家伍尔夫（Virginia Wolfe，1882—1941）有一次说，长大后发现原来《鲁滨孙漂流记》有一个“作者”（而不是鲁滨孙本人），这件事让她怅然若失了好久，可见小说“以假乱真”的高明程度。

《鲁滨孙漂流记》小说里的荒岛，地理、地形、地物均有细节描述，鲁滨孙如何渡河、攀山、造屋、捡拾海龟蛋，乃至于发现岛上海鸟不怕人，都有栩栩如生的描绘，无一不似真实的地理叙述。比起来，莎剧《暴风雨》(*The Tempest*，1611）当中普洛斯彼罗（Prospero）所居的荒岛，虽然也是一座“幻想之岛”，但岛上有仙有妖，无意于“写实”，你也只能当它是故事的布景，没人会误以为它真实存在。

一个人如何在荒岛上孤独地“重建文明”(从一无所有到衣食无虞)，这个由《鲁滨孙漂流记》率先提出的主题，深深吸引后来的作家，纷纷创作出一系列可以统称为“鲁滨孙式文学”(Robinsonnade）的作品，这些追随者的作家中，就包括了科幻小说之父儒勒·凡尔纳，他的《十五少年漂流记》就是鲁滨孙漂流记的青少年版，原来的书名是《两年假期》(*Deux ans de vacances*，1888)，但日本将它译作更直接的《十五少年漂流记》，连带台湾也受影响了。

想象的地理，从《鲁滨孙漂流记》开始，想象者被期待必须“写实地”(也就是以假乱真地）描绘想象之地的地形、地貌、地物，甚至包括动植物生态、人文、建筑与风土人情，也就是说，你必须“凭空建造”关于一个地方全面而完整的描述，你的描写能力不能再是平面的，而必须是“空间的”。

对一个地方的“全方位叙述”，那几乎就是古时候“地志学”(topography）的概念了，创作者因而必须有一整套“想象的地志学”的能力，才能够可信地“建造”一个“虚构的地理”以及它的相对情境，再把某一个人物放入其中去旅行，这样就造就了后来的科幻小说。科幻小说先从“地理的旅行”，一路走到“更遥远的地方”，这些地方从地底、海底开始，然后再到月球、火星，最后才走到外层空间、太阳系外，当然也包括我们还不曾知悉的星系。

小说家后来又想到“空间轴”之外的另一轴：“时间轴”，把角色送到“另一个时间”去旅行，这个概念从威尔斯的《时光机器》开始，到了弗兰克·赫伯特（Frank Herbert，1920—1986）的《沙丘》（*Dune Saga*）系列小说里，为小说中建造的世界描写出“全史”，连时间轴也用尽了，不过这是后话了。

从旅行文学来到科幻小说的路上，另一个副产品也就是这些独立存在的“想象地志”，创作者只建构“想象地理”，并不一定建构发生在这地理之上的故事。日本作者谷川渥甚至为文学史上各种“虚构地理”写下堪称博大精深的《幻想的地志学》（筑摩书屋，2000，中译本台湾边城出版，2005），让我们看见虚构地理几乎已经凌驾真实世界的规模。

“想象地志”后来更是“视觉时代”的新场域，最近来台湾参加国际书展的法国插画家普拉斯（Francois Place，1957— ），带来他耗时五年的三卷插画力作《欧赫贝奇幻地志学》[1]（*Atlas des géographes d'Orbae*，1996—2000），在台湾掀起一阵旋风，这也是近年在想象地志领域的经典之作，也许只有詹姆斯·格尔尼（James Gurny，1958— ）的《恐龙国》（*Dinopedia*）系

[1] 《欧赫贝奇幻地志学》，大陆译作：《欧赫贝26国幻游记》。